Yazar Hakkında

W0368198

Esra Ezmeci, İstanbul'da dünyaya geldi. 2008'de İstanbul Bilgi Üniversitesi İletişim Fakültesi'nin Halkla İlişkiler bölümünde lisans öğrenimini tamamladı. 2011 yılında ise İstanbul Haliç Üniversitesi'nde Psikoloji alanında yeniden lisans öğrenimi gördü. Bölümünü birincilikle tamamlayan Ezmeci, ardından aynı kurumda Klinik Psikoloji üzerine yüksek lisansa başladı. Yüksek lisansın ardından öğrenimine, Adli Bilimler alanında doktora yapmak üzere devam etti.

Kariyerine İstanbul Çapa Devlet Hastanesi'nin Psikiyatri bölümünde staj yaparak başlangıç yapan Ezmeci, sonrasında uzun yıllar boyunca İstanbul Zeytinburnu Balıklı Rum Hastanesi'nde Klinik Psikolog olarak çalıştı. Ardından kendi terapi merkezini kurarak, danışanlarına profesyonel destek vermeyi sürdürdü. Bireysel danışmanlık, aile-ilişki-evlilik danışmanlıkları, ergen psikolojisi, bağımlılık tedavisi vb. alanlarda klinik hizmeti vermenin yanında özellikle "Geçmiş Temizleme Terapisi" ve konuya yönelik kaleme aldığı makaleler ve kitaplarıyla farklı kitlelere danışmanlık vermeye devam ediyor. Uzman Klinik Psikolog Esra Ezmeci, *Süt Lekesi, Düştüğünde Kalkarsan Hayat Güzeldir, Kararı Ben Veririm, Kadınlar Sıcak Erkekler Soğuk Sever* ve *İz Bıraktığın Kadar Varsın, Vazgeçilmez Olmanın Sırrı* adlı çok satan kitapların yazarıdır.

DESTEK yayınları

DESTEK YAYINLARI: 1771
EDEBİYAT: 396

ESRA EZMECİ / BENİ NEDEN SEVMEDİN ANNE?

İmtiyaz Sahibi: Destek Yapım Prodüksiyon Dış Tic. A.Ş.
Genel Yayın Yönetmeni: Ertürk Akşun
Yayın Koordinatörü: Özlem Esmergül
Üretim Koordinatörü: Semran Karaçayır
Editör: Cansu Poyraz Karadeniz
Son Okuma: Devrim Yalkut
Kapak Tasarım: İlknur Muştu
Sayfa Düzeni: Cansu Poroy
Sosyal Medya-Grafik: Mesud Topal-Nursefa Üzüm Kalender
Reklam ve Tanıtım: Selen Çavuşovalı

Destek Yayınları: Haziran 2023
51.-70. Baskı: Ağustos 2023
71.-80. Baskı: Kasım 2023
Yayıncı Sertifika No. 43196

ISBN 978-625-441-933-1

Abdi İpekçi Caddesi No. 31/5 Nişantaşı/İstanbul
Tel. (0) 212 252 22 42
Faks: (0) 212 252 22 43
www.destekdukkan.com
info@destekyayinlari.com
facebook.com/DestekYayinevi
twitter.com/destekyayinlari
instagram.com/destekyayinlari

Destek Dukkan

Deniz Ofset – Çetin Koçak
Sertifika No. 48625
Maltepe Mahallesi
Hastane Yolu Sokak No. 1/6
Zeytinburnu / İstanbul
Tel. (0) 12 613 30 06

Uzman Psikolog

ESRA EZMECİ

Beni Neden Sevmedin Anne?

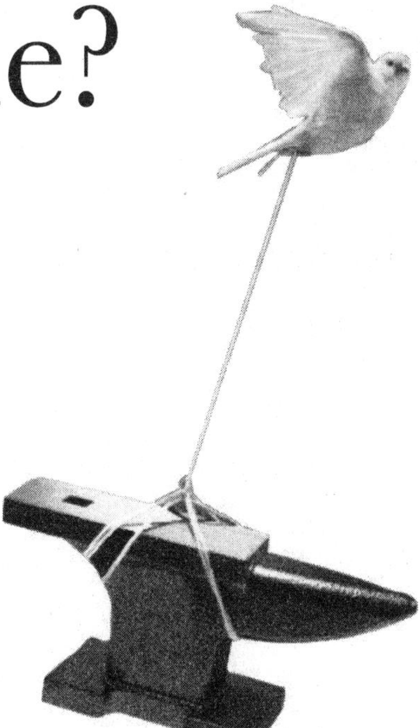

DESTEK yayınları

"Mutlu aileler birbirlerine benzerler. Her mutsuz aileninse kendine özgü bir mutsuzluğu vardır."

– *Anna Karenina*, Lev Tolstoy

birinci kısım:

İz Bıraktığın Kadar Varsın

-1-

Geceydi. Uzak caddelerden, otomobillerin ıslak asfaltta hızla dönen tekerlerinin vızıltılı sesleri sicim gibi yağan yağmurun şakırtısına karışıyor, sitenin açık otoparkında karşı karşıya gelmiş iki kadının üzerine dökülüyordu.

Zarife, eli silahlı kızının alev alev dalgalanan, alabildiğine mavi ve öfkeli gözlerine merhamet dilercesine baktı, ağlıyordu.

"Ezgi... Kızım!" dedi Zarife inleyerek. Sesi zar zor duyuluyordu.

"İndir o silahı, lütfen! Kızım... Bırak gideyim."

Ezgi'nin gözyaşları güzel yüzünü dolaşıp çenesinin ucunda birleşiyor, kalbinin tam da acıyla kavrulan parçasının üstüne düşüyordu. Ama yine de dindirmiyordu acısını. Gözyaşlarıyla sönecek bir yangın değildi içindeki, yağmurla soğuyacak bir köz değildi, bir yanardağ ağzında atıyordu kalbi, püsküren lavların arasında can çekişiyordu.

Ezgi, annesinin ürkek gözlerine bakarken bir yandan da içindeki öfkeyi kontrol etmeye çalışıyordu.

"İçimdeki bu yangını yaratan, beni içine sürükleyen, oradan çıkmama müsaade etmeyen, sönmeye yüz tutan ateşin köküne bile isteye, incitici sözlerle, hakaretlerle, aşağılamalarla ince ince sivrilttiği kuru dalları yığarak alevleri besleyip büyüten kadın, şimdi pılısını pırtısını toplamış gitmeye yelteniyor. Yine ona en çok ihtiyaç duyduğum zamanda yalnız bırakıyor beni. Yine kendi dertlerinin peşine düşüyor..."

Küçücük bir kız çocuğuyken, koca bir kazan süt devrilip kolunu yaktığında da yanında değildi annesi, acıyla kıvranan küçük bir çocuğu teselli etmekten, "Üzülme geçti, iyileşeceksin" demekten âcizdi. Suçu onun dikkatsizliğinde, fevriliğinde arayacak kadar merhametsizdi. Bir kez bile içtenlikle okşamadı saçlarını kızının, şöyle sımsıkı sarılmadı ona. Uyumadı yanında. Hayat onu gençliğinden tutup sağa sola savururken; umutları, hevesleri acımasız insanlara çarpıp parçalanırken, en ince, hassas yerlerinden kırılırken tutmadı elinden. Kaldırmadı onu düştüğü yerden. Şimdi, şu anda bile, önünde silahla dikilirken, elinde sımsıkı tuttuğu özenle hazırladığı valizi bir an olsun yere bırakmıyor, "Kızım neyin var?" diyemiyor ona.

Silah gittikçe ağırlaşmıştı Ezgi'nin elinde. Silahı diğer eline alırken bir yandan da sadece kendisinin duyabileceği bir sesle mırıldanıyordu. "Şuna bak, içinden beni sakinleştirmek, derdimi dinlemek bile gelmiyor. Kızına ne olduğunu bilmek istemiyor. Beni neye dönüştürdüğünü görmeden çekip gitmek istiyor. Onun için yoluna çıkmış uzak bir akrabadan farksızım. Atlatılacak bir badire, aşılacak bir engebeyim. Zerre kadar umurunda değilim. Umursadığı tek şeye, biricik oğluna gidecek belli ki. Üstüne titrediği, gözbebeği saydığı evladını övgülere boğacak her zamanki gibi. Şımartacak onu. En sevdiği yemeklerden yapacak, üstünü başını yıkayacak, evini temizleyecek, ona kendi yarattığı bir tanrıya tapar gibi tapacak. Ve beni yine cehenneme atacak. Benim annem değil bu kadın. İçimdeki ateşin, yangının anası. Gidecekse eğer; bu yangını da yanında götürmeli."

Karışık duygularla annesine baktı. Bu sefer onun da duyabileceği bir seste konuştu.

"Beni neden sevmedin anne?"

"Kızım..."

Sağanak yağmur sanki kadının son sözlerini duymak istiyormuşçasına dindi bir anda. Kulak kesilmiş gibiydi onlara. Açık otoparkı çevreleyen bitkilerin köklerinden mis gibi, duru bir toprak kokusu yükseldi, anne kızın heyecanlı soluyuşlarına karıştı. Ezgi'nin masmavi gözleri, yağmurun temizlediği havada daha berrak, daha büyük, daha tehlikeli görünüyordu. Zarife, Ezgi'nin gözlerinin bu halini biliyordu. Bu gözler bir felaketin habercisiydi.

Ezgi birkaç saniyeliğine indirdiği silahını yavaş yavaş tekrar kaldırdı, Zarife'ye doğrulttu. Zarife sanki bir mucizeye, nadir rastlanan bir doğa olayına şahit oluyormuş gibi bakıyordu Ezgi'ye. Yüzünde yaşananlara inanmakta güçlük çektiğini gösteren saf bir merak vardı. Neredeyse gülümsemek istiyordu kızına. Her şey kötü bir şaka gibi geliyordu ona. Ezgi'nin parmağı tetiğe uzanıp kavradığında anladı durumun vahametini. O saniyeden sonra Zarife için zaman yavaş çekim almaya başladı adeta. Yutkundu. Rengi kaçmış kuru, ince dudakları kıpırdadı.

"Kızım..." dedi ürkekçe. "Yapma..."

Tetik gerildi, gıcırdadı. Zarife ellerini yüzüne kapadı. Hangi anne evladının katil olduğunu görmek isterdi ki?

Bir elinden özenle hazırladığı valizi, diğerinden ise sımsıkı tuttuğu, etrafı gümüş işlemeli kalp şeklinde kehribar kolye düştü yere.

Sonra, yavaşlayan zamanı büsbütün durduracak kadar güçlü bir ses yankılandı gecede.

Sonrası sessizlik.

Sonrası karanlık.

Sonrası hiçlik...

-2-

Tülin Hoca, kan kırmızısı ojeyle süslediği bakımlı tırnaklarıyla, parmaklarını hiçliğin içinde şaklattı. Bu ses kendine getirdi Ezgi'yi. Loş, neredeyse karanlık bir odada açtı masmavi gözlerini. Kilim desenli bir divanın üzerinde boylu boyunca uzanmış halde buldu kendini. Bütün vücudu baştan aşağıya kasılmış vaziyetteydi. Yüzünü, divanın hemen yanındaki jaluzili pencereden sızan sokak lambası ışığı aydınlatıyordu. Alnının ve dudaklarının üzerine siyah şeritler halinde düşen jaluzi gölgeleri onu, yüzünde savaş boyaları kurumuş, muharebe meydanına yığılmış, yaralı bir Amazon savaşçısı gibi gösteriyordu.

Tülin Hoca, Ezgi'nin uzandığı divanın yanı başında bordo bir berjerde, belden yukarısı tümüyle karanlığa gömülmüş, aydınlığa uzanan ince, nazik hatlara sahip bacaklarını üst üste atmış oturuyordu.

"İyi misin Ezgi? Bütün vücudunun sarsılarak titrediğini, inlediğini görünce seansı durdurmam gerektiğini düşündüm."

Ezgi, Tülin Hoca'nın şefkatli sesini duyunca nerede olduğunun ayrımına vardı. Terapideydi. Hatırladı her şeyi, annesini...

Ezgi, son bir senedir içinden çıkamadığı, kimseye anlatamadığı buhranlar yaşıyordu. Tülin Hoca, Ezgi'nin durumunu çarçabuk kavramış, neredeyse kızı yerine koyduğu, şimdi ortağı olan bu eski öğrencisini bir an önce tedavi etmek için kolları sıvamıştı.

Tülin Hoca notlarını yazdığı deri defteri kapatıp berjerin üstüne koydu. Ezgi'ye şöyle bir bakıp, iç çekti. "Üşüdüğün hissediliyordu. Belli ki acı çekiyordun. Anlatman için birkaç kez yokladım seni. Ama beni duymadın. Bir ara elini sanki birine doğrultur gibi havaya kaldırdın. Sonra kasıldın. Kasılman, titremen uzun sürünce, seni orada tutmak istemedim!" dedi.

Ezgi irkildi. Son zamanlarda sürekli rüyalarına giren, annesine silahı doğrultup tetiği çektiği o ürkütücü görüntüleri hatırladı.

"Zarife'yi öldürmek mi?" diye geçirdi içinden. "Tamam, bunu bir ara istiyordum ama... İnsan hiç annesini?..."

Sonra parlak mavi gözleri nemlendi, taştı. İki titrek gözyaşı damlası gözlerinin kenarından usul usul süzüldü.

Tülin Hoca genç kadının üstüne fazla gitmek istemiyordu, ama onu böyle kafası karışık halde bırakamayacağını bilecek kadar da iyi tanıyordu genç kadını.

"Her birimiz hem aydınlığı hem de karanlığı içimizde barındırırız Ezgiciğim. Ancak pek azımız karanlıklarıyla yüzleşme cesaretini gösterebilir. Jung, ışık varsa gölge de var der, bilincimizden kaçan her şey karanlıklara saklanır ama hiçbir yere gitmezler. Onlar birer hayalet gibi takip ederler bizi ve kendilerini göstermek için fırsat kollarlar, çoğunlukla da umulmadık yerlerde çıkarlar ortaya, şakayı severler. Bu karanlığa saklananlar bizimle rüyalar yoluyla iletişim kurarlar, rüyalar kendimizle kurduğumuz bir iletişim kanalıdır ve kendi kendimizle konuşmadır, saçma ya da ürkütücü gelse de... Kendinden ve gördüklerinden korkma, kendine ne anlatmaya çalışıyor olabilirsin? Kulakların bunun için hazır değil mi yoksa?"

Ezgi suçluluk hissiyle bakıyordu Tülin Hoca'ya. Bir çocuğun pek çok şeyden önce öğrendiği ilk duyguydu suçluluk. Hele ki bir kız çocuğuysan... Annesini hatırladı yine, sürekli bir şeyleri yanlış yapmanın ona verdiği tedirginlik hissi sanki içinde gezinen karıncalar gibi huzursuz ederdi onu. Annesiyle bağlantı kurduğu duygularını yokladı defalarca yaptığı gibi, defalarca yaptığı gibi yine o karman çorman anılar yumağını aldı eline. Pek çok şeyi hatırlamıyordu, hatırladıklarıysa hep tekinsiz, ürkütücü, huzursuz edici hislerdi. Annesiyle kurduğu ilk bağ, aldığı ilk mesajlar, sözler, onun beden diliyle aktarılanlar... İşte, sonunda taşa çevirmişti onu Medusa gibi.

Ezgi, annesini gerçekten öldürmeyi arzulayacak kadar cani olup olmadığının cevabını kendisinde bulmak istiyordu. Ama içindeki karanlığa ne zaman yaklaşacak olsa bir şeyleri yok etmeye duyduğu sonsuz açlığın, onu gerçekten onarılamaz bir yıkıma sürükleyecek olmasından, en çok da olası sonuçlardan hiçbir pişmanlık duymayacak olmaktan korkuyordu. Bir süre Tülin Hoca'nın söylediklerini düşündü, gerçekten de içinde annesini yok etmeye duyduğu gizli bir arzu mu vardı yoksa bu rüya sadece en derininde başka bir ihtiyacının yüzeye yansıyan kırıntısı mıydı?

"İnsanın varlığının anlam ve amacının, annesiyle kurduğu ilişkinin anlamını değiştirdiği ölçüde, yeniden şekillenebildiğini hiç düşünmüş müydün?" diye ekledi Tülin Hoca.

Tülin Hoca'nın sorusu, Ezgi'yi içinde büyüyen rahatsız edici karanlığa karşı duyduğu merak ve tiksinmeden bir an olsun uzaklaştırdı. Kendi duygularından sıyrılıp bir meslektaşıyla düşünsel temelde tartıştığı hissi, kaskatı kesilmiş vücudunu rahatlattı. Tülin Hoca, Ezgi'nin duygularına yaklaştığı sırada geliştirdiği savunma mekanizmasını, onu düşünsel bir tartışmaya çekerek kırabileceğini çok önceden keşfetmiş ve az önceki cümleleriyle Ezgi'yi söylemek istediklerini ifade edebilmesi için cesaretlendirmeyi bir kez daha başarmıştı.

"Hocam, yüksek lisans sırasında yaptığım Lacan* okumalarının sonucunda, insanın en temel sorusunun 'Annemin neye ihtiyacı var?' sorusuna denk geldiğini fark etmiştim. Çocuk, annesinin neye ihtiyaç duyduğunu anlamaya çalışarak onun en derin arzusunu yerine getirmek ve böylece annenin yani 'Büyük Öteki'nin gözünde kendi imgelemine ulaşmak istiyor. Bence bu ihtiyaç okuması ve onaylanma arzusu, aslında çocuğu hiçbir zaman tam olarak anlayamadığı annesine bağımlı kılıyor ve bu bağımlılığın yarattığı yoksunluk atakları da içten içe çocuğun annesine karşı duyduğu bir öfkeye dönüşüyor."

Tülin Hoca, Ezgi'yi istediği yöne doğru çekmeye başlamıştı. "Anne ve çocuk arasındaki bağ ya da herhangi başka bir düzlemdeki bağ, insana gerçekten ötekinin tam olarak neye ihtiyaç duyduğunun bilgisini verebilir mi sence? Sen annenin seni görmezden geldiği, yok saydığı zamanlarda, kendine kaç kez annemin neye ihtiyacı var diye sorabildin?"

"Her şeyin başı hysterikos, yani histeri..." deyip kendi kendine güldü Ezgi. "Kadının rahminden doğan bir ruh hastalığı... Tabii tarih kadını akladı ve histeri bir kadın hastalığı olmaktan çıktı artık ama annelik, kadın olmak, ruhsal ve cinsel doyum
sürekli 'Annemin neye ihtiyacı var?' sorusunun

* Freud'dan sonra en çok tartışılan Fransız psikoanalist.

bilmeyen bir açlıkla cevap arayan bir ben var... Sizce ben bir histerik miyim hocam?"

"Çok fazla savrulmadın mı sence?" diyerek şefkatle gülümsedi Tülin Hoca. "Biz etiketlerden önce duyguları ve o duygunun doğduğu koşulları anlamaya çalışırız Ezgiciğim, biliyorsun. Ama sözlerinin bizi getirdiği nokta çok doğru, bu cevap bulamama hali sana kendini hiç yetersiz hissettirdi mi?"

"Hissettirmez olur mu hiç hocam? Her defasında aynı duvara daha sert çarpmak gibi, her darbede daha fazla görünmez olduğumu hissettim ve en sonunda duvarla birlikte kendimi de yok etmek istedim."

"Tıpkı anneni yok etmek/öldürmek istediğin gibi yani... Yansıtma ve özdeşleştirme birbirine oldukça yakındır ve her zaman ayırt edilmesi mümkün olmayabilir. Aralarındaki ince çizgi, kendini yansıttığın nesneden, yani annenden ne kadar soyutlayabildiğinle alakalı. Ama onun tarafından sevilmeye duyduğun çocukça özlem, kendini sağlıklı şekilde annenden soyutlamana müsaade etmedi ve yetersizliğinin kaynağı olarak gördüğün annene dönük bir yok etme/öldürme arzusu geliştirdin. Oysa gerçek arzunun bu olmadığını bence sen de gayet iyi biliyorsun. Sen karıncayı bile incitemezsin Ezgiciğim. Bazen öfke, sevgi istemenin bir diğer yoludur."

Son cümle Ezgi'nin duygularını tekrar altüst etti. Kendi kendine tekrarladı: "Öfke, sevgi istemenin bir diğer yoludur..." Cümleyi tekrarladıkça gözleri doluyor, istemsizce bir öne bir arkaya sallanıyordu. Tülin Hoca'nın duyamayacağı bir fısıltıyla adeta dua eder gibi kendi kendine konuşuyordu. "İçimdeki boşluk öyle karanlık ki... Bir karıncadan çok daha fazlasını incitebilirim..."

Tülin Hoca, Ezgi'nin sessizce ağladığını görünce daha fazla devam etmemeye ve onu yalnız bırakmaya karar verdi. "Belki de biraz zamana ihtiyacı vardır" diye düşündü ve kalktı yerinden. Not defterini sıkıca tutup fazla ses yapmadan kapının kilidini açmaya gitti.

Yeni demlediği çaydan kendine bir bardak almış, danışmadaki yerine aheste aheste dönen Ayla, Tülin Hoca'nın odasından gelen kapı kilidinin sesini duyunca, bir "Nihayet!" çekip adımlarını sıklaştırdı. Çayı dökmeden gelip masasına kuruldu. Klinikte onlardan başka kimse kalmamıştı.

Tülin Hoca odanın kapısını açınca, kliniğin beyaz ışığı, meraklı bir çocuk sabırsızlığıyla girdi içeriye. Ezgi'ye döndü. "İlk sefer hep zor olur. Zamanla kolaylaşacak. Annenle ilgili sorunu çözeceğiz Ezgi, sana söz veriyorum" dedi. Sesinde yorgun bir sevecenlik vardı.

Ezgi doğruldu yerinden. Kapıda bir hayalet silueti gibi duran Tülin Hoca'ya baktı. Elini sol koluna götürüp dalgın dalgın okşamaya başladı.

"Her şey bittiğinde onu da geride bırakacaksın!" dedi Tülin Hoca.

"Anlamadım neyi?" diye sordu Ezgi, dalgınlığından sıyrılmaya çalışarak.

Gülümseyerek cevap verdi Tülin Hoca. "Süt lekesini Ezgiciğim" dedi.

Ezgi sanki suçüstü yakalanmış gibi telaşla çekti elini kolundan. Acı bir tebessüm belirdi dudağının kenarında.

"Ah... Pek takmıyorum artık. Benim için sadece kötü bir alışkanlık!"

"Olsun. Kötü alışkanlıklardan kurtulmak gerek."

Ezgi başını önüne eğdi. Cevap vermedi.

Özellikle böyle zamanlarda, yani bir şeyleri başaramayacağını düşündüğü anlarda kolundaki yara izini okşar, hatanın kendisinde olduğunu düşünürdü. Zira bir kazan süt devrilip daha o çocuk yaşta kolu yandığında, annesi bunun Ezgi'nin dikkatsizliğinin sonucu olduğunu söylemişti. Ne zaman duyguları incinse ya da işler yolunda gitmese hemen kolundaki yarayı okşayıp o kazanın olduğu ana döner ve kendi kendine "Bu senin dikkatsizliğinin sonucu!" derdi.

Tülin Hoca saatine baktı ve neşeli bir tavır takınarak, "Felaket geç kaldım. Burak merak etmiştir beni! Sen konuşmaya hazır olduğunda devam ederiz" dedikten sonra kapıyı kapatıp gitti.

Ezgi bir müddet daha kaldı odada. Derin bir nefes aldı. Sonra Tülin Hoca'nın arabasının çalıştığını işitti. Arabanın farlarından gelen ışık jaluzili pencereden girip odanın duvarlarında bir yelpaze gibi açıldı. Sonra kayboldu.

Ezgi çantasından cep telefonunu çıkardı. Ekran resminde kızı Meryem'in saf, güzel yüzü belirdi. Yanağına yavru, üç renkli bir kediyi yaslamış gülümsüyordu.

Kilidi açtı. Rehbere girip Z harfine bastı. Annesinin isminin rehberin en sonunda olduğunu fark etti. Zarife için en doğru yer diye düşündü. Bir süre isme bakıp rehberden çıktı. Aramaktan vazgeçti.

Tekrar kızının fotoğrafına baktı buruk bir gülümsemeyle. Her ne kadar artık beraber olsalar da 11 yıl ayrı kalmıştı kızından. Tek dostu, sırdaşı Aslı'nın yanında, Londra'da büyümüştü kızı. Orada doğurmuştu Meryem'i; bir sır gibi, sanki yanlış bir şey yapıyormuş gibi herkesten saklanarak. Sadece can dostu Aslı biliyordu, sadece o vardı yanında.

Ezgi düşüncelerden kendini sıyırdı ve üstüne başına biraz çekidüzen verip Tülin Hoca'nın odasından çıktı. İnce, sivri topuklularını kliniğin parlak zeminine vura vura çıkışa doğru yürüdü. Ayla bu sesten Ezgi'nin geldiğini anlayıp ayaklanmıştı. Ezgi donuk bir halde danışmanın önünden geçerken arkasından seslendi.

"Ezgi Hanım! Ezgi Hanım!"

Sonra çekmecesinden bir zarf alıp, çıkışa yönelmiş olan Ezgi'ye yetişti.

"Bu, bugün size geldi! Biraz özel bir şey gibi! Kimse görmesin diye kaldırdım. Uygun olduğunuz bir zamanda vermek istedim!"

Ezgi Ayla'nın kendisine uzattığı zarfı aldı. Gönderen kısmı boştu. Kayıtsız bakışlarını Ayla'ya çevirdi. Ayla, Ezgi'nin insanın içini ısıtan, mavi mavi gülen gözlerinin hiç bu kadar boş baktığını görmemişti. İçi üşüdü. Ürperdi.

"Çok iyi yapmışsın!" dedi Ezgi zarfı çantasına koyarken.

"Benden laf çıkmaz Ezgi Hanım. Bana güvenebilirsiniz!"

Ezgi ağzının ucuyla zoraki gülümsedi! Bu gülümseme korkuttu Ayla'yı. Aşağılayıcı, şeytani bir şey hissetti. Ezgi klinikten çıkana kadar kıpırdamadı yerinden. Ardından derin bir nefes aldı.

"Ay! Ne oldu bu kadına! Deli gibi! Kafayı yedi herhalde! Çıkar yakında kokusu. Öyle saatlerce odalara kapanmak, hayra alamet değil! Bir şeyler dönüyor!"

Masasının çekmecesinden, arkası simlerle kaplı disko topu gibi parıldayan telefonunu çıkardı. Ekran resminde kendisinin profilden çekilmiş havalı bir fotoğrafı vardı. Telefonu yüzüne tutup kilidini açtı. Bir mesaj kutucuğuna "*Şu an klinikten çıktı! Bir de yabancı bir zarf geldi ona ama içine bakamadım. Yanına aldı*" yazdı. Mesajın sonuna sarı bir tokalaşma emojisi koyup kayıtlı olmayan bir numaraya gönderdi.

Klinikten ayrılıp son otobüse yetişmeye çalışırken keyfi yerindeydi. Durağa vardığında telefonu mesaj sesiyle çınladı. Çıkarıp baktı:

"*Hesabınıza para geldi.*"

-3-

Tülin Hoca arabasıyla evinin yolunu tutarken derin düşünceler içindeydi. Ezgi'de bunca yıldır hâlâ adını koyamadığı bir karanlık vardı. Onu bu karanlığın içinden her ne pahasına olursa olsun çıkarmalıydı. Çünkü Ezgi, Tülin Hoca için her şey demekti. Onu kaybetmek her şeyi kaybetmekti. Yan yana odalarının bulunduğu bu psikiyatri kliniği, Ezgi'nin varlığıyla ayakta duruyor, onun çabalarıyla para kazanıyordu.

Aslında Tülin Hoca'nın ikinci oğlu Burak doğana kadar her şey yolundaydı. Altıncı ayında birçok sese kayıtsız kaldığı fark edilince, duyma problemi yaşadığını zanneden Tülin Hoca, titiz bir muayene sonucunda oğlunun otizmli olduğunu öğrendi. Dünya Tülin Hoca ve kocası Ender Bey için artık başka bir boyut kazandı ve o saatten sonra neredeyse tüm zamanlarını, emeklerini Burak için harcamaya başladılar.

Burak'tan başka bir de kızları Aylin vardı. Aylin, Burak'tan altı sene evvel dünyaya gelmişti. Annesinin ısrarlarına rağmen tıp okumamış, başarılı bir reklamcı olmuş, babasının vefatından sonra da ressamlığa merak salıp, annesine iyice başkaldırmıştı.

Burak'ın yanında Aylin'i ihmal etmemeye özen gösteren aile, ne yazık ki bunda pek başarılı olamamıştı. Aylin tüm çocukluğunu kardeşinin gölgesi altında geçirmek zorunda kalmış, kendi evinde, kendi çocukluğunda asla öncelik olamamıştı.

Aylin ihtiyaçlarını, isteklerini her zaman ertelemek zorundaydı, çoğu zaman dile bile getiremezdi. Oysa onun da bir anne ve babaya ihtiyacı vardı. Onun da bir kere yaşayacağı çocukluğunun başrolü olmaya hakkı vardı. Ama olamadı...

Annesi bir psikiyatr olmasına rağmen kızında açtığı yaraları göremedi, evet, belki ona hiç hakaret etmedi, aşağılamadı, şiddet uygulamadı, ama kibarlığıyla ve ilgisizliğiyle ezdi kızını. Tüm dikkatini kariyerine ve oğlu Burak'a harcarken, kızı Aylin için yaptığı tek şey ise katı bir program hazırlamaktı. Aylin küçüklükten beri resim kursundan bale kursuna, etütlerden spor ve müzik çalışmalarına gönderildi durdu. Kızını, oğlunun eksikliğini kapatmak için adeta bir projeye dönüştürdü. Kurstan kursa koşan küçük kızın evde olmaması, Tülin Hoca'ya Burak'la ilgilenmesi için de olanak tanıyordu. Aylin ilk başlarda bunu sorun etmese de (çünkü annesi öyle tembihlemişti, iyi bir abla kardeşini kıskanmazdı, kıskanç çocukları kimse sevmezdi) ergenlikle beraber çevresinde gördüğü anne kız ilişkileri onda soru işaretleri yaratmaya başlamıştı.

Aylin hormonların etkisiyle gittikçe asileşiyor; kızını kurslarla, etkinliklerle daha fazla kontrol edemeyen Tülin Hoca ise evde huzursuzluk olmasın, oğlunun psikolojisi etkilenmesin diye kızına sınırsız özgürlükler tanıyordu. Aylin evde olmadığı, problem çıkarmadığı sürece sorun yoktu. Zavallı babası ise zaten annesi ne derse onu yapıyor, işten eve zar zor gelebiliyordu. Karısının oğlu için dünyanın dört bir yanında bulduğu yeni ilaçları ve terapileri karşılamak için gece gündüz çalışıyordu. Aylin, annesinin babasını kendisinden kopardığını düşünüyor, ona olan öfkesi iyice büyüyordu.

Üniversite sınavında puanı tutmasına rağmen sırf annesine inat tıp yazmamış, başka bir şehirde, ortalama bir üniversitenin reklamcılık bölümünü tercih etmişti. Tülin Hoca kızının sanata olan düşkünlüğünü, alakasını, eğlenceli bir uğraş, sevimli bir hobi gibi görmüştü yıllarca. Elinde olmadan küçümsemişti kızını. Gelip geçici hevesler saymıştı yeteneklerini.

Sınav sonuçları geldiğinde, annesi açık açık büyük bir hayal kırıklığı yaşadığını ve ona harcadığı emekleri boşa çıkardığını söylediğinde, Aylin hiçbir cevap vermedi. Sanki elinde görünmez bir makas vardı ve annesiyle arasında kalan o son cılız bağı da sessizliğiyle kesip atmıştı. Sonraki bir hafta boyunca annesiyle hiç konuşmadan sessizce eşyalarını topladı ve bir sabah, çocukluğu boyunca figüran rolü oynadığı o evden, kendi hikâyesinin başrolü olmak umuduyla çıkıp gitti.

Üniversite hayatı boyunca babasının ısrarları yüzünden yılda birkaç kez eve geliyor, annesiyle oldukça kısıtlı diyaloğa girip sorun çıkarmadan ayrılıyordu. Bu babasıyla yaptığı yazısız bir anlaşma gibiydi. Aylin sorun çıkartmayacak, babası da ona her ay yüklü bir harçlık verecekti. İşte, bu ziyaretleri sırasında duydu Ezgi'nin adını annesinden. Aile yemeklerinde neredeyse tek konu Ezgi, onun kötü çocukluğu ve ne kadar potansiyeli olduğuydu.

Aylin, annesinin kendi kızının hayatından çok Ezgi ile ilgilenmesinden başlarda hiç hoşnut değildi. Fakat çok geçmeden, bu durumun annesinin yeni bir "Tülin" yaratma çabasından ibaret olduğunu anlamış, öfkesi durulmuştu. Üniversiteyi bitirip İstanbul'a döndüğünde de Ezgi'yle tanışmış, herkes gibi o da hayran olmuştu genç kadına. Hatta zaman içinde annesiyle konuşamadığı birçok konuyu Ezgi'yle konuşmaya başlamış, sohbetleri genç kıza iyi gelmeye başlamıştı.

Fakat Tülin Hoca için talihsizlikler maalesef bununla sınırlı kalmadı. Kızı üniversiteyi bitirip İstanbul'a döndükten birkaç sene sonra, eşi Ender Bey'i bağırsak kanserinden kaybetti. Eşinin tedavisi için bir servet harcamış, sadece Amerika'da bir genetik araştırma merkezinde, hastanın DNA'sından üretilen küçücük bir serum için Zekeriyaköy'deki villa tipi lüks, bahçeli evlerini satmışlardı. Bu ateş pahası serum, Ender Bey'i altı ay kadar yaşatmayı başarmış fakat kanseri yenmesini sağlayamamıştı.

Ender Bey'i defnettiklerinde, Tülin Hoca'nın şu dünyada artık tek bir dikili ağacı bile kalmamıştı. Hem biricik eşi hem ömrü boyunca dişini tırnağına takıp edindiği birikimi avuçlarından kayıp gitmişti. Geriye otizmli oğlu Burak ve ondan nefret eden kızı Aylin kalmıştı.

Tülin Hoca, kızını doğru düzgün en son cenazede görmüştü. Mezarın başında, imamın duasına eşlik eden elit kalabalığın uzağında, bir sedir ağacının nemli gövdesine sırtını vermiş sigara içiyordu Aylin. Sanki yaşlı sedir ağacından sarkan kuru, ölü bir dal gibiydi görüntüsü. Kızının bu hali, eşinin gömülmesiyle kalbi büsbütün acıyan Tülin Hoca'yı yakıp kavurmuştu. Bir an için kızını da kaybedeceği korkusu sardı içini. Dehşete düşürdü bu düşünce onu. Dermansız ayaklarını sürüyerek ağır ağır kızının yanına yürüdü. Durdu yanı başında... Kollarını iki yana açıp Aylin'e sarılmak, bağrına basmak, öpüp koklamak, doyasıya ağlamak istedi. Ama Aylin kendine uzanan kolları durdurdu elinin tersiyle.

"Sakın!" dedi annesine öfkeyle. "Sakın dokunayım deme!"

Tülin Hoca, "Kızım!... Babamızı verdik toprağa. O yok artık! Gitti. Kardeşin de perişan bak!" diye inleyerek kendi gövdesine sardı kızına uzattığı kederli kollarını.

Aylin sigarasından son bir derin nefes çekip dumanı sedirin yapraklarına doğru üfledi. İzmariti ıslak toprağa atıp üzerine bastı, ezdi. Güneş gözlüğünün siyah camlarının arkasından annesinin çökmüş, canlılığını yitirmiş beyaz yüzüne baktı ve zehrini kustu:

"Ben senin hırsların yüzünden kaçtım o evden, babamdan, kardeşimden... Uysal, sessiz adamdı babam. Sana, bana hiçbirimize kıyamazdı. Hapsettin onu. Zindana çevirdin hayatını. Senin emirlerini bekleyen bir uşaktan farksızdı durumu. Dillendirecek mecali yoktu. Hep içine attı. Biliyor musun anne, babamı ve beni, sen çoktan öldürdün aslında. Senin bitmek tükenmek bilmeyen hırsların, oğlunun hastalığını kabul edemeyişin, bencilliğin öldürdü bizi!"

Tülin Hoca bu sözlere dayanamadı. Aylin'e öyle bir tokat attı ki mezarın başındaki kalabalıktan yükselen dua mırıltıları kesildi bir anda. Şapkalı, eşarplı, tüllü siyah başlar onlardan yana çevirdi yaslı bakışlarını. Sonra kendilerini alakadar etmeyecek türden bir mevzu olduğunu hissedip duaya devam eden imamdan yana döndüler.

Aylin tokadın etkisiyle burnunun ucuna inen gözlüğü aldı, katlayıp cebine koydu. Tülin Hoca'nın, kızının ağlamaktan kan çanağına dönmüş gözlerini görünce içi yeniden burkuldu. Haykırmak üzere olduğu sözler boğazına dizildi. Sesini çıkaramadı. Aylin annesine başka bir şey söylemeden cenaze merasimine arkasını dönüp gitti. Bir daha da görmedi kızını. Az para gönderdi diye kliniği bastığı o günü saymazsak... Bir müddet sadece para istemek için aradı annesini. Hatta çoğu kez arama zahmetine bile girmedi, sadece istediği miktarı yazıp yolladı.

Fakat ne olduysa bundan altı ay önce, Aylin uzun zaman sonra ilk defa annesini aramış ve bundan sonra harcamalarını yeni sevgilisinin karşılayacağını, ona para göndermesine gerek kalmadığını söylemişti. O günden beridir de ses çıkmıyordu genç kadından.

İşte, Tülin Hoca böylesi acı günlerinde anladı Ezgi'nin önemini. Üniversiteden talebesi olan bu genç ve güzel kız, daha girdiği ilk derste Tülin Hoca'nın dikkatini çekmişti. Zekâsıyla, çalışkanlığıyla, açık fikirliliğiyle, kendini ifade edişindeki bilgelikle büyülemişti Tülin Hoca'yı. Başkaydı Ezgi, diğer öğrencilerine nazaran bir vizyonu, hedefi vardı. Haybeden sorular sormuyor, boş konuşmuyordu. Tespitleri ekseriyetle isabetli, yorumları yerindeydi. Tülin Hoca'nın öz kızı için tasarlayıp yapamadığı her şey Ezgi'nin kişiliğinde vücut bulmuştu sanki. Gökten inmiş kutsal bir hediye gibiydi. Yaralı bir armağandı. Daha karşılaştıkları ilk anda yaralarından tanıdılar birbirlerini. Biri kızından, diğeri annesinden yana mustaripti.

Tülin Hoca neşet edeceği taze toprağı, kanatlanacağı yeni kozayı Ezgi'de bulmuş, ona sinmek, benliğine sirayet etmek, ondan yeni bir Tülin inşa etmek istemişti. Ve bunu başarmıştı. Ezgi'nin akademik kariyeri için elinden geleni yapmış, yolunu aydınlatacak hamlelerde bulunmuş, Ezgi'yi Londra'daki günlerinde yalnız bırakmamış, yüksek lisansını dereceyle tamamlamasına yardımcı olmuştu. Şüphesiz Tülin Hoca'nın özverisi olmasa da başaracaktı Ezgi. Belki zaman alacaktı, zorlanacaktı. Fakat eninde sonunda başaracaktı.

Yayından çoktan fırlamış son sürat yol alan bir oktu Ezgi. Tülin Hoca sadece doğru hedeflere yönlendirmişti onu. Ve her hedef tam 12'den vurulmuştu. Arzuladığı, gerçekleşmesi için varını yoğunu ortaya koyduğu her şey bir bir olmuştu.

Ezgi Londra'dan övgülere mahzar olmuş, takdir edilmiş bir genç psikolog olarak döndüğünde ilk işi, rahmetli babasından kendi payına kalan mirasla, Tülin Hoca'nın adı sanı pek duyulmamış psikiyatri kliniğine ortak olmaktı. Klinik, Ezgi'nin getirdiği yenilik ve enerjiyle kısa sürede psikoloji camiasında nam saldı. Özellikle son bir senede sosyetenin tanınmış simalarına, meşhur şahsiyetlere, yıldızı sönmeye yüz tutmuş eski ünlülere hizmet veren pahalı ve gösterişli bir psikiyatri kliniğine dönüştü.

Bu bir başlangıçtı sadece. İnsanlar bu kendine güvenen, genç, güzel, bilge kadına hayrandılar. Ailelerinden biri gibi sevip sahiplendiler. Sosyal medya hesaplarını takip edenlerin sayısı milyonlara ulaştı. Elbette bu ününde bir ayrılıp bir barıştığı sevgilisi Kenan'ın etkisi tartışılmazdı.

Babasından devraldığı medya imparatorluğunun başına geçen Kenan, Ezgi'ye olan saplantılı duygularının üstesinden gelememiş, Ezgi tarafından inşaatçı Mehmet'le aldatılmasına rağmen sabırla beklemiş, Ezgi'nin en zayıf anını kollamış ve hayatına tekrar girmeyi başarmıştı. Ezgi de bu ilişkiden oldukça kârlı çıktığını fark ettikçe Kenan'ı hayatından bir türlü çıkaramamıştı. Kenan'ın sahip olduğu kanalın gündüz kuşağı programlarının daimi konuğu, vazgeçilmeziydi. Televizyon halkla kurduğu bağı güçlendiriyor, geniş kitlelerce tanınmasını sağlıyordu. Ekranda verdiği tavsiyeler, şifalı reçeteler gibi elden ele ele, dilden dile dolaşıyordu.

Ezgi'nin son bir seneki bu durdurulamaz yükselişi, kliniğin kasasını tarihinde görülmemiş şekilde zenginleştirdi. Tülin Hoca eşinin hastalık sürecinde tükenen birikiminden daha fazlasını kazandı. Artık otizmli oğlu Burak'ın özel gereksinimlerini karşılamakta güçlük çekmiyor, altı ay öncesine kadar kızı Aylin'e, o istemese de ayda bir kez, pek de az sayılmayacak bir miktar para gönderebiliyordu. Kendisi için de para koyuyordu kenara. Ender

Bey'i yaşatmak için bir serum parasına sattığı evi bir gün geri almak, kocasının hatırasını o evde yaşatmak istiyordu.

Fakat Ezgi artık çok yorulmuş, hedefi silikleşmişti. Devam edecek gücü bulamıyordu kendinde. Ruhundaki boşluk gün geçtikçe derinleşiyor, ezelden beri içinde sakladığı korkular, yıkılan benliğinde oluşan çatlaklardan sızıp bu boşluğa yuvalanıyor, kuluçkadaki canavarlar misali uyukluyorlardı. Ezgi ne zaman kendini toparlamaya çalışsa, devam etmek için çabalasa canavarlar cılız uykularından uyanıp, onu iştahla, içten içe kemiriyorlardı.

Zayıflamıştı Ezgi. Dalıp gitmeleri çoğalmıştı son zamanlarda. Kimi zaman kendini bambaşka yerlerde, bambaşka hallerde bulmaya başlamıştı. Liseli, gencecik cahil bir kızken, sözde acısını hafifletmek için jiletlediği kollarında yeni, taze kesikler peyda olmuş, bunları nasıl, hangi kafayla, ne tür bir kesici aletle yaptığını anımsayamayacak kadar zihni bulanmıştı. Belki de başka biriydi bunları ona yapan. Ya da o başka biri de Ezgi'ydi belki. İçinde onu tüketerek büyüyen kötücül bir şeyin varlığını hissediyordu. Tehlikeli bir yaratıktı bu. Bir hilkat garibesi...

Tülin Hoca, Bağdat Caddesi'ndeki kliniğin en ücra köşesindeki loş odasında, bu yaratığı durdurmak için uğraşıyordu. Ezgi'yi içinde büyüttüğü kötülüğe teslim edemezdi. Çünkü öz evlatlarından ayırmadığı bu kız, kaybedemeyeceği kadar değerliydi. Öte yandan Ezgi'yi kaybetmek, sahip olduğu her şeyi kaybetmekle eşdeğerdi. Oğlunun ve kendisinin geleceklerini, geri almak istediği evi, elden ayaktan düştüğünde bakımını sağlayacak parayı, her şeyi...

Elbette bu "her şey" salt paradan ibaret değildi. Aylin kuru, çürük bir dal gibi onu mezarlıkta terk ettiğinde tutunduğu dinç, yeni tomurcuklanmış çiçekleriyle güçlü bir daldı Ezgi. Bu dala yaslanıp ağlamıştı o gün. Taze yapraklarıyla silmişti gözyaşlarını. Yaşamı müjdeleyen rengârenk çiçeklerinde bulmuştu teselliyi.

Şimdi çiçekleri solmaya yüz tutan, vesvese kurtçuklarının içini kemirdiği bu dalı çürümeden kurtarması, yeniden güçlendirmesi gerekiyordu. Kendi geliştirdiği bir terapi yöntemini deniyordu Ezgi'de. Meditasyon halinde gerçekleşen terapi, hastayı ve terapisti aynı oranda zorlayan bir metottu. Yıpratıcıydı. Uzun sürecek fakat neticesi tatmin edici olacaktı. Tülin Hoca, eninde sonunda Ezgi'nin içindeki canavara ulaşacak ve çekip çıkaracaktı.

Tedavi sürecini herkesten gizli yürütme kararı almışlar, ilk seansı da bu akşam yapmışlardı. Kimse bilmeyecekti kapının ardında yaşananları, dolandıkları labirentleri, onlar aradıklarını bulana kadar hiç kimse onları bulamayacaktı.

Klinikte sinek uçsa, "Dişi midir? Erkek midir? Nerelidir? Evli midir? Bekâr mıdır? Evi barkı var mıdır?" gibi soruların hepsini öğrenmeyi kendine görev edinen sekreter Ayla bile anlayamayacaktı ne olduğunu, patronlarının bir odaya girip neler karıştırdığını tahmin edemeyecekti.

-4-

Ekim sonuydu. Ayın 29'unda asılan dev bayrak, Ezgi'nin ördek yeşili otomobiliyle geçmekte olduğu 15 Temmuz Şehitler Köprüsü'nün altında ağır ağır sallanıyordu. Sonbahar yağmurları dinmiş, hava kendini kışa hazırlamaya başlamıştı. Soğuktu dışarısı. Köprünün direklerindeki ışıklar kırmızıdan maviye, yeşile dönüyor, İstanbul'da gecelerin bile ne denli renkli olduğunu gösteriyordu.

Köprü çıkışındaki kavşakta, birden kuzguni siyah bir cip Ezgi'nin arabasının arkasında belirdi ve peşine takıldı. Ezgi cipin kendisini izlediğini fark etti, fakat pek önemsemedi. Trafikte onu tanıyan, araçlarından el sallayan, kornalarıyla taciz eden, yol boyunca eşlik edip eskortluk yapan hayranları olurdu. Genelde zararsız tiplerdi bunlar ve neticede şöhretin de bir bedeli vardı.

Arabasının radyosunda hafif bir klasik müzik çalıyordu ama Ezgi bu müziği duymuyordu. Hâlâ terapi esnasında yaşadıklarının etkisindeydi. Seans sırasında gördükleri kurcalıyordu kafasını. Tülin Hoca acaba gördüğünün hayal değil de bir anı olabileceğini düşünmüş müydü? "Yok canım" dedi kendi kendine. Böyle bir şeyi hissetse dehşete kapılır, bu konu hakkında konuşmadan edemezdi. Bu öyle es geçilecek, üzerinde durulmayacak bir konu değildi. "İçimdeki karanlığı görseydi, her saniyesini analiz etmeden çıkarmazdı beni klinikten" diye geçirdi içinden. Yaptığı bu çıkarımlar içine su serpti. Rahatladı Ezgi. Radyoda çalan klasik müzik yeni yeni gelmeye başladı kulağına. Sevmişti çalan parçayı. Uzanıp açtı sesini.

Maslak'ı geçip Hacıosman yoluna girdiğinde, siyah cip hâlâ arkasındaydı. Ezgi plakasını seçemiyordu. Hacıosman'dan Bahçeköy'e inen, iki yanındaki yaşlı ağaçların dev dallarını birbirlerine uzatarak tepede birleştirdikleri yokuş yola girdi. Bu yolu severdi. Çiçekli bir gelin yolu, doğal bir botanik bahçe gibiydi. Masalsı bir ruhu vardı. Darüşşafaka'nın, sonra özel bir yaşlı bakımevinin yanından geçti. Huzurevinin tek tük yanan ışıkları ilişti gözüne. Bekleyecek kimsesi olmayanlar, uykuları gelsin diye bekliyordu.

Bu üstü ağaç dallarıyla kaplı, sık yaprakların arasından parlak, lacivert gecenin sızdığı yol, gözüne bir başka göründü. Hüzünlü bir hal aldı yokuş.

Yol Bahçeköy'e doğru iyice boşaldı. Neredeyse etrafta Ezgi'nin arabası ve arkasındaki cipten başka hiçbir araç yoktu. Ezgi dikiz aynasından cipin iyiden iyiye yaklaştığını gördü. Aracı kullanan kimse belli ki takipte ısrarcıydı. Uzun farların parıltısı gözünü alıyor, plakayı hâlâ seçemiyordu. Ezgi kaşlarını çattı, "Bu iş fazla uzadı!" diye söylendi. Var gücüyle gaza bastı. Arabası kükredi, sahilden esen dondurucu soğuğu yara yara son sürat Büyükdere'ye geldi.

Büyükdere'den içeriye Maden'e doğru çıkan dar yokuşlara girip peşindeki cipi atlatmayı başardı. Dağ evleri denilen, genelde gecekondudan oluşan bölgeye vardığında arkasında ne cip ne de çevrede başka bir araç vardı. Uzaktan acı acı inleyen, uluyan köpeklerin sesleri geliyor, Ezgi'nin arabasında çalan klasik müziğe karışıyordu.

Evler iyiden iyiye azalmıştı. Yol bir koruluğa doğru kıvrılıyordu. Koruluğa gelmeden, etrafı yamuk yumuk çitlerle çevrili küçük bir arazinin üzerindeki metruk görünümlü gecekondu evin yakınında yavaşladı Ezgi. Sonra durdu ve arabanın ışıklarını söndürdü. Mahalle ile koruluğun sınırında duran bu son eve baktı bir müddet. Evin önünde kir pas içinde bir kâğıt toplama arabası duruyordu. Bir de soba kuruluydu evin dışında, yanıyordu. Dümdüz, kısacık bacasından incecik, beyaz bir duman dalga dalga uzanıyor, geceye süzülüyordu. Birden evin kapısı açıldı. Bir karaltı çıktı dışarı. Bir elinde çaydanlık, orta yaşlı yorgun bir adamdı bu. Adam çaydanlığı sobanın üzerine koydu. Sonra yerden biraz çalı çırpı toplayıp sobaya attı. Doğruldu adam, gerindi. Etrafı kolaçan ederken Ezgi'nin arabasını fark etti. Hiç hareket etmedi. Öylece kıpırtısız bir şekilde baktı arabaya sadece. Sonra arabadakinin kim olduğunu biliyormuş gibi elini havaya kaldırıp sessiz bir selam verdi. Ezgi bu selama kayıtsız kaldı. Karşılık gibi algılanacak hiçbir hareket yapmadı. Sonra çalıştırdı arabasını ve ayrıldı metruk görünümlü evin önünden.

Koruluğun içine girdi. Arabasının farları yaşlı ağaç gövdelerini, dökülmüş, çürümüş yaprak tepelerini ışıklarıyla okşaya okşaya İstanbul Boğazı'nı yukarıdan harika bir açıdan gören, yer yer çimenlerin kapladığı toprak bir araziye çıktı. Arabayı köprüyü tam karşıdan gören bir alana çekti. Manzaraya baktı bir süre. Kapkara yük gemileri, kıyıya vurmuş ölü balinalar gibi denizin üzerinde sürükleniyorlardı. Şehrin gürültüsü esen rüzgârın uğultusuna karışıyor, güçlükle duyuluyordu.

İstanbul'un en güzel yerlerinden, onun en güzel göründüğü noktalardan biriydi burası. Ezgi için manzaradan çok daha öteydi bu tepe. Ne zaman kendisiyle baş başa kalmak istese, hayatını altüst eden, tüm hayatının değiştiği bu şahane manzaranın önünde alırdı soluğu. Sanki çok eski zamanların İstanbul'una bakıyormuş gibi hissederdi. Uzakta ışıkları yanıp sönen köprü olmasa, tarihte bir yolculuğa çıktığına inanabilirdi.

Kafasında dönüp duran bu düşüncelerle, bir süre izledi Boğaz manzarasını. Sonra yan koltuktaki çantasına uzanıp içinden Ayla'nın verdiği zarfı çıkardı, evirip çevirdi elinde. Açıp açmamak, okuyup okumamak arasında kaldı. Bu mektubun içinde yazılanların onu nasıl etkileyeceğini kestiremiyordu. Ruhsal bir çöküşün eşiğindeydi. Herhangi bir duygusal yoğunluk, içindeki canavarı tetikleyebilir, kendini kaybedeceği bir atak yaşayabilirdi. Ezgi istemiyordu bunu. Henüz başında olduğu tedavi sürecini sekteye uğratmaktan, kendisine zarar veren birine dönüşmekten korkuyordu. Öte yandan merak ediyordu mektubu. Biraz düşündükten sonra, bunun onu yıpratacak derecede güçlü bir etki yapamayacağına inandı. Zarfı özenle açmaya koyuldu. Fakat tam o sırada, ne zamandır klasik müzik çalan radyo birdenbire hışırdamaya başladı. Başka bir frekans girmeye çalışıyordu araya. Fantezi türünde ağlak bir taverna şarkısıydı bu. Bir melodinin diğerini taciz etmesi, tecavüze yeltenmesi gibiydi. Ezgi radyoyu kapatmak istedi ama başaramadı. Ağlak şarkı cızırdayarak frekansı tümüyle zapt etti. Hışırtılar, cızırtılar kayboldu, ses netleşti.

Sonra birden aydınlandı ortalık, gece gündüze döndü. Ezgi başka bir arabada, başka bir zamanda, aynı manzaraya bakarken buldu kendini. Hava gri, duman duman bulutluydu. Burnuna yanmış kömür kokusu çalındı. Eski model kasetli radyodan şarkıcının "Liselim... Liselim..." diye titreşen sesi yükseliyordu. Vücuduna bir acı yayılıyordu Ezgi'nin. Ensesine ağır bir elin yapıştığını, onu hareketsiz bırakacak kadar sıktığını hissediyordu. Sanki bu el, onu boğmak istiyor gibiydi. Çıplak gövdesi, arabanın ön iki koltuğunun arasına sıkışmış vaziyetteydi. Boynundan kehribar bir kalp kolyesi sarkıyor, göğsüne çarpıp duruyordu.

Ensesini tutan elin sahibi, diğer eliyle Ezgi'nin iki bileğini sırtında birleştirmiş, bir mengene gibi kıvırıyordu. Kurtulması imkânsız bir ters kelepçeydi sanki. Ezgi, "Yapma" dedikçe, arkasındaki erkek sırıtarak, "Şışşş!" diyordu.

Camlar buğulanmış, dışarıdaki manzarayı görünmez hale getirmişti. Ezgi'nin ensesindeki el boynunu kavramayı bırakıp saçlarına asıldı ve kendine doğru çekti. Saç diplerine korkunç bir acı yayıldı. Acının şiddetini azaltmak için kafasını saçlarının çekildiği yöne, arkaya attı Ezgi. Gözlerinin önünde, pembe saçlarından bir iple dikiz aynasına asılmış, yeşil bir oyuncak sallanıyordu. Gülümsüyordu oyuncak Ezgi'ye. Dikiz aynasında başka bir gülümseme daha vardı. Arkasındaki sarışın genç erkeğin ürkütücü bir şehvetle bezeli sırıtışıydı bu, "Benimsin artık" diyordu.

Genç adamın yeşil gözleri avına eziyet etmekten zevk alan vahşi bir hayvanın gözlerine benziyordu. Bu vahşi gözler dikiz aynasında büyüdü, büyüdükçe kırmızılaştı. Sonra aydınlık yitip gitti. Gözlerin kırmızısı, geceyi aydınlatan iki sarı araba farına dönüşünce kendine gelebildi Ezgi.

Peşindeki siyah cip bulmuştu onu. Yaklaşmaktaydı yavaşlayarak. Arabanın içindeki her kimse, cüretiyle korkuttu Ezgi'yi. Eli gayriihtiyari torpido gözüne uzandı. Bazen torpido gözünde göz yaşartıcı sprey sakladığı olurdu. Ama bu sefer böyle bir şey için uzanmamıştı eli. Bu refleks ona ait değildi. Siyah cip, Ezgi'nin aracının solundan yaklaşırken eli havada asılı kaldı. Açamadı torpido gözünü.

Cipten gelen korna sesiyle irkildi, hatta zıpladı neredeyse. Korna sesi bir selam veriş gibiydi. Tonu neşeliydi. Soluna park eden arabanın içine baktı. Direksiyondaki adam Ezgi'ye gülümsüyordu. Bu şakacı gülümsemenin sahibi tanıdıktı. Derin bir nefes aldı. Rahatladı. Mektubu tekrar çantasına koydu. Adam arabadan inip kül rengi paltosunu Boğaz'dan esen rüzgârdan korumaya çalışarak Ezgi'nin yanına geldi. Camı tıklattı. Hınzırca bir edayla, "Benden kaçamazsın" dedi.

Ezgi de indi arabasından. Siyah düz saçları sert rüzgârla dalgalanıp yüzünü örttü. Yalnızca mavi gözleri görünüyordu. "Kenan?" dedi. Eliyle yüzüne vuran saçları toparlamaya çalışırken. "Korkuttun beni."

Kenan gülümseyerek, "Gecenin köründe böyle tekinsiz yerlerde takılıyorsan korkmayı da göze alacaksın" dedi.

Ezgi saçlarını çarçabuk toplayıp başının üzerinde sağlam bir topuz yaptı. "Haklısın" dedi Kenan'a. "Sigaran var mı?"

Kenan ela gözlerini kısıp baktı Ezgi'ye. "Bırakmamış mıydın hayatım?"

Gülümsedi Ezgi. "Sadece korktuğumda içiyorum" dedi.

"Nadiren desene şuna" diyerek güldü Kenan.

Sonra kül rengi paltosunun içcebinden gümüş bir sigara tabakası çıkardı. Açıp Ezgi'ye uzattı. Ezgi bir dal sigara aldı. Kenan kendisine de almayı ihmal etmedi. Pantolon cebinden çakmağını çıkardı. Muhtar çakmağını andıran fakat şık ve pahalı bir çakmaktı bu. Kenan böyle zengin oyuncaklarını severdi. Önce Ezgi'ye tuttu. Ezgi rüzgârı kesmek için ellerini çakmağa uzatıp iki yandan kapatmaya çalıştı.

"Gerek yok. Yanar o" dedi Kenan ve alaycı bir tonda ekledi. "Kimsenin gücü yetmez bu ateşi söndürmeye..."

Ezgi sert bir nefes çekti. Aynı sertlikle üfledi. Kenan'ın bu afralı tafralı hallerinden hiç hoşlanmazdı. Yine de gülümsedi Kenan'a. Arabada canlanan o berbat anıdan sonra Kenan'ı görmek bir nebze rahatlatmıştı onu.

"Nasıl buldun beni?"

Kenan kendi sigarasını da yakıp, çakmağı pantolon cebine koydu. Dumanı hafif hafif üfleyerek cevap verdi.

"Her zamanki gibi! Harikulade!..."

"Şakayı bırak Kenan! Beni nasıl buldun?"

"Medya patronuyum ben canım benim! Elimin altında devasa bir gazeteci ağı var. Haber değeri olan her şeyi mutlaka öğrenirim!..."

Rüzgârın şiddeti dinmişti. İki beyaz duman karşılıklı dans ediyordu şimdi. Ezgi bir nefes daha çekip çenesini hafifçe kaldırarak Kenan'ın yüzüne doğru üfledi dumanı.

"Tesadüf diyorsun yani!"

"Tamamıyla" dedi Kenan gülerek. "Şirkette işler uzadı. Hollandalı bir yatırımcı grupla toplantı yaptım. Afakanlar bastı. Zor attım kendimi dışarıya. Bir Boğaz havası alayım, iyi gelir dedim. Sonra rastlantıya bak ki köprünün çıkışında senin aracını gördüm. Aha, dedim. Eğlence çıktı. Aslında niyetim sana yeni arabamla sürpriz yapmak sonra kaçıp gitmekti. Fakat sen beni çabuk fark ettin. Hızlandın. Sonrası tavşan kaç, tazı tut! İşte buradayız."

Ezgi bu hikâyeyi pek inandırıcı bulmadı. Kenan gibi en ufak hareketi bile hesaplı birine göre değildi bu fevri davranışlar.

"Atlatmıştım seni! Burada olduğumu nasıl bildin?"

Kenan ayaklarının ucuna kadar uzanan karanlık Boğaz manzarasına, ışıl ışıl yanan köprüye bakıp iç geçirdi.

"Bir sene önce seni burada bulduğumda bana yine aynı soruyu sormuştun, hatırlıyor musun? Unutamadım o günü Ezgi... Seni öyle kanlar içinde görmek... Burayı da unutamadım. Beni atlatmak için Büyükdere sahilinde yukarılara kıvrılınca buraya gelmiş olabileceğini düşündüm. Yanılmamışım!"

Kenan buğulu bakışlarını siyah cipinden yana çevirdi.

Ezgi hatırladı. Sonra Kenan'a dikti bakışlarını. Mavi gözlerinde hiçbir duygu seçilmiyordu. Sağ avucuna sol kolunun dirseğini yerleştirmiş, sigarayı tutan eli bilekten bükülmüştü. Parmaklarının ucundan sarkan sigara, bir çıra gibi ince ince tütüyordu.

"Buraya yalnız kalmak için geliyorum" dedi Ezgi.

"Ya! Demek yalnız kalmak için? Çimentocuyu mu özledin yoksa?"

Kenan'ın çimentocu diyerek küçümsediği kişi Ezgi'nin eski sevgilisi Mehmet'ti. Mehmet Kaymaz... Ezgi'nin en yakın arkadaşı Aslı'nın ilkokulda gözünü kör eden, öfke kontrol problemi olan Mehmet, aslında başlarda Ezgi'nin doktora tezi için hazırladığı bir projenin parçasıydı. Doktora tezi, "Tedavisi mümkün değil!" denilen hastaları resmi olmayan kayıt dışı bir grup terapisiyle iyileştirebilmek üzerineydi.

Annesi o daha çok küçükken başka bir adama kaçtığı için Mehmet, mahallede sürekli "orospunun oğlu" diye anılıyordu. Babası ezik, zavallı bir adamdı. Daha sonra tekrar evlendi fakat küçük Mehmet için bu daha da beter oldu. Babası çimento fabrikasında iki vardiya çalışıyor, Mehmet de evde yalnız kaldığı üvey annesinden sürekli dayak yiyordu. Bu yüzden evde durmamaya çalışıyordu, sokak çocuğu gibi bütün gün dışarıda kalıyordu.

Buna rağmen yine de bir şekilde babası eve varmadan, o kısıtlı sürede, dayak yemeyi başarıyordu.

Ergenliğe yaklaşan Mehmet gittikçe asabileşmişti, sokakta ha bire kavgaya karışıyordu. Tüm bunlar yetmezmiş gibi bir de üvey annesini babasını aldatırken yatakta basmış, öfkesini kontrol edememiş ve adamı kalçasından bıçaklamıştı. Sonrası malum, ıslahevleri, pedagoglar...

Islahevinden çıkmasına bir ay kala, babası üvey annesini affettiğini, çıkınca dedesinin yanında yaşamaya devam etmesi gerektiğini söyleyen bir mektup göndermişti. O günden sonra, küçücük yaşta bir de babası tarafından terk edilen Mehmet artık insanlara, özellikle de kadınlara karşı büyük bir güvensizlik ve nefret derecesinde öfke duymaya başlamıştı. Bir tek Ezgi'ye karşı öyle hissetmemişti. Hatta onun sayesinde, öfkesini kontrol eder olmuştu. Çünkü hayatında ilk defa bir kadın ona kendini iyi hissettirmiş, onunla gerçekten ilgilenmiş ve onu yüzüstü bırakmamıştı.

Ezgi, o dönem, Nişantaşı'nda bir restoranda tanıştığı, babasının medya imparatorluğunun henüz başına geçmemiş Kenan'la flört ediyordu. Fakat Mehmet'in Ezgi'yi tüm yaralarıyla, yanlışlarıyla kabul edişi; Mehmet'in ise hayatında ilk kez gördüğü şefkat ve ilgi, ikisinin de sevgisiz geçen kötü çocuklukları, ikiliyi birbirine yakınlaştırdı. Ezgi, Kenan'ın ona sunabileceklerine aldırmadan ilişkilerini kesip attı ve Mehmet'le zorlu olacağı her halinden belli bir yola girdi.

Ezgi, yaşadığı onca şeyden sonra ilk kez bir erkeğe güveniyordu. Annesinin açtığı yaralardan sonra ilk kez gerçekten seviliyormuş gibi hissediyordu. Ama belki de hak etmiyordu sevilmeyi. Bir sene önce, Mehmet bir öfke nöbeti esnasında kendini kaybedip Ezgi'ye saldırdığında böyle dememiş miydi?

"Ulan sen var ya, sen de diğerleri gibisin. Sen hak etmiyorsun sevilmeyi, orospu!"

O gece elinden zar zor kurtulup izini kaybettirdi. Sonrası ise bulanıktı... Tam olarak hatırlamadığı üç gün vardı. Hoş, liseden beri oluyordu bu hatırlamadığı boşluklar. Kendince travmayla baş etme yöntemiydi bu Ezgi'nin. Siliveriyordu aklından, gördüğünü, duyduğunu, yaptığını...

Üç günün sonunda kendine geldiğinde kıyafetleri paramparça, ağzı burnu kurumuş kan içindeydi. Çok geçmeden de Kenan gelmişti zaten. Sarıp sarmalamış, herkesten gizlemişti onu bir süre. Hatta Meryem'i de alıp üçü birlikte Amerika'da kalmışlardı birkaç ay.

Kenan'ın kolundan dürtmesiyle kendine geldi Ezgi. Sigarasından son bir nefes alıp, izmariti yere attı. İyice ezdi.

"İnsanları aşağılamayı bırak, Allah aşkına Kenan! Bak, bu özgüvensizlik hiç yakışmıyor sana, haberin olsun!"

"Asıl o adamla birlikte olmak sana yakışmıyordu Ezgi. Tek iyi meziyeti inşaatçı olması. Onun dışında kim bu adam? Gençliğini sokak serseriliği yaparak, ıslahevlerinde yatarak geçirmiş, adam yaralayacak kadar şiddete meyilli, sabıkalı bir bağımlı. Sokakta yaşayan gençlere yardım ediyorum yalanıyla çete besleyen, küçük bir butik mafya! Zaten mafyanın alametifarikasıdır çimento fabrikası ya. Tevekkeli değil, borcunu ödemeyeni ayağına çimento dolu teneke bağlayıp denize atmıyorlar boşuna. Uyan artık. En azından, zamanında beni kimin için terk ettiğinin farkına varır mısın artık lütfen!"

Ezgi, Kenan'ın Mehmet hakkında döküp saydığı şeyleri duyunca afalladı. Hele mafya çimento ilişkisi hakkında söylediklerine neredeyse kahkaha atası geldi. Fakat tüm bu saçmalıkları o kadar inanarak anlatıyordu ki! Gülemedi.

"Mehmet'in senin için haber değeri var belli ki! Çok detaylı araştırma yapmışsın hakkında. Fakat her zamanki gibi yanlı ve abartılı. Senin medyanın da özelliği bu. Şaşırmıyorum artık!"

"Seni korumaya çalışıyorum Ezgi... Adamı hapse attırmadık, sırf sen öyle istedin diye. Ya yine sana zarar verirse?"

"Attırmadın ama şirketinin yolsuzluklarını döküp saçtın, Azerbaycan'a kaçmak zorunda kaldığını, dönmeye kalkarsa da tutuklanacağını biliyorsun Kenan... O yüzden, istersen bana yaklaşmak için Mehmet'i bahane etmeyi bırak artık. Bir sene olacak neredeyse..."

Ezgi yaklaştı Kenan'a. Ağlayan, huzursuz bir çocuğu sakinleştiriyormuş gibi şefkatle baktı yüzüne.

"Her şey değişir Kenan! İnsanlar değişir. Buna inan. Mehmet hasta bir adamdı, iyileştirdim sanmıştım, yanılmışım. Hepsi bu... Geçmişe takılıp kalırsan, sen de geçmişte kalırsın başkaları için. İnsanları geçmişleriyle yargılarsan, mutsuz olan sen olursun. O yüzden Mehmet'le ilişkimizin geçmişte kaldığını kabullen. İstersen bir müddet görüşmeyelim, ne dersin? Kim bilir, baş yıldızın, gözden Serap'la daha mutlu olursun! Yarının ne getireceği bilinmez, değil mi?"

Serap, Kenan'ın kanalındaki sabah kuşağı programının sunucusuydu ve Kenan'ın onunla hiç ama hiç işi olmazdı. Ezgi de biliyordu bunu ama yine de konuyu değiştirmek için kullanmaktan geri kalmadı.

Ezgi'nin Serap'tan değil, ayrılıktan bahsetmesi Kenan'ı yumuşatmıştı. Yüzündeki o sert, herkese, her şeye tepeden bakan laubali anlatım, masumane bir duygu kazandı. Ezgi'ye ihtiyacı vardı Kenan'ın. Bir tek onun yanında kendisi gibi olabiliyor, bir tek onu kendine bağımlı hale getiremiyordu. Sevgi, ihtiyaç, hırs karışımı bir şeydi Kenan'ın hisleri. Zirvede kalmak için verdiği savaş onu yıprattığından, Ezgi bir merhem gibi yaralarını sarıyor, onu güçlendiriyordu. Ezgi'yi bir kere Mehmet'e kaptırmıştı, onu kaybetmenin ne demek olduğunu biliyordu. Bir daha buna müsaade etmeyecekti. Ezgi'nin elini tuttu, yanağına bastırdı. Sıcaklığını hissetti yüzünde. Öptü. Sonra İstanbul Boğazı'nın eşsiz güzelliğine çevirdi yüzünü.

"Bu şehri fethedebiliriz Ezgi. Sen ve ben. Kral ve kraliçe gibi. Padişah ve sultan gibi hükmedebiliriz buraya. Yeter ki benimle ol! Her savaştan zaferle çıkarım. Kimse duramaz önümüzde, baş edemez bizimle. Bu şehrin sahibi oluruz diyorum sana Ezgi, sahibi!"

Kenan'ın yüzündeki yumuşaklık başarısız bir yüz nakli gibi sarktı, yerini yine hırs dolu kötücül bir ifade aldı. Ezgi elini Kenan'ın avucundan kurtardı.

"Ben buranın sahipsiz, kimseye ait olmayan halini seviyorum. Kendimin de öyle. Fethetmek, hükmetmek... Sultan olmak, padişah olmak sevdası yok bende. Böyle hırslar çocukça geliyor bana artık Kenan. Başarılı, güçlü, güzel, zengin olursam, kızımı yanıma alırsam tamamlanırım diyordum. Ama görmüyor musun, içimdeki boşluk dolmuyor bir türlü Kenan. Ben artık böyle hissetmek istemiyorum. Değişeceğim! Kızım için değişeceğim."

Ezgi başka bir şey söylemedi. Kenan'a son kez bakıp arabasına bindi. Anahtarı çevirdi. Motorun hırıltısı güven vericiydi. Dağılmak üzere olan topuzunu açıp, salladı saçlarını, dikiz aynasından bakıp düzeltti, şekil verdi. Camı indirdi.

"Hadi, bu gece bana gidelim. Meryem evde yalnız olunca aklım onda kalıyor, biliyorsun!"

Kenan sigarasından derin bir nefes çekerken sadece başını sallamakla yetindi. Ezgi'nin arabası karanlığa doğru döndü, ışıkları ağaçların üzerinde gezindi. Ağaçların arasında bir adam aydınlandı. Sonra yine karanlık gölgeye dönüştü. Ezgi fark etti adamı. Kısacık baktı. Sonra bir korna çaldı. İki adam da bu kornayı kendilerine verilmiş bir selam sandı. Gaza bastı Ezgi, gözden kayboldu.

Kenan sigarasının dibini şık bir parmak darbesiyle Boğaz'a doğru fırlattı.

"Sultan olmak ilginizi çekmiyorsa o zaman cariyem olursunuz Ezgi Hanım! Madem her başın sıkıştığında bana koşuyorsun, o zaman senin başını biraz sıkıştırmak lazım sanırım. Olur, bana uyar."

Sinirle cipine binip yola koyuldu. Rüzgâr izmariti havada kapıp, son fırtını döndüre döndüre içti, ucu hâlâ yanıyorken koruluğa düşürdü.

İzmariti, tabanı çamurlu, bağcıksız eski bir bot ezdi. Botun sahibi Ezgi'ye selam veren adamdı. Elinde bir kürek vardı. Koruluğun içinden Kenan'ın uzaklaşmakta olan arabasını izledi.

"İnsan sevdiğine böyle mi yapar?" dedi adam. Sesi ıslık gibiydi. Buharlı, sıcak bir ıslık gibi. Sonra küreği yere sallayıp, hemen yanındaki dev çukura toprak attı.

Çukuru dolduran kara toprağın içinde belli belirsiz, ince bir kadın eli göründü. Donuk, kıpırtısız, soğuk, ölü bir kadın eli.

Üstüne atılan toprağa gömüldü... Kayboldu.

-5-

"Senin ne mal olduğunu yakında diğerleri de öğrenecek. Geçmişinden kaçamazsın Ezgi Demircioğlu!"

Güzel bir elyazısıyla, özenle yazılmış notu katlayıp zarfa koydu. Ezgi, İstinye sırtlarındaki villasının bulunduğu yüksek güvenlikli siteye geldiğinde vakit gece yarısını geçmişti. Kenan belli ki hemen arkasından gelmemişti, tepede biraz daha oyalanmıştı. Tepede, gizli yerinde okumaya fırsat bulamadığı notu, ancak arabasını evinin önüne park edince okuyabilmişti.

Ezgi düşüncelerini toplamaya çalıştı, kimdi acaba bu notu gönderen? Geçen sene doktora tezi için düzenlediği kayıt dışı seanslara katılanlardan biri olabilir miydi acaba? Ya daha da beteri, hatırlamadığı şeylerle bir ilgisi olabilir miydi bu notun?

Dikiz aynasından gözüne vuran fardan, Kenan'ın geldiğini anladı. Hemen düşüncelerinden sıyrıldı. Yıllar içinde öğrendiği bir şey vardı ki o da Kenan'a güvenemeyeceğiydi. Ona bu nottan bahsedemezdi.

Başını hafif eğdi, öne doğru uzattı. Arabanın ön camından evinin pencerelerine baktı. Meryem'in en üst kattaki odasının ışığı yanmıyordu. Çoktan uyumuş olmalıydı. Alt katta, havuza bakan pencerelerden birinde kırık sarı bir ışık titreşiyordu. Bu pencere, Meryem'in Ukraynalı bakıcısı Maya'nın odasının penceresiydi. Genç bakıcı, yatağının başında ufak bir ışığı açık bırakmadan uyuyamıyordu. Savaş yüzünden ülkesinden ayrılmak zorunda kalmıştı ve karanlık, ona hatırlamak istemediği birçok kötü şeyi anımsatıyordu. En çok da anne babasının cansız bedenleriyle iki gün karanlıkta beklemek zorunda olduğu o günü...

Ezgi, bu villa tipi evi, Meryem Londra'dan yanına gelince almıştı. Burası anne kız olarak yaşayacakları ilk yuvaydı. On bir yıl boyunca ayrı kaldığı, büyümesini izleyemediği, herkesten gizlediği kızı, Londra'da onu kendi kızı gibi görüp saklayan çocukluk arkadaşı Aslı'nın yanından geçen sene temelli dönüş yapmış, İstanbul'a, Ezgi'ye, öz annesine kavuşmuştu. Artık bu evde, Ezgi'nin mavi gözlerinin önünde büyüyecekti Meryem. Ev önemliydi bu yüzden. Korunaklı, geniş, sıcak bir yuva olacaktı onlara. Nihayetinde bu üç katlı, havuzlu, İstinye Koyu'nun bütün manzarasını gören evi bir servet ödeyerek aldı. Kızı her şeyin en iyisine layıktı.

Para olduktan sonra ev bulmak kolaydı ama iyi eğitimli, güvenilir bir bakıcı öyle kolay bulunmuyordu. Tülin Hoca yetişti Ezgi'nin imdadına. Titiz araştırmalar sonucunda, ince eleyip sık dokuyarak buldu Maya'yı. Mevzubahis bakıcılar, hizmetliler olduğunda Tülin Hoca'dan daha iyi bir jüri yoktu. Oğlu Burak'ın özel eğitimi, hassas bakımı için tuttuğu bakıcılar sayesinde, bakıcı seçimi konusunda uzmanlaşmış, deneyim kazanmıştı. İyi bir bakıcıyı duruşundan anlıyordu.

Maya'yı Ezgi'yle tanıştırmaya getirdiğinde, "İyi bakıcı yol tabelası gibidir, ona baktığında nerede olduğunu anlarsın" deyip bir kahkaha patlatmıştı. Bu güzel, genç Ukraynalı kız, tam da Ezgi'nin hayal ettiği türden bir bakıcıydı. Mükemmel Türkçesinin yanı sıra ileri derecede İngilizce ve Fransızca biliyordu. Rusça zaten biliyordu. En önemlisi çocuk dilinden anlıyordu. Konservatuvar mezunu bir piyano eğitmeniydi. Güvenilir, dürüst, yetenekli bir genç kadındı Maya. Ezgi onun gibi birini bulabildiği için kendini de Meryem'i de şanslı sayıyordu.

Ezgi zarfı saklamak için torpido gözünü açtı. Gözü bir şeye takıldı, donup kaldı, kanı çekildi adeta. Mektubu elinden düşürdü. Soğuk, kara bir metal parçası parladı torpido gözünde. Ezgi tedirgince elini parıltıya uzattı. Dokundu korkakça. Bir tabancaydı bu. Tuttu kabzasından çekti, çıkardı. "Bu silahın burada işi ne?" diye düşündü. Sonra büyüdü gözlerinin maviliği, küçülen gözbebeklerini yuttu.

Gözleri geçmişe bakıyordu yine. Yağmurun altında ellerini yüzüne siper etmiş Zarife'yi gördü... Annesine doğrulttuğu silahı gördü... Zarife'nin sağanak yağmurla şeker gibi eridiğini gördü... Hiçliğin karanlığından sönmüş bir kuyrukluyıldız gibi kayan kehribar kalbi gördü... Sonra gözbebeklerinin koyuluğu büyüdü, yuttu mavi gözlerini. Kulaklarında kendi sesi yankılanıyordu şimdi, "Beni neden sevmedin anne?" diyordu ardı ardına, sonra göğü parçalayacak kadar kuvvetli bir patlama...

Kendine geldiğinde dehşete düşmüş halde silaha bakıyordu.

"Allahım... Ben... Hayır, saçmalık bu, kendine gel Ezgi, kendine gel..."

Derin bir nefes aldı. Sakinleşmeye çalıştı. Tabancayı eli titreye titreye torpido gözüne koydu. Mektubu düşürdüğü yerden alıp silahı gizleyecek şekilde üstüne yerleştirdi. İkisi de evde saklanamayacak derecede tehlikeli şeylerdi. Kapattı torpido gözünü.

Arkasına yaslanıp derin bir nefes daha aldı. Sanki hızla atan kalbini serinletmek istiyormuş gibi gömleğinin iki düğmesini açtı. Lila sutyeninin kenarındaki dantel çiçekler, göğsü inip kalktıkça büyüyor, açılıyorlardı. Sonra durdu büyümesi dantel çiçeklerinin. Sakinleşmişti Ezgi.

Anahtarı yuvasından çekti, çantasını alıp çıktı arabadan. Kapıları kilitleyeceği sırada aklına bir şey gelmiş gibi durdu. Bagaja doğru çevirdi başını. Bakışları kısıldı. Dudaklarını büzdü. Arabanın arkasına geçti. Etrafı gözucuyla kolaçan etti. Sitede süs bahçelerini sulayan otomatik fıskiyelerin ağustosböceği ötüşünü andıran seslerinden başka çıt çıkmıyordu. Kimsecikler yoktu ortalıkta. Bagajı açtı. Ekşimiş, hastane koridoru gibi kokan bir havasızlık vurdu yüzüne. Gözüne ağzı sıkıca bağlanmış, siyah naylon bir poşet ilişti. İrkildi. Tekrar göz gezdirdi çevresine. Poşeti açtı. Poşetin içinde üzerinde kurumuş kan olan beyaz bir gömlek vardı. Ezgi bu top top edilmiş, poşete tıkıştırılmış kanlı gömleği tanıyordu. Ne torpido gözündeki silah gibi dehşete düşürdü onu ne de aldığı not gibi tedirgin etti. Boş, ifadesiz gözlerle bakıyordu gömleğe. Poşetin ağzını sıkıca bağlayıp, çantasına sokuşturdu. Bagajı örttü.

O sırada Kenan'ın arabası da geldi. Arabanın kapılarını kilitleyip kapıda kendisini bekleyen kadına doğru yorgun adımlarla yürüdü. Mavi ışıklandırmalı havuzda yansıması dalgalandı, eve yaklaştıkça büyüdü, sonra kayboldu. Kenarları yukarı kıvrılmış, kurumuş bir yaprak sahipsiz, isimsiz bir kayık gibi yüzüyordu havuzun üstünde. Ekimi kasıma bağlayan bir geceydi.

Ezgi ve Kenan eve girdiğinde, Maya onları karşılamak için salona geldi. Ezgi ses yapmasın diye topuklu ayakkabılarını çıkarırken, bir yandan da işaretparmağını dudaklarına götürüp,

"Şışşş..." yaptı Maya'ya. Maya sessizce, parmak uçlarında yürüyerek Ezgi'nin yanına geldi. Sesini olabildiğince kıstı.

"Aç mısınız? Bir şeyler hazırlamamı ister misiniz Ezgi Hanım?"

"Yok canım! Yat sen. Geceleri atıştıracak yaşta değiliz artık!"

Maya başını öne eğip gülümsedi. Çekik, neredeyse sarıya çalan su yeşili gözleri iyice kısıldı. Bembeyaz pürüzsüz teniyle tezat oluşturan simsiyah düz saçlarını kalın bir örgü yapmış arkasında toplamıştı. Örgünün ucu kürekkemiklerine uzanıyordu. Üzerinde lacivert, desensiz bir pijama takımı vardı. Üstünün düğmeleri yakasına kadar tümüyle kapalıydı. Bu haliyle yol kenarlarındaki uyarı levhaları gibi görünüyordu. Aslında uzun boylu, hatları düzgün, alabildiğine güzel bir genç kadındı Maya. Ama bu güzelliğini saklamak ister gibi giyinirdi. Sanki yeri ve zamanı değilmiş gibi saklamaya çalışırdı bedenini.

Ezgi montunu vestiyere asıp, çantasını koluna geçirdi. Kenan'a döndü.

"Hadi, sen çık yukarı, ben de geliyorum."

"Başüstüne, hayhay!"

Kenan muzip muzip güldü ve Maya'ya göz kırpıp merdivenlere doğru yürüdü.

Ezgi kızının gününün nasıl geçtiğini öğrendikten sonra Maya'ya, "Bir duş alıp uyuyacağım. Felaket yoğun bir gündü!" dedi.

"İyi geceler Ezgi Hanım."

Maya da odasına gidip kapısını kapattı.

Ezgi merdivenleri gıcırdatmadan temkinli adımlarla çıktı üst kata. Aynı dikkatle çıt çıkarmadan koridorun sonundaki banyoya yürüdü. Duvarları boydan boya gömme bir kitaplıkla döşeli çalışma odasının önünden geçti.

Evin bu ikinci katı tümüyle Ezgi'nin yaşam alanıydı. Geniş bir yatak odası, İstinye Koyu'ndan Emirgân Korusu'na kadar uzanan bir manzaraya bakan penceresinin önüne yazı masasını koyduğu çalışma odası, küçük bir ardiye, tuvaletiyle birlikte şık bir banyo vardı bu katta. Ortada, odaları birbirine bağlayan, duvarlarını Ezgi'nin sevdiği sanatçıların eserlerinin replikalarının süslediği geniş bir koridor uzanıyordu.

Ezgi koridorun sonunda bulunan banyoya girdi. Kapıyı yavaşça kapatıp kilitledi. Çantasını çamaşır makinesinin önüne koyduktan sonra soyunup dökünmeye başladı. Gömleğini, eteğini, külotlu çorabını çıkardı. Üzerinde sadece dantelli lila iç çamaşırları kaldı. Sıcak suyu açtı, bir süre akıttı. Sonra dönüp çantasındaki siyah poşeti aldı. Poşetten kanlı gömleği çıkarıp kendi kıyafetleriyle birlikte çamaşır makinesine tıkıştırdı. Lavabonun altındaki dolaptan sıvı deterjan aldı. Leke çıkarıcı tırtıklı plastik kaba tepeleme deterjan doldurup makinenin içine, çamaşırların tam ortasına yerleştirdi. Makinenin bombeli cam kapağını kapattı. Kısa ve kurutmalı bir program ayarlayıp, sessiz mod tuşuna bastı.

Makine vızıldayarak su almaya başladı. Çamaşırlar sessizce dönüyor, kanlı gömlek ağır ağır diğer çamaşırların üzerine yığılıyordu. Ezgi siyah naylon poşeti buruşturup çöpe attı. Boşa akan sıcak suyun buharı banyoyu doldurmaya başlamış, lavabo aynası buhardan buğulanmıştı. Ezgi, eliyle aynadaki buğuda kendini görebileceği kadar bir yeri sildi. Sildiği yerde sol kolundaki süt lekesi izi göründü. Buğunun içinden derisindeki bu değişik yara izine baktı. Gözlerini yumdu, parmaklarını yara izinin üzerinde gezdirdi. Bu kusurun her detayını kusursuz bir şekilde ezberlemişti. Girintileri, çıkıntıları, kabarık, çökük yerleri ayrıntılı bir harita gibi zihninde kayıtlıydı.

Koluna dokunduğunu yalnızca parmak uçları hissediyordu. Yanık yarası çocukluğundan beri hissizdi. Daha geniş bir alanını sildi aynadaki buğunun. Birkaç adım geri çekilip sildiği yere sığdırdı yansımasını. Ellerini beline koyup bir sağa, bir sola döndü. Vücudunu inceledi. Güzel buldu kendini. Kolundaki süt lekesi ve gençliğinden kalan eski ve nasıl olduğunu hatırlamadığı yeni jilet izleri olmasa daha da güzel görüneceğini düşündü.

Birden banyonun kapısının kolu hareket etti. Biri açmaya çalışıyordu kapıyı. Meryem ya da Kenan gelmiş olmalıydı. Telaşlandı Ezgi, etrafına bakındı. Çantasını yerden alıp lavabonun yanındaki çamaşır sepetinin üstüne koydu. Çamaşır makinesinin içini gösteren cam kapağa baktı, bombeli cam, tamamen köpükle kaplanmıştı, içinde nelerin döndüğü anlaşılmıyordu. Derin bir nefes aldı. Buğusu silinmiş aynadan yüzüne baktı bir kez daha. Saçını başını çarçabuk düzeltip açtı banyo kapısını.

Kenan Ezgi'yi iç çamaşırlarıyla buharların içinde görünce şaşırdı. Uyku sersemi gözleri büyüdü, kendine geldi. Tepeden tırnağa süzdü Ezgi'yi. Büyülenmiş bir ifadeyle konuştu.

"İyi ki bu gece seni takip etmişim, insan bazı güzelliklere risk almadan ulaşamıyor."

Ezgi elinden tutup içeri çekti Kenan'ı. Banyo kapısını kapattı. Hiçbir şey söylemeden Kenan'ın dudaklarına yapışıp uzun uzun, soluksuz bir biçimde öptü. Sonra geri çekti kendini. Kenan'ın şaşkınlığı artmış, afallamıştı. Ezgi'nin yüzüne oyuncu bir utangaçlıkla bakıp gülümsedi. Daha sonra elleri kollarına dokundu kadının, gözlerini bir şey yakalamış gibi kıstı.

"Yine kendini mi kestin?"

Sesinde sorgucu bir tavır vardı. Ezgi irkildi. Kenan'ın aslında ne kadar şey bildiğini hatırladı. Toparladı hemen kendini.

"Bir iki tane küçük kesik."

Suçlu bir çocuk gibi eğdi başını.

"Hani sadece eskiden yapıyordun bunu?"

Ezgi yüzünde hınzır bir gülümsemeyle sokuldu Kenan'a. Kulağına doğru yaklaştırdı ıslak dudaklarını.

"Belki eskiyi özlemişimdir..."

Kenan ellerini Ezgi'nin çıplak sırtında gezdirdi. Bel gamzelerine dokundu. Avuçlarını kavisli yuvarlak kalçalarına koydu. Hükmeder gibi kendine çekti.

"Ya! Neyi özlemiş acaba Ezgi Hanım? Hemen icabına bakayım."

Kenan'ın bu cevabı güldürdü Ezgi'yi. Kenan'ın güçlü kollarından sıyırdı kendini, duşakabine doğru yürüdü.

"Eee? Anlat bakalım, nasıl geçti günün?"

Kenan, suyun sıcaklığını ayarlamaya çalışan Ezgi'ye yaklaştı.

"Fena. Serap yakamdan düşmüyor, Allah aşkına Ezgi, bir idare edemedin şu kadını. Geçen yayında laf sokmuşsun, bütün gün başımın etini yedi."

Ezgi dönerek yine sokuldu Kenan'a. Pantolonunun kemerini açtı, çıkardı belinden.

Bir kırbaç gibi tuttu elinde.

"Hımmm... İlginç. Beni kovmanı mı istedi senden?"

Ezgi'nin bu seksi tavırları, sesindeki erotik tını Kenan'ı güldürüyordu. Fakat bu oyun ilgisini çekmişti, bozmak istemiyordu. Ezgi'yi böyle ateşli vaziyette görmek çok nadir görülen bir olaydı.

"Onun ne istediğinin önemi var mı?"

Ezgi elindeki kemeri bir aslan terbiyecisiymiş gibi şaklattı.

"Senin sahibin benim!"

Kenan kahkaha atmamak için zor tuttu kendini.

"Sen gerçek bir delisin."

Kıs kıs güldü Kenan. Ezgi kemeri bırakmış, Kenan'ın gömleğinin düğmelerini açmaya koyulmuştu. Kenan'ın gülümsemesi, sessiz bir şehvetle gömleğini çıkarmaya uğraşan Ezgi'nin arkasında çalışan çamaşır makinesini fark etmesiyle yerini kuşkuya bıraktı.

"Gecenin bu vakti çamaşır mı yıkıyorsun?"

Ezgi çekip aldı gömleği Kenan'ın üzerinden.

"Öf! Ne çok soru soruyorsun gecenin bu vakti!"

Kenan'ın gömleğini banyonun ortasına fırlattı.

"Ama yani saçma değil mi bu?"

Ezgi Kenan'ın pantolonunun düğmesini açtı, fermuarını indirdi.

"Değil. Yarın senin kanalındaki programa konuğum yine. Bana en çok yakışan kıyafetlerle çıkmak istiyorum. O yüzden yıkanmaları gerekiyor. Ayrıca gürültü çıkar diye dert ediyorsanız beyefendi, sessiz modda çalışıyor makine. Sen bile yeni fark ettin."

Kenan ayak bileklerine inen pantolonun içinden çıplak ve ikna olmuş halde çıktı. Yine de kafasını kurcalayan bir şey vardı.

"İç çamaşırlarını niye atmadın makineye? Hazır çamaşır yıkıyorken."

Ezgi kendisi gibi üzerinde sadece iç çamaşırıyla kalan Kenan'ın heybetli, kaslı vücuduna yaklaştı, yasladı bedenini. Elini güçlü kollarının üstünde gezdirdi. Sonra kafasını kaldırdı.

"Çünkü onları senin çıkarmanı istiyorum."

Bu sefer oyun, şaka, cilve yoktu sesinde. Bu ciddiyet Kenan'ın aklını başından almaya yetti. Önce sutyeni, sonra külotunu çıkardı Ezgi'nin Bir anda ikisi de çırılçıplak kaldılar. Ezgi Kenan'ı elinden tutup duşakabinin içine soktu.

Ezgi kapattı duşakabinin kapısını. Çıplak bedenler birbirine dolandı. Buhar camı kapladı görünmez oldular.

Çamaşır makinesinin içinde ağır ağır dönen köpüklerin ritmine denk cılız iniltiler doldu banyoya. Çamaşırların dönüşü hızlandıkça iniltiler de hızlandı. Makine sıkmaya geçtiğinde çıkardığı uğultulu vızıldama, artık zevk hırıltılarına dönüşen inlemeleri duymayı güçleştiriyordu.

-6-

Duş faslı bitmiş, arzular dinmiş, çamaşırlar kurumuş, banyoyu saran buhar dağılmış, su zerreciklerine dönüşmüştü. Kenan duştan yorgun argın çıkmış, bir bel havlusuna çabucak sarınıp yatak odasına atmıştı kendini. Ezgi ise lavaboya eğdiği başından sarkan ıslak saçlarını tarıyordu. Saçlarının arkasından belli belirsiz görünen yüzünde huzurlu, tatlı bir gülümseme vardı.

Kopan, dökülen, tarağa takılan saçlarını toplayıp bir öbek yaptı. Çöpe attı. Başına bir havlu sardı. Kurutmakla uğraşmadı. Ne de olsa yarın katılacağı televizyon programında bütün bunlarla ilgilenen kulis ekibi halledecekti her şeyi. Saçı, makyajı özenle yapılacaktı. Reyting rekorları kıran "Ne Hayatlar Var", kayıp davalarını, cinayet vakalarını kadın bakış açısıyla işleyen ödüllü bir gündüz kuşağı yayınıydı. Programın sunucusu Serap Sirenay, hırslı, zeki, hitap yeteneği hâd safhada, güzel bir sarışındı. Orijinal sarışın olup olmadığı tartışılıyordu ama orijinal bir şahsiyet olduğu su götürmez bir gerçekti.

Birçok karmaşık olay onun yüksek gayretleriyle çözülmüş, yüzlerce kayıp insan ailelerine sağ salim kavuşturulmuş, dosyası rafa kalkmak üzere olan nice cinayetin canlı yayın esnasında itiraf edilmesi sağlanmıştı. Haklı olarak görkemli bir şöhrete kavuşturmuştu bu program onu. Halkın gözünde saygı duyulan, sevilen bir kanaat önderi, kutsanan, duacısı olunan bir Anadolu halk kahramanıydı adeta.

Serap Sirenay, Ezgi'yi bu programa, işlenen vakaların muhataplarının psikolojik profillerini çıkarmak için davet etmişti ilk seferinde. Ezgi'nin yayın sırasında yaptığı tahliller, tespitler, psikoloji bilimini halkın anlayabileceği basit bir dille izah edebilmesindeki hüneriyle izleyicinin ilgisini çekmeyi başarmış, büyük geri dönüşler almıştı. Elbette bunda Ezgi'nin güven verici, duru güzelliğinin, masmavi nazar boncuğu gibi gözlerinin payı büyüktü. Televizyona yakışmıştı Ezgi. Ekran başındakileri güzelliği ve birikimiyle büyülemiş, başka bir seyir zevki tattırmıştı. Serap Sirenay, Ezgi'nin böyle bir etki yaratabileceğine ihtimal vermemişti. Belli etmemeye çalışıyordu ama bozulmuştu bu duruma. Ezgi'nin bir anda, tahmin edilemez şekilde parlamasını kıskanmıştı. Ekranda konuk aldığı birinin kendisinden rol çalmasına tahammül edemedi. Önünü kesmek istedi Ezgi'nin. Sonraki programlara çağırmamayı düşündü. Ama yapımcılar ve kanalın patronu Kenan, Ezgi'nin ışığını görmekte ısrarcı olunca, istemeye istemeye programa sıklıkla konuk olarak almak zorunda kaldı.

Ezgi aynalı lavabo dolabından sarı kantaron yağı şişesini aldı. Eline döktüğü yağı çıplak vücuduna yaydı. Bu yağın yanık odun kokusunu andıran aroması ona garip bir huzur veriyordu. Sol kolundaki süt lekesine de sürdü yağı. Cildi yeniliyor diye tavsiye etmişlerdi yıllar önce. Fakat süt lekesinin olduğu yanık bölgede faydasını görmemişti. Her takıntı, yeni takıntılar doğuruyordu sadece.

Beyaz bornozunu giydi, hırpalanmış dantel çiçekleri yırtılmış lila rengi çamaşırlarını yerden aldı. Üzerine çantasını koyduğu çamaşır sepetine attı. Çantasından cep telefonunu çıkardı. Saat gecenin biriydi. Telefon alarmını sabah saat yediye kurdu. Bornozunun cebine koydu telefonunu. Eğildi. Çamaşır makinesinden yıkanmış, kurumuş çamaşırları çıkardı. Buruşmuş gömleği gerdi, ışığa tuttu, kan lekesinden eser yoktu.

Yeni yıkanmış dört parça çamaşırı ardiyedeki ütü masasının üzerine bıraktı. Maya, Ezgi'nin ardiyeye bıraktığı kıyafetlerin ütülenmesini istediğini bilir, sabah bu odayı mutlaka kontrol eder, yıkanmış yeni çamaşırlar varsa hemen ütülerdi.

Ezgi üst kata Meryem'in odasına çıktı. Kızının odasının kapısı ardına kadar açıktı. Kapının böyle açık olması hoşuna gitti. Meryem'in bu evi sahiplendiğinin, burada kendini güvende hissettiğinin kanıtı gibiydi. Kapıda durup bir süre Meryem'im uyumasını izledi. Meryem yorganı üzerinden atmış, karnında, "I Love You" yazan, neredeyse kendi boyunda, mavi tüylü bir pelüş ayıya sarılmıştı. Ezgi böyle bir oyuncak aldığını hatırlamıyordu. "Kenan'ın işleri..." diye düşündü.

Kızını yanına aldığı son bir yıldır, onu konforlu, güvenli, huzurlu bir evde büyütmeye çabalarken, bunun için gece gündüz çalışıp, bir yandan delirmemek için zihninin karanlık oyunlarına direnirken, Meryem'e yeterince vakit ayırmadığını, onunla yeni hikâyeler yaratmaya fırsat bulamadığını fark etti. Oysa düşlediği, Zarife'nin ondan esirgediği, yaşatmadığı, zindana çevirdiği ve özlediği o şefkatli ana kız ilişkisini Meryem'le yaşayabilmekti. "Daha zaman var..." diyerek avutuyordu kendini. Her şey zamanla yoluna girecek ve tümüyle Meryem'le ilgileneceği günler gelecekti. Ne de olsa yanındaydı artık. Onun geleceği için çalıştığını, onun mutluluğu için uğraştığını anlayacaktı.

Fakat büyüyordu Meryem. Her geçen gün daha hızlı büyüyordu. Kızı Londra'dayken büyümesine tanık olamadığı için kahrolmuştu Ezgi. Ama şimdi yanında olmasına rağmen onu büyürken izleme fırsatını yakalayamıyordu. Bir lanet gibiydi bu. Meryem'in büyürken yaşadıklarını başka ağızlardan duyuyordu. Sevdiği şeyleri, hayallerini, umutlarını, şakalarını, Maya'dan, öğretmenlerinden öğreniyordu. İnsanın yavrusunun hayatını yalnızca yabancı gözlerden görebiliyor olması ne korkutucu şeydi. Buna izin vermemesi gerektiğini biliyordu Ezgi. Kızı için gün geçtikçe bir yalancıya dönüştüğünü hissediyordu. Tanışmalıydı onunla, arkadaş olmalıydı. İkisinin başından geçen hikâyeler yaratmalıydı. Onu korumak için etrafına ördüğü aşılmaz kalenin içinde yalnız bırakmamalıydı kızını.

Meryem için verdiği mücadele, onu doğurabilmek için herkese meydan okuyuşunu, dünyayı karşısına alışını getirdi gözünün önüne. Ezgi, Meryem'in babası Erol'la tanıştığında, üniversite öğrencisi gencecik bir kızdı. Erol çok zengin bir ailenin çocuğuydu. Ailesinin tepkilerine rağmen psikoloji okumayı seçmişti. Ezgi'yle de okulda tanışmışlardı. İkisi de son sınıftı. Önce arkadaş oldular, sonra âşık, ardından okul bitmeden Erol'un ısrarıyla evlendiler. Hamileliği ikisine de büyük sürpriz olmuştu. Üç ay sonra yapılan amniyosentez testi sonrasına doktordan duydukları ise şok etkisi yaratmıştı. Testin sonucu olumsuz gelmişti. Bebeğin omurgasında ciddi bir problem olduğunu söyleyen doktor, bebeğin muhtemelen sakat doğacağını söylemişti.

Ezgi haberi alır almaz sinir krizi geçirdi. Hatta bir süre ortalıktan kayboldu. Sonra ne yapacağını bilmez bir halde annesine gitti ve yalvardı.

"Kimse bu çocuğu doğurmamı istemiyor. Kimse doktorların 'muhtemelen' dediğine dikkat etmiyor, sanki kesin sakat doğacakmış gibi çocuğumdan vazgeçmemi istiyorlar. Anne, annem... Senden hiçbir şey istemedim bugüne kadar..."

Ezgi gözyaşlarına boğulmuş, katıla katıla ağlıyordu. İç çekişlerinin arasında konuşmaya çalışıyor bir yandan da akan burnunu, gözyaşlarını elinin tersiyle silmeye çalışıyordu. Zarife Hanım ise sanki karşısında perişan halde ona yalvaran kızı değil de televizyonda bir dizi sahnesiymiş gibi kayıtsız izliyordu.

"Anne... Lütfen, lütfen bana destek ol. Senden tek isteğim kararımın arkasında durman, herkese ben kızımın yanındayım demen, sadece bu. Annem lütfen, izin verme, izin verme çocuğumu almalarına..."

Ezgi'nin ağlaması çığlığa dönmüştü artık. Genç kız yine sinir krizi geçiriyordu.

Zarife Hanım sakinliğini bozmadan yerinden kalktı, kızını kolundan tutup karşı kanepeye oturttu. Sonra sehpanın üzerinde duran kesme sürahiden bir bardak su doldurup verdi. Ezgi suyu içtikten sonra biraz sakinleşmişti. Ahşap ayaklı, üçlü yeşil kadife koltuğun ortasında oturan Ezgi, o kadar güçsüz ve çaresiz görünüyordu ki! Zarife Hanım'ın bile içi sızladı kızının o haline.

Birkaç dakikalık sessizlikten sonra Zarife Hanım lafa girdi.

"Kendine geldiysen, biraz konuşalım Ezgi. Bak kızım, senin bu hayatta güçsüz olma lüksün yok, anlıyor musun? Erol gibi harika bir adamla evlendin ama bu bebek hayatınızı mahvedecek... Kurtul ondan!"

"Kurtul ondan mı? Anne, sen ne dediğinin farkında mısın? Bir bebekten kurtulmak o kadar kolaysa sen neden yapmadın? Bir ağabeyim var zaten, bana ne gerek vardı? Aldırsaydın."

"Sana bir şey söyleyeyim mi? Kız olacağını bilseydim aldırırdım. Bu dünya kız çocuklarına, güçsüzlere, âcizlere göre bir yer değil, anlıyor musun? Aklını başına topla ve doğru olanı yap. Ha, doğru olan şeyin de bebeği doğurmak olmadığını biliyorsundur umarım kızım?"

Annesi bir kez daha Ezgi'nin yaralarını görmüş ve pansuman yapmayı reddetmişti. Duygu denen bir şey kalmamıştı annesinde, artık bundan emindi. O gün öldürdü annesini kafasında. Ve ondan sonraki birçok gün daha...

Erol'un annesi de hiç istemedi bebeği doğurmasını. Aristokrat gördüğü ailelerine yakıştıramadı sakat bir çocuğu. Erol aldıralım demiyordu ama sakat bir çocuk sahibi olmalarının kariyerlerini baltalayacağını anlatıp duruyordu. Bunlar Erol'un şahsi fikirleri değildi elbette. Annesi böyle bir tutum alması için tembihliyordu oğlunu. Erol ne emredilirse onu yapan bir piyondu ailesinin elinde. Korkaktı. Ama Ezgi'yi korkutamadılar, ikna edemediler çocuğu aldırması için. Zaten lise çağlarında başından korkunç hadiseler geçmiş, travmalar yaşamıştı. O soğuk kürtaj masasına bir kez yatmış, sadece bebeğini değil, ruhundaki çocuksu saflığı da aldırmıştı. Kendinden geçtiği, hatırlamadığı anların olduğu günler de işte bu dönem başlamıştı. Bunun yeniden yaşanmasına müsaade edemezdi.

Ezgi üzerindeki baskının günbegün arttığını hissediyordu. Memleketi ona dar edeceklerinin, nefes aldırmayacaklarının farkındaydı. Bir şeyler yapması, bu cendereden kurtulması gerekiyordu. Bir plan tasarlamıştı. Erol'a çocuğu aldıracağını ama yüksek lisans eğitimi için Londra'ya gitmesi gerektiğini, bu fırsatı kaçırırsa akademik kariyerinin sekteye uğrayacağını, kürtajı da Londra'ya gider gitmez yaptıracağını, buradaki doktorlara güvenmediğini söyledi.

Nihayetinde Erol'u ve annesini ikna etmeyi başardı. Ezgi Londra'dayken Erol sürekli arayıp konuşmak istedi ama Ezgi kürtajın onu bunalıma sürüklediğini, kimseyle görüşmek istemediğini söyleyerek oyaladı Erol'u. Bir yıl sonra İstanbul'a döndüğündeyse Erol'un tüm ısrarlarına rağmen sadece boşanmak için buluştular. Ezgi boşanır boşanmaz kendisini işine, hastalarına ve kariyerine adadı. Sıkıntılarından kurtulmanın en iyi yolu kaçıştı. Bu kaçış da Ezgi'yi işine yönlendirmişti. O saatten sonra yalnızca kariyerine ve hedeflerine dönük yaşayan biri oldu. Bir daha hiçbir ilişki yaşamadı, Kenan hayatına girene kadar da bunu hiç istemedi.

Oysa başarmıştı Ezgi. Güzeller güzeli bebeğini, Meryem'i, 5 Kasım sabahı Londra'da dünyaya getirmişti. Kimse bilmiyordu doğduğunu. Kendi ailesinin fertleri bile. Bir tek kişi şahitti bu doğuma. Ezgi'nin çocukluktan arkadaşı, kadim dostu, kardeş bildiği tek kişi, Aslı. Ezgi hem yüksek lisansını yapıp hem bebeğine bakarken yanında sadece Aslı vardı. O da hukuk eğitimini alıyordu Londra'da. Ezgi İstanbul'a döneceği zaman Meryem'i Aslı'ya emanet etti. Aslı büyük bir özveriyle annelik etti Meryem'e yıllarca. Ezgi Aslı'nın bu emeğini karşılıksız bırakmıyor, dört elle sarıldığı işlerinden kazandığı bütün parayı tek kuruşuna dokunmadan Aslı'ya gönderiyor, bulduğu her vakitte onların yanına gidiyordu. Aslı, Ezgi'den gelen bu parayla hem Meryem'in bütün ihtiyaçlarını karşıladı hem de başka iş yapmak zorunda kalmadan hukuk eğitimini tamamladı. İkisi de minnettarlardı birbirlerine.

Ama savaş daha yeni başlıyordu. Yeterli gelmiyordu Ezgi'ye bunlar. Büyümeli, güçlenmeli, zenginleşmeliydi. Meryem'i yanına aldığında hiç kimsenin gücü onu kendisinden koparmaya yetmemeliydi. İşte, şimdi bulunduğu konuma Ezgi'yi bu hırs getirdi. Bu yüzden çalıştı gece gündüz, bu yüzden zenginleşti. Şana şöhrete bu yüzden ihtiyaç duydu. Kenan gibi insanları bu yüzden soktu hayatına. Hepsini Meryem'in çevresine bir koruma kalkanı oluşturmak için yaptı. Ve şimdi yanındaydı kızı. Mışıl mışıl uyuyordu yatağında. Meryem Türkiye'ye döndüğünde Erol'un her şeyden haberi olmuştu ama tek bir farkla: Kızının sağlıklı olduğunu bilmiyordu. Ezgi de bilerek söylememişti. İstemiyordu dahil olsunlar. 11 yaşında sakat bir çocuğu olduğunu düşünen ne Erol'un onu görmeye cesareti vardı ne de o lanet annesinin. Özetle kimsenin gücü kızına yaklaşmaya yetmiyordu artık, kimsenin. Hatta kendisinin bile...

Meryem'in yanına uzanmak, ona sarılmak geldi içinden. Kapıdan içeri bir adım attı... Sonra vazgeçti. Kızının böyle şeylerden hoşlanıp hoşlanmadığını bile bilmiyordu. Ona yapmacık gelebilecek bir hareket yapmaktan çekiniyordu. Çünkü çocuklar yapmacıklığı çabuk sezerler, bundan nefret ederlerdi. Buna benzer bir sözü bir kitapta okuduğunu, altını çizdiğini hatırladı. Tolstoy'un *Anna Karenina*'sında geçiyordu sanki.

Doğum günü yaklaşıyordu Meryem'in. 5 Kasım günü kızıyla yeni hikâyeler kurmaya başlayacağı bir milat olacaktı. Çok istediği bir şeyi hediye edecekti Meryem'e: Yavru bir kedi. Elini tuttuğu herkesi petshoplara götürmesi, yolda gördüğü her kediyi yanağına yaslayıp selfie çekmesi boşuna değildi. Biri onun kedi sevgisini anlasın, ona yavru kedi alsın istiyordu. 5 Kasım günü Ezgi de Meryem de yavrusuna kavuşacaktı. Bu düşünce Ezgi'yi keyiflendirmişti.

Tam Meryem'im odasının kapısından ayrılacağı sırada bornozunun cebi aydınlandı. Telefonu titremeye, zırıl zırıl ötmeye başladı. Ezgi telaşla telefonu cebinden çıkardığı gibi arayanı reddet tuşuna bastı. Meryem uyanmadı ama döndü yatağında.

Boşta kalan mavi pelüş ayı, yuvarlanıp yatağın kenarından yere düştü. Ayıdan kısık dijital bir "I Love You" sesi yükseldi.

Hafifçe kapattı odasının kapısını. Aşağı kata indi. Yatak odasına gitmeden çalışma odasının önünden geçerken *Anna Karenina*'daki o söze bakmak istedi. En sevdiği romanlardan biriydi. Altını çizdiği çok cümle vardı içinde. Odaya girdi. Masasının ışığını açtı. Rus klasiklerinin olduğu raflara göz gezdirdi. Ama bulamadı kitabı. Diğer raflara baktı üstünkörü, yoktu. Ya bu eve taşındığı sırada kaybolan kitaplardandı ya da biri alıp geri getirmemişti. "Yapacak bir şey yok..." diye geçirdi içinden. Işığı söndürüp çıktı çalışma odasından.

Yatak odasına girdi, cep telefonunu yatağın başındaki komodinin üstüne koyup, bornozuyla uzandı yatağa. Kenan'ın çıplak vücuduna sarıldı. Kenan, Ezgi'nin elini alıp göğsüne bastırdı.

"Çalan senin telefonun muydu?"

"Evet!"

İyice sokuldu Kenan'a Ezgi. Çıplak sırtına yasladı başını.

"Kim arıyor ki bu saatte!"

Ezgi umursamaz bir tonda cevap verdi.

"Boş ver! Densizin biri!"

Ezgi'nin sesinin tonu inandırıcı geldi Kenan'a. Üstelemedi.

"Peki!"

Kenan Ezgi'nin elini göğsünden alıp dudaklarına götürdü, öptü. Sonra yumdu gözlerini. Yatağın başındaki komodinin üzerindeki telefonun ışığı sönmek üzereydi. Ekranın üzerinde yeşil bir mesaj kutucuğunda, bir cevapsız arama, *Volkan*, yazıyordu. Sonra ekran karardı. Ezgi uyudu.

-7-

New York'a karanlık çökmüş, akşam olmuştu. Hava bulutlarla kaplıydı. Seyrek taneli hafif bir yağmur çiseliyordu. Volkan'ın evi, Manhattan'da şık bir rezidansın 19'uncu katındaydı. Uzaktaki gökdelenler bulutlara giriyor, uçları silikleşiyor, gökyüzü neon ışıklarla süslü sıvası dökülmüş bir duvar gibi görünüyordu.

Volkan, biraz önce kardeşi Ezgi tarafından reddedilen aramanın ardından telefonunu mutfak tezgâhına koydu. "Aptal şey!" diyerek dişlerini sıkıp sızlandı. Telefonun ekranında Zarife'nin Times Meydanı'nda çekilmiş bir fotoğrafı vardı.

Kahve makinesinin altına fincanını koyup çalıştırdı. Makinenin yanından ip gibi uzayan kahve, fincana dolup köpürdü. Volkan kahvesini alıp yatak odasına geçti. Uyandığından beri son üç gündür annesine ulaşamadığı vardı aklında. Cep telefonuna uzanıp yine aradı annesini. Telefon uzun uzun çaldı fakat yine açan olmadı. Elini uçları kırlaşmış, dalgalı saçlarında gezdirdi. Ona çok yakışan, yuvarlak hatlara sahip yüzünü sert ve keskin gösteren kirli sakalını kaşıdı.

"Yine nereye kayboldun Zarife Sultan?" diye geçirdi içinden. Üç gündür bulduğu her fırsatta annesini arıyor ama ne hikmetse bir türlü ulaşamıyordu. Zarife'nin böyle arada bir telefon çekmediği turistik yerlere seyahat ettiği olurdu. Kimi zaman altın günü yaptığı arkadaşlarıyla, kimi zaman bir başına gezilere katılır, İstanbul dışına çıkar, başka illere giderdi. Karadeniz'de bir butik otelde iki gün telefonuna ulaşılamamıştı mesela, hem de sel felaketi yaşanırken. Trenle Kars gezisine katıldığında da bir süre kayıplara karışmış, ancak birkaç gün sonra annesinden haber alabilmişti. Ama bu sefer garip bir his vardı Volkan'ın içinde. Zarife ne bir seyahate çıkacağına dair önceden bilgi vermişti ne de o her zaman attığı, "Beni merak etme" mesajlarından göndermişti. Üstelik bu gibi durumlar olduğunda telefonu ya hiç çalmazdı ya da "Aradığınız kişiye ulaşılamıyor" kaydı çıkardı. Böyle uzun uzun çaldığı ama açılmadığı hiç olmamıştı. Zarife son üç gündür sırra kadem basmıştı sanki.

Yine de kötü şeyler düşünmek için henüz erken gibiydi. Sonuçta kız kardeşi Ezgi İstanbul'daydı. Zarife'yle arasının her zaman limoni olmasına, anne kızın birbirlerinden pek hazzetmemelerine rağmen kötü bir şey olsa Ezgi'nin haberi olurdu mutlaka. Hem sonra onca arkadaşı vardı Zarife'nin İstanbul'da. Haftada bir altın günü düzenlerler, bunu da özene bezene, coşkuyla, milli bir bayram kutluyorlarmış gibi titizlikle yaparlardı. Teyzesi yani Zarife'nin küçüğü Nuran da İstanbul'da aynı yakadaydı. Ara sıra ziyaretine gidiyordu.

Bu kadar insandan ses çıkmadığına göre, okyanus ötesindeki Volkan'ın böylesi telaşa kapılmasının manası yoktu. Ama elinde değildi telaş etmemek. Annesi her şeyiydi. Zarife kızı Ezgi'den esirgediği bütün sevgiyi oğlu Volkan'a vermişti. Onu el bebek gül bebek büyütmüş, bir dediğini iki etmemişti. Volkan'ın çocukluğu Zarife'nin sayesinde bir şehzade yaşamı gibi geçmişti. Volkan da bu yüzden şanslı bir çocukluk geçirdiğini bilir, annesine "Zarife

Sultan" diye hitap ederdi. Oğlunun Amerika'daki tıp eğitimi için servet harcamış, masraftan kaçınmamıştı.

Volkan da buna mukabil çok çalışıp başarılı bir hekim olarak mezun oldu ama bu aşırı sevgi ve ihtimam Volkan'ı bencil, egosu yüksek, insanlara tepeden bakan birine dönüştürdü. Neredeyse Zarife dışında kimseye güçlü bir duygu beslemiyor, bir gram sevgi hissetmiyordu. Kırk yaşındaydı. Hiç evlenmemişti. En uzun ilişkisi bir yıl bile sürmemiş, bu bir yıl boyunca âşık olduğuna dair en ufak bir emare göstermemişti. Kadınlarla sadece cinsel birliktelik için görüşüyor, sonrasında hiçbirini arayıp sormuyordu. Unutuyordu hepsini. Sanki Zarife'nin varlığı ona yetiyordu. Annesinden başka kadın sokmak istemiyordu hayatına. Ama şimdi, günlerdir annesinden yoksun, memeden kesilmiş bir bebek gibi huzursuzdu. Zarife'den haber alamadığı her saniye yalnızlığı katlanarak artıyordu. Volkan alışık olmadığı bu duyguya tahammül edemiyordu. Ezgi'yi de bu yüzden aramıştı. Aslında aralarındaki ilişkide ağabey-kardeş sevgisinden eser yoktu. Bunda Zarife'nin Volkan'ı merkeze koyan tutumunun payı büyüktü.

Volkan Ezgi'yi her zaman uçarı ve ağlak bulurdu. Çevresini cahil, bayağı insanlarla doldurduğunu düşünür, Ezgi'yi de vasat saydığı bu insanlarla bir tutardı. Ezgi'nin ona ihtiyaç duyabileceğini aklının ucundan dahi geçirmezdi. Volkan'a göre başka dünyanın insanıydı kız kardeşi. Eski, pespaye insanların yaşadığı arabesk bir dünyaydı bu.

Volkan, Ezgi'nin Türkiye'de yakaladığı şöhreti de küçümserdi. Ona göre vasat bir dünyada şöhrete kavuşmanın yolu alçalmaktan geçiyordu. Ezgi'nin başardığı tek şey buydu onun gözünde, kendisinden ödün vererek basitleşmiş, alçalarak bayağılaşmıştı. Bunun Volkan için insanın bedenini satmasından aşağı kalır bir yanı yoktu. Hatta belki daha kötüydü, ideallerini satılığa çıkarıp, televizyon ekranlarından avam tabakasına, basit halk kitlelerine pazarlamak.

Volkan tıp doktorasının ardından üniversitede kalmış, akademisyen olarak sürdürmüştü çalışmalarını. Etik olan buydu ona göre. Televizyonda baş gösterip ucuz reçetelerle şöhret elde etmek düşüklüktü, bilim insanlarının para kazanmak için şaklabanlık yapması utanç vericiydi. Bu yüzden Ezgi'nin ünlenmesini eleştiriyor, annesiyle yaptığı telefon sohbetlerinde Ezgi bahsi açıldığında kız kardeşini şaka yollu aşağılamaktan geri durmuyordu. Zarife de teşneydi Volkan'ın bu tavırlarına, her zamanki gibi oğlunu destekliyor, kızı sanki ahlaksızlık yaparak şöhrete kavuşmuş gibi utanıyordu Ezgi'nin bilinirliğinden.

Ezgi, Volkan'ın kendisi hakkındaki düşüncelerinin farkındaydı elbette ama umursamıyordu. Volkan'ın içten içe onu kıskandığına inanıyordu. Çünkü bu şan, şöhret, para, lüks yaşam onun değil, Zarife'nin şehzadesinin hakkıydı. Sanki Ezgi, şehzade New York seferindeyken yokluğundan faydalanmış ve zorla tahta çıkmış gibi bir hava estiriyordu ana oğul. Onlara göre, Volkan'ın akademisyen kimliği olmasa tozunu attırmıştı Ezgi'nin. Esamisi okunamazdı kız kardeşinin...

Neticede Ezgi için hepsi boş laftan ibaretti. Ona göre Zarife Sultan en büyük kötülüğü yapmıştı gözde şehzadesine. Oğlunu sevgisiyle boğmuş, büyümesine, bir padişaha dönüşmesine izin vermemişti. Çocuk kalmıştı Volkan. Akademisyenliğin arkasına saklanmış, cesaret edemediği şeyleri eleştirerek değersizleştirmekten başka yeteneği olmayan ürkek, ezik bir çocuktu. Ağabey olmayı bile becerememişti. Kız kardeşi onca badire atlatırken, Erol'la evlendiğinde, Londra'da kendi çabalarıyla yüksek lisans yaparken, bir gün olsun arayıp, halini hatırını sormamış, bir ihtiyacın var mı kardeşim deme inceliğinde bulunmamıştı. Bu tavırları yetmezmiş gibi bir de Ezgi ona Meryem'in fotoğrafını gönderdiğinde yeğeninin fotoğrafına cevaben, "Hiç sana benzemiyor, umarım kaderi de benzemez" yazmıştı. Bu duygusuz, kötücül kısa mesaj, Ezgi için bardağı taşıran son nokta olmuş, ilişkileri büsbütün kopmuştu.

Volkan, etraftaki dağınıklığını toparlayıp, kahvesini aldı. Bir yudum içti, soğumuştu. Ama iyi geldi. Elinde kahvesi çalışma odasına geçti.

New York'ta akşam vaktiydi. Yağmur iyiden iyiye hızlanmış, şakırdıyor, şehrin metalden, betondan, camdan mamul müziği Volkan'ın çalışma odasının penceresine çarpıyor, uzaktaki gökdelenlerin ışıklarını titretiyordu.

"Neredesin Zarife Sultan?" diye fısıldadı Volkan penceredeki yansımasına.

Sonra öyle bir iç çekti ki cam buğulandı.

"Şehzadeni neden merakta bırakıyorsun?"

***

Buğulu camı eliyle sildi Ayla. Kliniğin içindeki ayak ısıtıcısı pencerenin buğulanmasına neden olmuştu. Daha kasımın ikisiydi, fakat İstanbul'da dondurucu bir kış soğuğu vardı. Buğulu camın silinen kısmından bir kadının hızlı adımlarla kliniğe doğru yaklaştığını gördü. Saçları elektriklenmiş, kabarmıştı kadının. Vücudu sarsılıyor gibi titriyordu. Hastalar kliniğe geldikleri ilk gün ekseriyetle buna benzer bir vaziyette göründüklerinden yaklaşan kadının bir hasta olduğunu sandı önce. İyice yaklaşınca tanıdı Ezgi'yi. Onu hiç böyle hırpani halde, bu denli bakımsız görmediğinden şaşırmış, biraz da telaşa kapılmıştı.

Ayla, Ezgi'nin kliniğe saç baş dağılmış halde girdiğini görünce içinden danışmadaki masadan kalkıp koşar adım yanına gitti. Bir taraftan da söyleniyordu.

"Ay! İyice kafayı yedi matmazel!"

Heyecanla yanına vardı.

"Ezgi Hanım. Günaydın!"

Gülümsedi Ezgi.

"Günaydın! Nasıl bir hava bu ya? İncecik giyinmişim, dondum."

Ezgi'nin havayı ısıtan sıcacık gülümsemesini görünce telaşı geçen Ayla, espri yaptı.

"Havanın psikolojisini bozdular Ezgi Hanım. Tam klinik vaka!"

Ezgi, Ayla'nın sözlerine güldü.

"Her şey yolunda mı Ezgi Hanım?"

Ayla bu soruyu sorarken, gözlerini belertmiş, Ezgi'nin elektriklenmiş, sanki mahalle kavgasından çıkmış gibi duran saçlarına bakmıyor, makyajsız yüzünün soluk beyazlığını inceliyordu. Sanki o an Ezgi'nin o koskoca mavi gözleri bile mavi değilmiş gibi geldi Ayla'ya.

"İyi misiniz? Bir sorun yok ya?"

Ezgi, Ayla'nın röntgen cihazı gibi incelikli tarama yapan gözlerinin üzerinde gezinmesinden anladı durumu. Gülümsedi.

"Sorun yok Aylacığım. Doğal halim güzel mi diye bir deneyeyim dedim. Ama pek değil anlaşılan, gören telaşa kapılıyor."

"Olur mu öyle şey Ezgi Hanım? Sizin her haliniz güzel bir kere. Gülümsemeniz yeter ayrıca."

"Teşekkürler. Ya sen bana şöyle sert bir espresso yapsana. Kendime getirir beni."

"Hemen Ezgi Hanım. Süt de köpürteyim mi üstüne?"

"Ay yok Aylacığım. Hiç girme süslemeye."

"Tamam Ezgi Hanım. Sütsüz ve süssüz."

Mutfağa doğru yollandı telaşlı adımlarla.

Ezgi odasına girdi. Masaya koyduğu çantasına elini attı. Gizli gelen mektubu çıkardı. Ne ev ne de torpido gözü bu mektubu saklamak için uygun gelmemişti ona. Klinikteki odasının en güvenli yer olduğunu düşünmüştü.

Masanın çekmecesini açtı. Mektubu çekmeceye saklamadan önce zarftan kâğıdı çıkarıp bir kez daha baktı kâğıtta yazana. Tam o sırada odanın açık kapısı tıklatıldı. Ezgi kafasını kaldırınca karşısında Tülin Hoca'yı gördü.

Ezgi'nin dağınık hali Tülin Hoca'yı da dehşete düşürdü.

"E... Ezgi! Canım! İyi misin?"

Sesi kısık ve tedirgindi.

"Ah! Tülin Hocam!"

Ezgi ayağa kalktı, yüzünde mahcup, çocuksu bir gülümsemeyle Tülin Hoca'nın yanına gitti.

"Telaş edilecek bir durum yok hocam. Kendimdeyim ben. Bugün, 'Ne Hayatlar Var' programına konuğum yine. Saçı, makyajı yapıyorlar programdan önce. O yüzden dün gece saçlarımı yıkadıktan sonra kurutmasıyla, fönüyle uğraşmadım. Havluyla yatıp uyumuşum. Sonuç bu. İyiyim yani anlayacağınız."

Tülin Hoca elini göğsüne koyup, gözlerini yumdu, içten bir oh çekti.

"Vaktin var mı, biraz konuşalım?"

"Tabii! Danışanım yok bugün."

Tülin Hoca Ezgi'nin koluna girdi.

"Benim odamda!"

İki kadın Ezgi'nin odasından çıkıp koridor boyunca yürüdüler. Tülin Hoca'nın kliniğin en ücra köşesindeki odasına girip kapıyı kapattılar.

Bu esnada Ayla, hazırladığı kahveyi Ezgi'nin odasına getirdi. İçeride kimsenin olmaması şaşırttı Ayla'yı. Sağa sola şöyle bir bakınıp kahve fincanını Ezgi'nin masasına bıraktı. Sonra gözü açık çekmeceye, çekmecenin içinde duran kâğıda takıldı. Eğilip kâğıda yakından baktı. Okuyabildiği kadarı gözlerini büyütmeye yetti de arttı. Kot pantolonunun arka cebine uzandı eli. Parlak taş kılıflı cep telefonunu çıkardı.

Ezgi ve Tülin Hoca, odanın ortasındaki masanın hemen önünde, karşılıklı iki koltukta oturuyorlardı.

"Öncelikle terapilerimizin sana nasıl geldiğini merak ediyorum!"

Ezgi odanın çerçevelerle kaplı duvarlarında gezinen gözlerini Tülin Hoca'ya çevirdi.

"Bilemiyorum hocam. Size dürüst olmak istiyorum, açıkçası içimde kilitli her kutuyu açtığımızda içinden ne çıkacak diye çok korkuyorum... Kendimden korkuyorum, kızıma hak ettiği sevgiyi verememekten korkuyorum. Sürekli yanlış erkekleri seçiyor olmaktan korkuyorum. Ama hocam, en çok da annemi hiç affedememekten çok korkuyorum."

Eli yine kolundaki süt lekesine gitmişti.

Tülin Hoca başını hafifçe kaldırdı. Elini çenesine koyup kaşıdı. Yüzünde düşünceli bir ifade vardı.

"Anneni affetmek neden bu kadar önemli senin için Ezgi?"

"Olmuyor çünkü hocam olmuyor, içimdeki bu öfkeyle yaşayamıyorum. Gözünün önündeydim ya... Orada öyle küçücük, sevilmeyi bekleyen bir kız çocuğuydum. Elinden geleni yaptı beni sevmemek için. Sevgisiz bir kadın değildi inanın hocam, babama ve ağabeyime çok iyi davranırdı, onun derdi hep benimleydi. Hele babam öldükten sonra..."

Ezgi'nin gözleri dolmuştu. İçinde dindiremediği öfkenin yanı sıra bir de yavaş yavaş ruhunu yiyip bitiren, tükenmek bilmeyen bir vicdan azabı vardı. Babasını küçükken bir kaza sonucu kaybetmişti. Zarife Hanım bunun sorumlusu olarak da Ezgi'yi görmüştü.

Ezgi'nin çok istediği köpeği almak için yola koyulan baba kız, alkollü bir sürücünün onlara çarpması sonucu feci bir kaza geçirmişlerdi. Ezgi o kazadan hafif yaralarla kurtulmuştu ama babası onun kadar şanslı değildi. Ağır yaralı olarak kaldırıldığı hastanede kurtarılamamıştı. Zarife Hanım'ın, kızına karşı daha da öfkeli hale gelmesi için bir neden daha vardı.

Ezgi, evin içinde bir sığıntı gibi yaşıyordu. Hata yapma lüksü yoktu. Herkesin çocukluk döneminde yaptığı o ufak tefek hatalardan birini yapmak, Ezgi'nin şiddet görmesine sebep oluyordu. Halbuki oğlu Volkan'a karşı ne kadar da anlayışlı ve sabırlıydı. Volkan da aslında küçükken annesinin kardeşi Ezgi'ye davranışlarından rahatsızdı, bir gün dayanamadı, karşısına çıktı.

"Anneciğim, kardeşime sence de kötü davranmıyor musun?"

"Hayır. Ben, bir kız çocuğu nasıl yetiştirilmesi gerekiyorsa öyle yapıyorum. Bir daha işime karışmazsan mutlu olurum."

"Ama ona vurmandan hoşlanmıyorum anneciğim."

"Emin ol, bir kızın olduğunda beni daha iyi anlayacaksın. Kız çocuklarının ağırbaşlı ve güçlü olması lazım. Güçsüz, zayıf, herkesin kötü sözlerle bahsettiği, herkesin kolayca incitebileceği bir kardeşin olsun istemezsin değil mi?"

"Doğru, istemem."

Volkan, durumdan pek hoşnut olmasa da annesi onu bir şekilde susturmayı başarıyordu. Zarife Hanım'ın sevgisizliğinin gerekçesi, kızını dış çevredeki kötülükten koruyor olmasıydı. Fakat yine de Volkan, sırf ödevini yanlış yaptı diye annesinin kardeşine tokat atmasına anlam veremiyordu, kendisi de yanlış yapıyor, annesi gelip tokat atmak yerine yardım ediyordu. Zamanla Volkan da alıştı bu duruma. "Demek ki..." dedi. "Ben değerliyim, o değil."

Değersizliğe dair ilk tohumlar çocuklukta işte böyle çocuklukta atılıyordu. Duyulan ilk sözler, bakışlardaki ifadeler her şey ama her şey kaydediliyordu. Bunlar zamanla etine kemiğine siniyordu insanın. İnsan kendisinden ne kadar kaçabiliyorsa bu duygudan da o kadar kaçabiliyor.

Ezgi'nin evin içinde dolaşması bile annesini huzursuz etmeye yetiyordu. Ezgi o yaşlarda, içinde bulunduğu durumun tuhaflığına bir anlam veremiyordu. Annesinin tüm bu katı tutumuna rağmen her zaman onu memnun ve mutlu etmek için çabalıyordu. Annesi için resimler yapıyor, parklardan çiçekler topluyor, şiirler yazıyordu. Zarife Hanım, bunları Ezgi'nin gözü önünde çöpe atıyor, bir de azarlıyordu: "Bunlarla uğraşacağına git de derslerinle uğraş. Neredeyse sınıfta kalacaksın. Notların berbat ama senin aklın çiçekte, böcekte, şiirde."

Ezgi çok üzülüyordu. Gözleri doluyor, yumruklarını sıkıyor, arkasını dönüp gidiyordu. Tüm bunlara rağmen okulda elinden gelenin fazlasını yapıyor, ortalamanın üstüne çıkmayı başarıyordu ama bu yine de Zarife Hanım'a yetmiyordu.

"Gör beni anne!" diyordu Ezgi, görülmek ve onaylanmak istiyordu. İnsanın görülmediği yerde gitgide büyüyen bir boşluk hissi kaplıyordu dünyayı. Kendi derdiyle uğraşan, mutsuz anne babalarla büyüyen çocuklar için bu boşluk hissi hiç de yabancı değildi. Onların derdiyle ve yüküyle uğraşmak zorunda kalan çocuklar kendi değerinin farkına varamıyordu çünkü kendilerinden önce ilgilenmeleri gereken başka meseleler vardı...

Pek çok aile farkında olmadan bir çöp öğütücü gibi çalışıyordu. Nasıl ki yumurtayı dölleyemeyen spermlerin binlercesi heba oluyorsa, dünyada da benzer şekilde binlerce çocuk böyle heba oluyordu... Kendi macerasını keşfedemeyen her insan, zaman makinesinde öğütülmeye mahkûmdu.

Büyüdükçe annesinin ona karşı tavırlarından daha da etkilenir oldu. Gittikçe içine kapanmaya, annesine olan öfkesini kendisinden çıkarmaya başladı. Uçlu kalem ile kollarını çiziyordu. Biraz daha büyüdüğünde ise kollarını bıçak ve jilet gibi kesici aletlerle kesmeye başlamıştı. Çizik ve yaraları ailesinden saklamaya çalıştığı için yazın sıcağında bile uzun kollu penyelerle dolaşıyordu.

Tülin Hoca, Ezgi'yi dalıp gittiği yerden çıkarmak için önce boğazını temizledi, sonra söze girdi.

"Açıkçası Ezgiciğim, ben de annenin seninle bir problemi olduğunu düşünüyorum, ama bu problemin kaynağının sevgisizlik olduğuna inanmıyorum. Bence annenin kız çocuklarıyla ilgili bir problemi var. Hiç konuştun mu annenle çocukluğuyla ilgili? Nasıl bir çocukluğu olmuş annenin?"

Ezgi sinirlenmişti. Bana ne onun çocukluğundan diye geçirdi içinden ama öyle demedi.

"Tülin Hocam, bu hikâyede ben çocuk olmak istiyorum, psikolog değil. Tamam, bir psikolog olarak insanların geçmişte ne yaşadığı benim için oldukça önemli, ama bir çocuk olarak annemden neden sevgi görmediğim konusu inanın zerre kadar umurumda değil. İsterse berbat bir çocukluk olsun, bu benim çocukluğumu da berbat etmek için bir gerekçe midir hocam?"

Tülin Hoca Ezgi'yi sinirlendirdiğinin farkına varmıştı. Yine de hazır dili çözülmüşken daha çok konuşturmak istedi genç kadını.

"Hımmm... Peki ya o berbat ettiğini düşünmüyorsa?"

"Muhteşem bir çocukluk yaşattığını da söyleyemez ama..."

"Ama başına gelenlerin ne kadarından haberdar annen?"

"Hocam neden bilmiyorum ama annemi savunuyormuşsunuz gibi hissediyorum şu an ve bu beni çok öfkelendiriyor. Sohbetimize şimdilik ara versek olur mu?"

"Tabii ki Ezgiciğim. Ama son bir şey söylememe müsaade et lütfen. Bence annenle açık açık bazı şeyleri konuşmamanın sebebi umursamaman değil, duyduklarını umursayacak olmaktan korkman. Ya anneni de diğer danışanların gibi anlar ve küçüklükten beri tutunduğun öfken bir anda ortadan kaybolursa? Bir düşün bunu, olur mu?"

Ezgi dudak büktü. Elini kabarık, kırıklarla dolu bakımsız saçlarında gezdirdi.

"Belki bir gün hocam..."

"Benimkisi öneri. Karar vermek senin inisiyatifinde. Terapi sürecinde dışarıdan gelen uyarılara çok açık bir durumda olacaksın, kendini savunmasız hissedebilirsin. Sana tavsiyem özel yaşamında da kendini damıtman, sadeleştirmen. Uğraşacak daha az sorunun olmalı. Yeni projeler, yatırımlar, tasarılar yapmayı bir süreliğine ertelemelisin. Ne derler bilirsin, iyi bir sıçrama yapabilmek için birkaç adım geri çekilmek gerekir. Geri çekilmenin kariyerini kötü etkileyeceğini düşünmemelisin. Unutma, kariyerlerini bitirenler inzivaya çekilenler değil, inzivaya çekilmesi gerekirken yanlış adımlar atanlar olmuştur hep."

Ezgi'nin yüzünü önce endişe kapladı. Sonra ışıldadı gözlerinin maviliği.

"Yani bugün katılacağım televizyon programını iptal etmem daha iyi olabilir, öyle mi?"

Tülin Hoca küçük, sivri burnunun ucuna kayan gözlüklerinin üstünden baktı Ezgi'ye. Gözlerini kısıp gülümsedi.

"Televizyon programına katılmanın sorun olacağını sanmıyorum."

Kısa bir an duraksadı Tülin Hoca, devam etti sözlerine.

"Ne de olsa gerçekliğin en az dillendirildiği yer – ki bunu sen benden daha iyi biliyorsun. Sadece bu gibi durumlarda oturup konuşmak ve sonra karar vermek önemli. Artık öğrencim, meslektaşım, ortağım ve dostum olduğun gibi hastamsın da, şu süreçte sorumluyum senden..."

Gözlüğünü geri itip biraz düşündü Tülin Hoca. Sonra iç geçirip sürdürdü konuşmasını.

"Kastettiğim şey televizyon programı değil. Geleceğe dair planlarını benimle paylaşmanı istiyorum. Muhasebesini beraber yapalım. Beni endişelendiren şey ne biliyor musun? Bir gün yine ortalıktan kaybolman. Geçen sene olanlar tekrar etmemeli Ezgi. Üç gün ortada yoktun ve bulunduğunda da epey darp edilmiştin. İşin kötüsü, çoğu şeyi de hatırlamıyordun. Hâlâ kopuk anıların var, biliyorum. Parçaları çoğu kez birleştiremiyorsun. Lütfen beni bilgilendirmeden bir şey yapma."

Ezgi ellerini birleştirip, parmaklarını birbirine geçirdi ve dizlerinin arasına yerleştirdi.

"O günler geride kaldı hocam. Kafamda bazen çekip gitme düşüncesi oluyor, inkâr edemem. Ama size danışmadan radikal bir adım atmam, merak etmeyin."

Tülin Hoca yerinden kalkıp masanın arkasına geçti. Bir çekmece açıp içinden etiketsiz beyaz bir ilaç kutusu çıkarıp Ezgi'ye uzattı.

"Hafif bir sakinleştirici. Kendini kötü hissettiğinde al. Duygu durumunu kontrol altına almana, tetiklemeleri yavaşlatmana yardımcı olacak."

Ezgi kutuyu aldı, inceledi, salladı. Hapların birbirlerine çarpışını duydu. Başını kaldırıp acı bir gülümsemeyle Tülin Hoca'ya baktı.

"Demek hastalar onlara ilaç verdiğinizde böyle hissediyorlar."

"Ne hissettin?"

Bir iç çekti Ezgi.

"Düşündüğüm kadar güçlü olmadığımı!"

Ezgi elinde bir kutu sakinleştiriciyle odasına döndü. İlaç kutusunu çantasına koydu. Ayla'nın masasına bıraktığı kahve soğumuştu. Bir yudum aldı. Yüzünü ekşitti. Sonra açık çekmecenin içinde dağınık kâğıdı toplayıp zarfa yerleştirdi. Zarfı çekmecenin en kuytu köşesine sakladı. "Sıra sende" demişti zarfı gönderen, ne demek istemişti acaba? Polise de gidemezdi, ertesi gün her şey basına malzeme olurdu. Çekmeceyi kilitleyip çantasını omzuna aldı ve odadan çıktı.

Klinikten ayrılmadan danışmaya, masasında elindeki telefona gömülmüş halde oturan Ayla'nın yanına uğradı. Ayla kafasını telefondan kaldırıp Ezgi'yi karşısında beklerken bulunca irkildi. Telefonu ters çevirip masaya koydu.

"E... Ezgi Hanım! Kahvenizi bırakmıştım. Ama odada yoktunuz. Çıkıyor musunuz?"

"Ayla bir sakin ol lütfen ya. Şimdi gelin başı yaptıracağım saçıma, sırf sen mutlu ol diye."

Ayla heyecanını bastırarak gülümsedi Ezgi'ye.

"Ay... Size gelinlik ne yakışır ama. Kraliçe gibi olursunuz!"

Ezgi'nin yüzünü bir anda sanki bir şeyler hatırlamış gibi kara bir dalgınlık aldı.

Bu kısacık dalıp gitme anı endişelendirdi Ayla'yı. Yine bir pot mu kırdım, bir yarasına mı bastım, dilimi tutamayıp yanlış bir laf mı ettim acaba diye düşünürken, Ezgi keyifsiz bir ses tonuyla konuştu.

"Ayın beşine kadar olan danışan randevularımı iptal etmeni istiyorum Ayla. Onları arayıp uygun bir dille izah edersin, değil mi?"

"Tabii ki Ezgi Hanım. Ertelerim randevuları. Beşinde bir programınız mı var?"

Ezgi Ayla'yı kısacık süzdü.

"Meryem'in doğum günü var. Doğumunu saymazsak, birlikte geçireceğimiz ilk doğum günü. O yüzden en önemli programım bu şimdilik!"

Ayla'nın masada ters duran cep telefonu mesaj sesiyle çınlayıp, titredi. Ayla'yı yine bir endişe, Ezgi'nin bir türlü anlam veremediği bir korku hali aldı. Ezgi kol saatine bakıp dudağını kıvırdı.

"Geç kalıyorum Ayla! Danışanlar sende!"

"Merak etmeyin Ezgi Hanım. Gözünüz arkada kalmasın."

Ezgi geldiği gibi hızlı adımlarla klinikten ayrılırken Ayla masada yatan cep telefonunu aldı eline. Ekranda, *"Hesabınıza para geldi*" yazan bir banka mesajı vardı. Yüzünde sinsi bir sırıtış belirdi. Ekran kilidini açıp mesajlara girdi. Boş bir mesaj kutusu açıp yazdı:

"5 Kasım'da kızının doğum günü var. Bütün randevularını o gün için erteledi."

Kayıtlı olmayan o numaraya gönderdi yine. Sonra tam karşısındaki duvarda asılı duran televizyondan Harman TV'yi açtı. Birkaç saat sonra başlayacak "Ne Hayatlar Var" programının reklamı dönüyordu.

***

İstinye Koyu Kent Konakları'nın güvenlik kapısından bir okul servisi çıktı. Maya, Meryem'i bindirdiği servisin siyah film çekilmiş camlarına el salladıktan ve servis minibüsü siteden ayrılıp gözden kaybolana kadar arkasından baktıktan sonra eve döndü.

Meryem için hazırladığı kahvaltıyı toplayıp mutfağa götürdü. Önce Ezgi'yi sonra Meryem'i yolcu etmiş, evde bir Kenan kalmıştı. Kenan hâlâ uyanmamıştı. Kalkınca ona da bir kahvaltı hazırlaması gerekiyordu. Taze bir çay demleyip, altını kıstı. Sessiz adımlarla üst kata çıktı.

Ezgi'nin çalışma odasının önünden geçip ardiyenin kapısına geldi. Yatak odası tam karşıdaydı. Kapısı hafif aralık vaziyetteydi. Nazik, temkinli adımlarla yatak odasının kapısına doğru yürüdü. Kapı aralığından içeriye baktı. Burnuna sıcak bir uyku kokusu geldi. Kenan beline çarşaf dolamış uyumaktaydı. Ses çıkarmamaya özen göstererek, dikkatli adımlarla ardiyeye girdi. Ezgi'nin dün gece yıkadığı çamaşırlar ütü masasının üzerindeydi. Çamaşırların arasında beyaz bir erkek gömleği vardı. Maya bunun Kenan'ın gömleği olduğunu düşündü. Ne kadar yanıldığını bilmiyordu oysa. Önce onu ütülemeye koyuldu.

***

Tülin Hoca'nın bir sonraki randevusuna daha bir saat vardı. Anne kız ilişkisine dair konuştukları, Tülin Hoca'yı istemsizce kendi kızıyla ilişkisini düşünmeye itmişti. Daha kendi kızıyla sağlıklı bir ilişki kuramazken Ezgi'ye annesiyle ilgili ne de güzel ahkâm kesmişti.

"Terzi gerçekten de kendi söküğünü dikemiyormuş" diye geçirdi içinden Tülin Hoca. Kızıyla uzun zamandır görüşmemişti. Belki bir mesaj atsa...

Telefonunu masasının çekmecesinden çıkarıp tam kızına onu ne kadar özlediğini yazacaktı ki son bir aydır cevaplanmayan mesajlarını görüp vazgeçti. Kızına ara ara yazmış, en azından kardeşini gelip görmesi için ricacı olmuş, ama Aylin'den bir cevap alamamıştı. Genç kadın açıkça bağlarını kesmek istemişti, annesi olarak da buna saygı duymaktan başka yapacağı bir şey yoktu.

Oysa ne kadar yanılıyordu Tülin Hoca. Çocuk, kendi kaderine terk edilemeyecek kadar değerli bir şeydi. Bir gün anlayacaktı bunu Tülin Hoca, hem de en acı şekilde...

-8-

Ezgi, Harman TV'nin Cevizlibağ'daki stüdyolarına vardığında programın başlamasına daha bir saat vardı. Arabasını stüdyonun arka kapısına yakın bir yere park etti. Ezgi'yi set amiri genç bir kız kocaman gülümsemesiyle karşıladı. Kız, yirmili yaşlarında, orta boylu, hafif toplu, enerjik biriydi. Birlikte, "Ne Hayatlar Var" programının çekildiği stüdyoya girdiler. Kablo taşıyan set görevlilerinin, ışıkçıların, dertlerine çare arayan konuklara karton bardaklarda ikram edilen çayı dağıtan çalışanların arasından geçip kulise girdiler. Set amiri kız, Ezgi'yi kulise bırakıp işinin başına döndü.

Kuliste otuzunu geçkin hoş bir genç kadın, Ezgi'yi çerçevesi ampullerle çevrili geniş aynası olan makyaj masasına oturttu. Önce saçlarını ıslattı Ezgi'nin. Sonra itinayla taramaya başladı. Bir yandan da konuşuyor, Ezgi'nin sosyal medya hesaplarının sıkı bir takipçisi olduğunu, tavsiyelerinden kendisinin ve çevresinin ne kadar istifade ettiğini anlatıyor, arada durup Ezgi'nin ışıklı aynadaki yansımasına hayran hayran bakarak, güzelliğini övüyordu.

Kuaför kadın, çenesi bir hayli düşük, geveze biriydi. Ezgi kâh gülümseyerek, kâh şaşırarak ama pek konuşmadan mimikleriyle karşılık veriyor, içinden kadının susması için dua ediyordu. Nihayet kadın fön makinesini eline alıp saçları düzleştirme, şekil verme faslına başladığında Ezgi rahatladı biraz. Kuaför kadının fön makinesinin sesine aldırış etmeden, duyulmayan methiyelerini düzmeye devam etmesiyse, içten içe güldürüyordu Ezgi'yi.

Saçlar şekle girmiş, güzelleşmişti. Kadın şimdi makyaja başlamıştı. Konuşması da artık iyiden iyiye bir monolog halindeydi. Artık Ezgi'ye bıkkınlık geldiği sırada birdenbire kadının sesi kesildi. Ezgi kuliste bir değişiklik olduğunu hissetmişti. Yerinden hafif doğrularak dikleşti. İçeriye mühim birinin girdiği belliydi. Oturduğu ışıklı makyaj masasının bir köşesine sımsıkı sarı bir eteğin sardığı kalçaların yaslandığını gördü. Kafasını kaldırdı. Serap Sirenay, sarı eteği, sarı ceketi ve sarı saçlarıyla, kollarını göğsünde birleştirmiş Ezgi'ye üstten, alaycı bir gülümsemeyle bakıyordu.

"Bitti mi makyaj?"

"Birkaç ufak dokunuş kaldı Serap Hanım!"

Gözleriyle, açık kulis kapısını işaret etti kuaför kadına.

"Çok güzel! O ufak dokunuşları biraz sonra yaparsın!"

Ezgi ve Serap Sirenay, kuaför kadının allık fırçasını makyaj masasına bırakıp kulisten çıkışını izlediler, sonra birbirlerine dönüp gülümsediler.

"Görüşmeyeli nasılsın canım benim?"

"İyiyim teşekkür ederim Serap. Yine çok şık ve güzelsin."

"Öyle olmak için çalışıyoruz Ezgiciğim. İşimiz bu aslında. Fakat sen güzellikle işin olmadığı halde güzelsin. İmreniyorum sana."

Ezgi aynadaki yansımasına çevirdi bakışlarını. Mahcup olmuştu.

"Abartıyorsun sanki!"

"Mütevazı olmana gerek yok canım benim. Sen de biliyorsun bunu. Ama tabii insanın içi güzel olacak. İç güzelliği çok önemli."

Ezgi'nin gülümsemesi birden söndü. Yüzünü endişeli bir ifade kapladı. Ezgi, Serap Sirenay'ın kinayeli üslubuna aşinaydı. Ama bu sefer tonu, sanki her zamankinden farklı geliyordu. Serap Sirenay, Ezgi'nin ifadesinin değiştiğini görünce sesindeki iğnelemenin şiddetini hafifleterek sürdürdü konuşmasını.

"Yani ruh güzelliği derler ya. Sen daha iyi bilirsin tabii. Uzmanlık alanın sonuçta. İnsan ruh güzelliğini korudu mu, bu dış güzelliğine de yansıyor."

Ezgi muhabbetin nereye varacağını anladı. Serap Sirenay'ın elini kolaylaştırmak istiyormuş gibi söze girdi.

"Ruhu güzelleştirmenin en iyi yollarından biri de dedikodulara olabildiğinde kulak asmamaktır."

Yarım ağız güldü Serap Sirenay. Göğsünde birleştirdiği kollarını açtı. Masaya kalçasını yasladığı yerin iki yanına koydu. Kendini hafifçe Ezgi'ye doğru eğip fısıldadı.

"Öyle tabii! Ama bazen dedikodudur diye geçiştirilen şeylerin gerçeğin ta kendisi, hatta küçük bir parçası olduğuna da tanık oluyoruz. İnanır mısın, şu programda çok geldi başıma. Dedikodulara kulak asan bir tabiatım olduğu için bir sürü kayıp insanı bulduk, çok cinayet aydınlattık, sevenleri kavuşturduk. Beni mazur gör. Meslek hastalığı benimkisi. Seninle ilgili şeyleri duyunca bir arkadaşın olarak endişelenmemek elimde değil. Geçen sene üç gün ortadan kaybolduğuna, hezeyanlar yaşadığına, hatta düpedüz delirdiğine dair söylentiler kol geziyor piyasada. Eminim abartılıyordur birçoğu. Hele şu sokak serserileri gibi arabesk müzik dinleyip kendini jiletlediğin yönündeki sözler, zaten aklı başında birinin inanabileceği türden şeyler değil."

Yutkundu Ezgi. Gayriihtiyari eline koluna baktı. Görünürde kesik, çizik yoktu. Gülümsedi.

"Arabesk müzik konusunu abartmışlar."

Yapmacık bir tebessüm belirdi Serap Sirenay'ın yüzünde.

"Kesinlikle. İnsanlar çok acımasız olabiliyor. Ama bir şey söyleyeyim mi? Gerçekten iyi gördüm seni. Zaten senin gibi işinin ehli bir psikoloğun aklını kaçırması çok ironik olurdu."

Serap Sirenay'ın alaycı, kinayeli üslubu artık Ezgi'ye de tesir etmiş, Ezgi de bu iğnelemeli dille konuşmaya başlamıştı.

"Bu, peşine düştüğün katilin sen çıkması gibi bir şey olurdu muhtemelen."

Muzip bir üslup takınmıştı, sürdürdü konuşmasını.

"Ayrıca beni programına davet etme yürekliliğini gösterdiğin için teşekkür ederim. Açıkçası en son yayında yaşadığımız gerilimden sonra beklemiyordum bu daveti. Şaşırttı beni."

Serap Sirenay yaslandığı makyaj masasından doğruldu. Ellerini ince beline koydu. Sesi ilk kez ciddileşti.

"Sanki başka şansım varmış gibi Ezgiciğim, çok âlemsin. Kanalın patronunun uzatmalı sevgilisini kafama göre yayına almazlık yapamayacağımı sen de biliyorsun canım benim. Ama yine de bu sanki benim seçimimmiş gibi davrandığın için teşekkür ederim. Çok naziksin."

Ezgi tepesine dikilmiş altın kaplama bir Yunan heykeli gibi donuk gözlerle kendisine bakan Serap Sirenay'ın ne demek istediğini gayet iyi anlamıştı. Takışmaması gereken bir kadına canlı yayında herkesin önünde bağırmıştı. Kenan olmasa muhtemelen bir daha bu kanala adımını bile atamazdı.

Geçen haftaki yayında Serap Sirenay, Adana'da evden kaçan Burcu adında 18 yaşındaki bir kızı bulmuş, annesiyle karşılaştırmayacağına söz vererek kızı stüdyoya getirmişti. Fakat canlı yayın esnasında kızdan izin almadan annesini getirip, kızın tüm itirazlarına rağmen yanına oturtmuştu. Genç kızın yüzündeki öfke ve hüzünde kendini gören Ezgi, durumu olduğundan fazla kişileştirmiş ve canlı yayında bunun büyük bir etik ihlali olduğunu söylemişti. "Ben on beş yıllık gazeteciyim Ezgi Hanım, etik nedir ne değildir sizden öğrenecek değilim!" diyen Serap Sirenay stüdyoyu iyice germişti.

"Travmalı genç bir kızı reyting uğruna bu şekilde tuzağa düşürmeniz hangi gazetecilik ahlakında var Serap Hanım?"

Ezgi'nin sesi stüdyoda yankılanmıştı. Cümlesi biter bitmez de yayın kesilmiş, reklamlara gidilmişti. O günden beri programa çağrılmamıştı Ezgi. Kenan birkaç hafta ara vermesinin ve ortamın soğumasının herkes için iyi olacağını, endişelenmemesi gerektiğini söylemişti.

Fakat daha birkaç hafta olmadan programa tekrar çağrılmıştı. Ezgi'nin şaşkınlığı bundandı. Açıkçası artık çağrılsa da gelir miydi, bilmiyordu. Bu ünü isteyip istemediğinden emin değildi. Kızına korunaklı bir hayat yaratmak için gereken maddi güce ve çevreye ulaşmıştı. Belki de artık geri çekilip daha gözden uzakta bir hayat yaşamaya başlamalıydı.

"Nazik miyim bilmiyorum Serapçığım ama birkaç hafta daha görüşmeyiz diye düşünmüştüm."

"O zaman seni biraz daha şaşırtayım. Seni ben çağırmadım."

Ezgi gözlerini devirdi. İçinden, yine Kenan iması yapacak diye geçiriyordu ki o esnada kulisin kapısında üç kişi belirdi. İçeriye girdiler. Ezgi'nin önünde oturduğu ışıklı kulis aynasından çok net görünüyorlardı. Önde 45 yaşlarında uzun boylu, esmer tenli, zayıf bir adam vardı. Gri, kısa saçları şakaklarından hafif açılmış, kirli sakalı çökmüş avurtlarını daha bir belirginleştirmişti. Gözlerine çıkıntılı alnının gölgesi düşmüştü. Yine de bakışlarındaki keskinlik fark ediliyordu. Üstünde ince, şık bir siyah deri ceket vardı. İçine kül rengi bir gömlek giymişti. İlk bakışta, üzerindeki tüm renksizlikle, siyah-beyaz nostaljik bir filmden fırlamış gibi görünüyordu.

Arkasında ondan daha genç oldukları anlaşılan bir kadın, bir de erkek vardı. İkisinin de sert bir mizaca sahip oldukları hissediliyordu. Erkeğin iri, güçlü cüssesiyle tezat oluşturan incecik bir bıyığı vardı. Aynı incelikteki dudağı bu bıyığın altını çiziyordu.

Kadının ise kısa, kumral saçları uzun güzel boynunu açığa çıkarmıştı. Saçlarının rengine yakışan açık kahve ceketinin içine, ince, bayrak kırmızısı bir kazak giymişti.

İkisi de ifadesiz, donuk bakıyor, önlerine dikilen gri adama tabi olduklarını hissettiriyorlardı.

Öndeki adam birkaç adım atıp Ezgi'ye doğru yaklaştı. Çatallaşan sesiyle konuşmaya başladı.

"Ezgi Demircioğlu! Size birkaç soru sorabilir miyiz?"

Ezgi sandalyesinde dönüp kıstığı mavi gözleriyle adama baktı. Şaşkındı. Ömründe ilk kez görüyordu bu adamı. Ne döndüğünü bir türlü anlamıyordu.

"Anlayamadım kusura bakmayın. Neyle ilgili? Sabah sabah ne oluyor Serapçığım? Dur, ben bir Kenan'ı arayayım."

"Sence Kenan'dan habersiz bu kanalda sinek uçar mı Ezgiciğim? Elbette haberi var."

Hafifçe öksürdü adam. Gölgelenmiş gözleriyle Serap Sirenay'ı süzdü.

"Ben anlatırım Ezgi Hanım'a."

Serap Sirenay bileğindeki saate baktı.

"Programa on beş dakika kaldı. Muhabbet çok uzamazsa sevinirim. Malum yayın akışı..."

Serap Sirenay uzun topuklularını yere vura vura çıktı kulisten. Ezgi'yle konuşan adam diğer ikisine başıyla, siz çıkın der gibi bir hareket yaptı. Genç adam ve kadın hemen odadan çıkıp, kulisin kapısını kapattılar. Dışarıda kulis kapısının iki yanında bar koruması gibi dikilmeye başladılar.

O esnada kuaför kadın kulis kapısına geldi. Kapıda bekleyen iki kişiyi görünce şaşırdı. Kulise girip girmemek konusunda tereddüt etti.

"Ezgi Hanım'ın son dokunuşları vardı. Makyajı için..."

İnce bıyıklı adam ceketinin içcebinden cüzdanını çıkarıp açtı. Kuaför kadına polis rozetini gösterdi.

"İçeride parmak izi alıyoruz. Bence hiçbir yere dokunmayın."

İrkildi kuaför kadın. Ne diyeceğini bilemeyip, allak bullak olmuş vaziyette ayrıldı kulisin kapısından.

İnce bıyıklı memurun yani Tuna'nın en büyük hobisi sivillere gereksiz şakalar yapıp onları boş yere korkutmaktı. Yanında duran Senem ise onun bu profesyonelliğe sığmayan tavırlarından rahatsız oluyordu.

İçerideki adam bir süre ayakta durup kulisi inceledikten sonra Ezgi'nin oturmakta olduğu sandalyenin tam karşısındaki deri koltuğa yerleşti. Bacak bacak üstüne attı. Ellerini karnının üstünde birleştirip, parmaklarını birbirine geçirdi. Arkasına iyice yaslandı.

"Kendimi takdim etmeyi unuttum. Ben cinayet masasından Baş Komiser Baran Oğuz!"

Ezgi, adamın polis olduğunu öğrenince afalladı. Göğsünün ortasına taş gibi bir sıkıntı çöktü. Kalbi hızlandı. Sanki şu an, bu kuliste tuzağa düşürülüyormuş gibi hissetti. Serap Sirenay'ın çevirdiği tezgâha gelmiş olabileceğini düşündü. Fakat Serap onu polisin ellerine atacak ne biliyor olabilirdi ki! Kendini kaybettiği, şuurunu yitirdiği o anlardan birinde istemeden, hatırlamadığı ve suç teşkil eden bir aşırılık mı yapmıştı? Bir başkasına zarar mı vermişti? Serap Sirenay böyle bir şeyi öğrenmiş ve onu yakalatmak için pusu mu kurmuştu? Belki de her şey Kenan'ın oyunuydu. Evlilik teklifini kabul etmediği için Ezgi'yi bu programa tüm ülkenin gözleri önünde küçük düşürmek için çağırmıştı. Bu pek olası gelmedi Ezgi'ye.

Peki ama polisin ne işi vardı orada? Sonra birden aklına arabanın torpido gözünde sakladığı silahı geldi. Dudağının kenarını ısırdı, "Eyvah!" diye geçirdi içinden. Yoksa arabayı arayıp, silahı mı bulmuşlardı? Bu da mantıksız geldi Ezgi'ye. Programa günler öncesinden davet edilmişti. Oysa silah dün gece çıkmıştı ortaya. Onlarca cevapsız soru zihninin karanlığında flaş ışıkları gibi patlayıp kayboluyordu. Gözleri büyümüş, elleri titremeye başlamıştı. Çantasına uzanıp Tülin Hoca'nın verdiği ilaç kutusunu çıkardı. Avucuna iki draje alıp, ağzına attı. Susuz yuttu.

Gözlerini yumup derin bir nefes aldı. O kısacık anda annesi Zarife geldi gözünün önüne. Ellerini yüzüne kapayışını gördü. Yağmurun şakırtısına karışan haykırışını duydu yine. Sonra o kehribar kalp kolyesi bir kez daha düştü karanlığın içinden, ağır ağır.

Korkuyla açtı gözlerini. Baş Komiser Baran Oğuz, Ezgi'ye gülümsüyordu.

"Sizi korkuttuysam özür dilerim. Polislerden pek hazzetmiyorsunuz galiba?"

Ezgi biraz toparladı kendini. Durumu acilen netliğe kavuşturması gerekiyordu. Elinden geldiğince sıcak bir gülümsemeyle baktı baş komisere.

"Rica ederim. Polis fobim yok. Sadece neden cinayet masasından bir baş komiserle sanki sorgudaymışım gibi aynı odadayım, bunu anlamaya çalışıyorum. Zihnim bulanık bu aralar, yoğun ve yorucu günler geçiriyorum. Bana yardımcı olabilir misiniz? Neden buradayız?"

Baran Oğuz, tavırlarının Ezgi'de gerilime neden olduğunu düşünüp önce üst üste attığı bacaklarını, sonra karnının üstünde birleştirdiği ellerini çözdü. Kendini doğrultup daha güven veren bir oturma şekline geçti.

"Sorgulamak mı? Siz beni yanlış anladınız Ezgi Hanım. Sizi buraya bize yardım etmeniz için davet ettik!"

Ezgi şaşırdı.

"Yardım mı?"

"Evet, küçük bir yardım. Müsaadenizle izah edeyim. Sizi daha fazla endişelendirmek istemem. Bakın Ezgi Hanım, uzun zamandır bir dosya üzerinde çalışıyoruz. Son bir yılda İstanbul ve çevre illerde kaybolan ve kendilerinden bir daha haber alınamayan kadınlarla ilgili bir dava dosyası. Bir hayli yol aldık. Yürüttüğümüz soruşturma kayıp kadınların cinayete kurban gittikleri yönündeki şüphelerimizi güçlendirdi. Ve kesin olmamakla birlikte, bu cinayetlerin bir seri katili işaret ettiğini söyleyebilirim."

Ezgi heyecanla böldü Baran Oğuz'un sözünü.

"Yani kayıp kadınların cesetlerini mi buldunuz?"

Baran Oğuz elini kirli sakalına götürdü, kaşıdı.

"Bunu size söylemem davanın gizliliği açısından suç teşkil ediyor esasen. Ama madem yardımınızı talep ediyoruz, hiç değilse biraz bilgi verebilirim. Evet. Birkaçının cansız bedenine ulaştık maalesef. Ve nasıl söyleyeyim. Öldürülme biçimleri neredeyse aynı. Hepsi gömülmüş ve..."

Sonra birden çok fazla bilgi verdiğini düşünerek sustu baş komiser.

"Evet?"

"Neyse... Asıl mevzua gelirsek, kayıp kadınların yakınlarının bir kısmı onları Serap Hanım'ın programında arıyor. Bir ipucu bulabilmek için bu yayınları dikkatle inceledik, baştan sona defalarca seyrettik... Ve neticesinde çok enteresan bir detay keşfettik."

Ezgi kendini kaptırmış, pür dikkat Baran Oğuz'u dinliyordu. Tülin Hoca'nın verdiği sakinleştiriciler de etkisini göstermiş, Ezgi'yi rahatlatmış, odaklanmasını kolaylaştırmıştı. Ezgi'nin kendisini can kulağıyla dinlediğini gören Baran Oğuz sürdürdü konuşmasını.

"Sizin katıldığınız programları ismini vermek istemeyen birinin aradığını fark ettik. Bu gizemli şahıs kayıp kadınlarla ilgili ilginç bilgiler veriyor, sonra kadınları ahlaksızlıkla suçlayıp, hayat kadını olmakla itham edip, su testisi su yolunda kırılır imasıyla, kayıp kadınları ve ailelerini zan altında bırakıp kapatıyor. Çünkü bunu yaparsa, onları düşük kadın gibi gösterirse, halkın ilgisini bu davadan çekeceğini biliyor. Biz açıkçası bu ismini vermek istemeyen fakat doğru bilgiler veren bu şahsın cinayetlerle bir bağlantısı olduğunu düşünüyoruz."

Ezgi elini süt lekesinin olduğu kolunun üzerinde gezdirdi. Tedirgin bir ifadeyle baktı baş komisere.

"Peki tüm bunların benimle bağlantısı nedir?"

Baran Oğuz deri koltuktan kalktı. Kulisin ortasına dikildi. Elini arkasında birleştirip, Ezgi'ye doğru hafifçe eğildi.

"İsmini vermek istemeyen şahıs, 'Ne Hayatlar Var' programının başka hiçbir bölümüne katılmamış. Sadece sizin olduğunuz bölümleri aramış. Üstelik telefon bağlantısı süresince sizinle konuşmak için çaba göstermiş. Sorduğunuz sorulara keyifle cevap vermiş. Hatta fazla laubali bir üslup takınmış sizinle konuşurken, sanki sizi tanıyormuş gibi. Bu kişi büyük ihtimalle takıntılı bir hayranınız. Fakat siz bir ara programlara katılmayı bırakınca o da aramayı bırakmış. İşte, bu yüzden Serap Hanım'dan sizi yeniden programa davet etmesini istedim!"

Ezgi elini çenesine koydu. Mavi gözlerini kısıp, "Şimdi anladım..." dedi fısıldayarak. Sonra sesini yükseltti.

"Peki ama nasıl yardım edeceğim size?"

Baran Oğuz kuliste birkaç adım atıp Ezgi'ye döndü yine.

"Basit. Eğer ismini vermek istemeyen şahıs ararsa - ki bana kalırsa kesinlikle arayacak- onu olabildiğince hatta tutmanızı, konuşturmanızı istiyorum. Sizinle konuşmayı seviyor. Hayranlığı gardının düşmesini, kendini açık etmesini sağlayabilir. En ufak ayrıntı bile çok işimize yarayacak. Emin olun!"

Ezgi derin bir nefes aldı. Kendini kuliste tuzağa düşürülmüş gibi hissetmesinin gerilimini atlatmış, fakat şimdi de bir başkasına kurulan tuzakta yem olduğunun ayrımına varmıştı. Bu düşünce ürpertti Ezgi'yi. Seri katil olması muhtemel birinin ona hayran olması fikri ise düpedüz kanını dondurdu.

"Tamamdır. Elimden geleni yaparım."

Kapı aralığından set amiri kızın telaşlı gülümsemesini gördü Ezgi. Kıyafetine çekidüzen verdi. Işıklı kulis aynasından son kez baktı kendine. Sonra emin adımlarla stüdyoya doğru ilerledi.

***

Aynı saatlerde Maya yeniden kahvaltıyı hazırlamış, Kenan'ın sandığı gömleği özene bezene ütülemiş, kahvaltı masasının kenarındaki sandalyelerden birine asmıştı. Kenan'ın uyanıp aşağıya inmesini bekliyordu.

Televizyon kumandasını alıp Harman TV'yi açtı. Sesi biraz kıstı. Ezgi'nin konuk olduğu program başlamak üzereydi. Nihayet Kenan'ın ahşap merdivenleri gıcırdatan ayak seslerini duydu. Hızlıca mutfağa gidip yeni demlediği çaydan bir bardağa doldurup tekrar salona geldi. Kenan giyinmiş, salona inmişti. Kahvaltının kurulu olduğu masanın başında dikiliyordu. Ütülü gömleği eline almış inceliyordu.

Maya çay bardağını masaya bıraktı.

"Günaydın Kenan Bey. Umarım yorgunluğunuzu atmışsınızdır."

Kenan cevap vermedi. Dönüp Maya'ya bakmadı bile. Gömleğe takılmış, dalıp gitmişti sanki. Sonra birden garip, soğuk bir sesle, gömleği Maya'ya göstererek sordu: "Bu ne?"

Maya, "Gömleğiniz" dedi heyecanla. Kenan'ın gömleğe neden bu kadar takıldığına anlam verememişti. Ütüsünü mü beğenmedi acaba, diye geçirdi içinden.

"Ezgi Hanım dün gece birkaç parça çamaşır yıkamış, gömleğiniz de aralarındaydı. Giymek isteyebilirsiniz diye ütüledim."

Kenan dalgın bakışlarını genç bakıcıya çevirdi. Ama Maya'yı görmediği açıktı. Ezgi'nin dün geceki ikircikli hali, arsızlığı, şehveti, duşta sevişmeleri, sessizce dönüp duran çamaşır makinesi, cama yapışan köpükler bir film şeridi gibi gelip geçiyordu gözünün önünden.

Böyle bir gömleği yoktu Kenan'ın. Ucuz, kalitesiz bir gömlekti bu. Üstelik bir hediye gibi yeni alınmış da değildi. Giyilmekten yakası, kolları tiftiklenmiş, eski püskü bir gömlekti. Peki ama kimindi bu gömlek? Ezgi bu gömleği neden gece vakti yıkamıştı? Ve en önemlisi bunu Kenan'dan neden gizlemişti?

Birden gecenin bir yarısı Ezgi'yi birinin aradığını hatırladı. Ezgi'nin, "Densizin biri!" diyerek geçiştirdiği o kişiye mi aitti bu gömlek?

İçine bir huzursuzluk çöktü. Kandırıldığını, aldatıldığını hissetti. Ezgi'nin yine gizli saklı işler çevirdiğini düşündü. Yalan bir gülümsemeyle Maya'ya baktı.

"Eline sağlık Maya, sağ ol. Fakat bugün bu gömleği giymeyeceğim. Üzerimdekiyle idare ederim. Sen ne yap biliyor musun? Al bu gömleği, Ezgi'nin yatağına şöyle güzelce bir ser, gömleğin kollarını da iki yana aç ki Ezgi görünce ona kucak açtığımı, sarılmak istediğimi hissetsin. Olur mu? Hoşuna gider böyle şeyler."

Maya, Kenan'ın söylediklerini garipsedi. Sesindeki samimiyetsiz tınıdan kafasında başka şeylerin geçtiği anlaşılıyordu. Ama renk vermedi Maya.

"Çok incesiniz Kenan Bey!"

Aldı gömleği, katladı, koluna attı, üst kata çıkan merdivenlere doğru yöneldi.

Kenan bir sandalye çekip kahvaltıya oturdu. Sıcak kahve fincanını avucuyla sarıp bir süre durdu. İçmek için ağzına götürdüğü sırada, karşısındaki televizyonda, "Ne Hayatlar Var" programının yeni bölümü başlıyordu. Kamera tüm stüdyoyu, Serap

Sirenay'ı, seyircileri, katılımcıları gösterdikten sonra, Ezgi'nin üzerinde durdu. Kenan gözünü kısıp Ezgi'nin kıyafetlerine baktı. Kaşları çatıldı. Yüzü sinire kesti. Dün gece programda giymek için yıkadığını söylediği ve hep giydiği, "En sevdiğim kıyafetim!" dediği takım değildi üzerindeki. Başka bir kıyafet giymişti. Düpedüz yalan söylemişti Kenan'a. Ezgi'nin bir şeyler gizlediğinden emindi artık. Yutkundu. "Başka biri mi var?" diye geçirdi içinden.

Avucundaki kahve fincanını sıkmaya başladı. Kamera Ezgi'nin güzelliğine yaklaştıkça daha şiddetli sıkıyordu fincanı, "Orospu!" dedi dişlerini gıcırdatarak.

Maya yatak odasına gelince ilk iş Ezgi'nin yatağının nevresimlerini düzeltti. Sonra gömleği Kenan'ın tarif ettiği şekilde yatağın üzerine kolları açık vaziyette serdi.

Birden aşağı kattan bardak kırılmasına benzer bir ses geldi. İrkildi Maya. Hızla aşağı kata inecekken, dış kapının açılıp sertçe kapandığını duydu. Bir terslik olduğunu anlayıp, adımlarını yavaşlattı. Ağır ağır indi merdivenleri.

Aşağıya geldiğinde, dış kapıdan salona uzanan koridorun beyaz fayanslarla kaplı zemininde kan damlaları gördü. Gözleri büyüdü genç kadının, elini ağzına götürüp, olası bir çığlığın önünü aldı. Kan damlalarını takip edip, tedirgin adımlarla salona geldi. Kan izleri kahvaltı masasına doğru yoğunlaşıyordu. Masaya iyice yaklaşınca üzerinde tuzla buz olmuş kahve fincanının kırık parçalarını gördü. Sofraya da kan damlamıştı.

Televizyonda Ezgi'nin güzel yüzü vardı.

Altında kırmızı bir şerit içinde "Uzman Psikolog Ezgi Demircioğlu" yazıyordu.

***

"Günaydın! Günaydın! Günaydın! Ağaç olmanın, çocuk olmanın, hayvan olmanın, kadın olmanın zor olduğu ülkeme günaydın! Her sabah, her doğan güneş karanlıkları biraz daha aydınlatsın, sıkıntılarımızı bir nebze ferahlatsın istiyoruz ama her geçen gün bir öncekini mumla arar hale geliyoruz. 'Ne Hayatlar Var' ekibi olarak derdine çare arayan insanlara yetişemez hale geldik. İyi ki diyorum, iyi ki emniyet güçlerimiz var. Gece gündüz demeden, canlarını dişlerine takıp büyük bir gayret ve özveriyle çalışıyorlar. Onlar olmazsa ne kayıplarımızı bulabiliriz, ne cinayetleri aydınlatabiliriz, ne de suçluları adalete teslim edebiliriz.

Biz televizyoncular, gazeteciler, haberciler topluma ayna tutuyoruz. Bu ayna bizi bize güzel gösterene kadar devam edeceğiz. Çürümüş, yozlaşmış yanlarımızı görmedikçe, hastalıklarımızı tespit edip doğru tedaviyi uygulamadıkça, en önemlisi toplum olarak kendimizle yüzleşme cesaretini göstermedikçe, bunun gibi daha çok program yaparız diye düşünüyorum.

Evet, bugün yine gündemimiz oldukça yoğun. Kayıp kadınlar dosyamızla ilgili yeni, umut verici gelişmeler var. Onları paylaşacağız. Bunun yanı sıra, iki hafta önce kaybolan kırk yaşındaki ev hanımı Ayfer Dürüst'ün kızı Ecem Dürüst de stüdyomuzda. Telefon bağlantılarımız ve kısa röportajlarımız olacak. Ve tabii ki programımızın daimi konuğu, emekli başsavcı İhsan Görgün Bey de yanımızda. Yine her zamanki gibi çok şık! Kravata bayıldım bu arada İhsan Bey. Kamera biraz yaklaşırsa izleyiciler de inceliği görebilir Tamamen ay yıldız desenleriyle dolu bir kravat.

Bir de sürpriz konuğumuz var bugün. Uzman Psikolog Ezgi Demircioğlu da uzun bir aradan sonra yeniden bizlerle. Hem iç hem de dış güzelliğiyle renk katacak programımıza. Derin bilgisiyle rehberlik edecek bizlere.

Ve ben Serap Sirenay!... Televizyonları başındaki izleyicilerimize, stüdyodaki seyircilerimize, katılımcılarımıza ve birbirinden değerli konuklarımıza hoş geldiniz diyorum.

Öncesinde kısa bir reklama gidiyoruz! Sonra 'Ne Hayatlar Var' başlıyor."

***

Behiye, Nuran'a misafirdi. "Ne Hayatlar Var" izlemek için televizyon başına geçmişlerdi.

"Nuran koş kız! Başladı program, gösterdiler seninkini..."

Nuran elinde tepsiyle çıkageldi.

"Geldim geldim."

Tepside iki bardak çay, kısır, börek, baklava koyulmuş iki tabak vardı. Nuran çayın ve tabağın birini Behiye'nin önündeki sehpaya koydu. Diğerlerini kendi önüne aldı.

"Vallahi sana gide gele kilo aldım Nuran! Ama yani şu kısırı da senden iyi yapanı görmedim."

"Keramet malzemede. Bulgurunu, salçasını Sivas'tan ağabeyim gönderiyor. İstanbul'da böylesini bulamazsın Behiyeciğim. Organik kısır bu."

Televizyona baktı.

"Başlar başlamaz reklam girmişler yine."

"Ezgi'yi şöyle baştan aşağıya gösterdiler. Maşallah. Nasıl bir güzellik!"

Elini iki kez sehpanın kenarına vurdu Behiye. Göğsü kabardı Nuran'ın. Çenesini kaldırıp yüzüne gururlu bir ifade takındı.

"Güzeldir benim yeğenim! Endamı, duruşu aynı annesi Zarife. Zarife de gençken böyle güzeldi. Film artisti gibiydi. Gerçi hâlâ güzel. Ne kilo alıp şişiyor ne de yaşlanıyor."

Behiye çatalını böreğe saplayıp kaldırdı.

"Kilo almaması normaldir. Evi sana yakın değil ne de olsa. Benim gibi komşun olsa o da şişerdi."

Gülümsedi Nuran. Sonra bir iç çekip cevap verdi Behiye'ye.

"Ama işte, araları da ezelden beri nanemolla. Şöyle ana kız mutlu oldukları bir günlerine şahit olmadım ne yalan söyleyeyim."

Behiye böreği ağzına götürüp bir ısırık aldı. Hem böreğin lezzeti hem Nuran'ın sözleri aynı anda şaşırttı Behiye'yi. Dolu ağzı açık kaldı.

"A! Niye kız?"

"Aman ne bileyim? Zarife'nin huyları işte. Ezgi'ye soğuk davrandı hep. Sanki kazara doğmuş, istemediği bir çocukmuş gibi... Hatta onun canından, kanından değilmiş de üvey evladıymış gibi. Bütün ilgisini, sevgisini oğluna verdi. Resmen kızının gözü önünde açıkça kayırdı oğlunu. Ben sana bir şey söyleyeyim mi? Ezgi öyle boş yere seçmedi psikolog olmayı. Benim annemin psikolojisi bozuk, yoksa bana böyle davranmazdı diye gitti psikoloji okudu kız. Vallahi bak."

Nuran çatalını önündeki tabağa uzattığı sırada telefonu çaldı. Bir, "Hayırdır inşallah..." çekip yerinden kalktı. Salondaki büyük yemek masasının üzerinde duran telefonu aldı. Ekrana baktı. Elindeki tabaktan iştahla yemekte olan Behiye'ye dönüp, "Hayırdır inşallah, bu oğlan beni aramazdı?" dedi.

Behiye bakışlarını tabaktan ayırıp, televizyon kumandasını aradı. Koltukta yanı başında buldu kumandayı. Televizyonun sesini sonuna kadar kıstıktan sonra Nuran'a bakıp, "Kim ki?" dedi heyecanla.

"Volkan" diye cevapladı Nuran. "Ezgi'nin ağabeyi, Amerika'daki yeğenim."

"Kuzum, teyzesinin kuzusu!" diyerek sevinçli bir sesle açtı telefonu. Ama bu neşeli hali Volkan'ın sesindeki gerilimin etkisiyle bir anda endişeye dönüştü. Behiye, Nuran'ın yüzünün değişen ifadesinden bir sorun olduğunu anladı. Tabağını sehpaya bırakıp peçeteyle ağzını sildi. Yerinden doğrulup, dikleşti. Tüm dikkatini Nuran'a verdi.

Nuran, "Ararım kuzum, sen merak etme, ulaşırım ben ona, tamam canım, tamam teyzem..." deyip telefonu kapattı. Derin derin soluk alıp verdi.

Behiye, "Ne oldu kız, bir sorun mu var?" diyerek ayaklandı.

"Zarife" dedi Nuran. "Volkan günlerdir ulaşamıyormuş Zarife'ye."

Nuran son aramalarından Zarife'nin numarasını bulmaya çalıştı. Bir hayli geriye gitmesi gerekti. Neredeyse bir haftadır aramamıştı ablasını. Numarayı bulup aradı. Telefon uzun uzun çaldı. Ama açılmadı.

Nuran, Behiye'ye endişeli gözlerle bakıp, "Açmıyor" dedi.

"Telaş etme hemen, belki sesi kısıktadır telefonunun, ne bileyim, telefonu yanına almadan çarşıya falan gitmiştir, ben çok yapıyorum öyle" diyerek onu teselli etmeye çalıştı Behiye.

"Yok, yok" dedi Nuran. "İçime kurt düşürdü çocuk, bu kadın ölse oğlunun aramalarını cevapsız bırakmazdı; ya düşüp kaldı evde ya da başına bir şey geldi bunun" dedi Nuran. Oldukça telaşlıydı.

"Allah korusun kız, ağzını hayra aç..." diyerek sakinleştirmeye çalıştı Nuran'ı Behiye. Fakat onun sesi de endişeliydi.

Nuran salonun ortasında bir sağa bir sola döndü. Ne yapması gerektiğini düşündü.

"Ben Zarife'ye gidip bir bakayım, görmeden içim rahat etmez, sen otur, keyfine bak, ben duruma göre haber veririm sana" dedi Behiye'ye.

Behiye Nuran'a yaklaştı heyecanla.

"Olmaz öyle şey, ben de geleceğim, yalnız bırakmam seni!" diye çıkıştı.

İki kadın tabakları, çay bardaklarını mutfağa götürdüler. Nuran demliğin altını kapattı. Hızlıca hazırlanıp evden çıktılar. Behiye televizyonun sesini kıstığı için, kapatmayı unuttular. Ekranda Serap Sirenay'ın yakın çekim görüntüsünün altında kırmızı bir şerit içinde büyük beyaz harflerle "Kayıp Kadınlar Aranıyor" yazıyordu.

***

Serap Sirenay programa enerjik başlamış, enerjisi stüdyoya yansımıştı. Baş Komiser Baran Oğuz seyircilerin en ön sırasında, Senem iki sıra arkada, Tuna ise rejide oturuyordu.

Serap Sirenay önce kayıp kadınlar dosyasıyla ilgili tüm gelişmeleri özetleyen bir VTR izletti. Ardından annesini arayan Ecem Dürüst'e birkaç soru sordu. Genç kız ağlamamaya çalışarak, Serap Sirenay'ın sorularını cevaplıyordu. Annesi Ayfer Dürüst kırk yaşındaydı. Okmeydanı'nda anne kız beraber yaşıyorlardı. Babası yıllar önce vefat etmiş, bir başlarına kalmışlardı. Ayfer Hanım ortaokul mezunuydu. Gündelikçiydi. Evlere temizliğe gidiyor, kazandığı üç kuruş parayla hem evi geçindirmeye çalışıyor hem de kızı Ecem'i okutuyordu. Kızının anlatımına göre, hayat dolu, neşeli, iyi yürekli bir insandı. Kimseyle bir derdi, husumeti yoktu. İki hafta önce, temizliğe gidiyorum diyerek evden çıkmış, bir daha geri dönmemişti. Ayfer Dürüst sır olmuştu.

Ezgi, genç kızın annesine beslediği sevgiye, sesindeki o yürek parçalayan tınıya, anlatışındaki samimiyete imrendiğini fark etti. Ayfer Hanım kayıptı. Ama kızına verdiği sevgi buradaydı. Hatta bu sevginin sıcaklığı stüdyodan taşıyor, tüm ülkeye yayılıyordu. Ayfer Hanım güçlükle sürdürdüğü yaşantısına rağmen kızını sevgiyle büyütmeyi ihmal etmemişti. Kim bilir ne badireler atlatmış, ne zorluklara göğüs germişti. Ama üstesinden gelmeyi başarmış, dertlerini kızına yansıtmamış, onu sadece sevmişti, hem de çok sevmişti.

Ezgi, annesi Zarife'yi düşündü. Ekonomik anlamda rahat bir hayatı vardı Zarife'nin. Ezgi'nin babası sayesinde hiç çalışma gereği duymamıştı. Üstelik görünürde öyle büyük dertleri de yoktu. Etrafa karşı sevgisiz biri de değildi... Peki neden Ezgi'den esirgemişti sevgisini? Ağlayarak annesini arayan şu kızcağızın hissettiği duyguyu, Zarife'nin Ezgi'ye vermemesinin sebebi neydi? Layık değil miydi kızı onun sevgisine? Layık olmak için ne gerekiyordu peki, tek şart erkek olmak mıydı? Ağabeyi Volkan'ı bu yüzden mi seviyordu annesi yoksa? Onu bu eşi benzeri olmayan anne sevgisine layık kılan tek özelliği erkek evlat olması mıydı?

"Bu dünya kız çocuklarına uygun bir yer değil" cümlesi düşmezdi annesinin dilinden. Bu sebeptendir belki, Ezgi kendisini hiç ait hissedemedi bu dünyaya. Kendisini hep bir fazlalık, hatalı üretilen bir mal gibi gördü. Ergenlikte Sıla'nın "Kenar Süsü" şarkısını dinleyip az kesmemişti kollarını. Yaşıtları karşı cinse söylerken Ezgi gözlerinde yaşlarla hep annesine söyledi o şarkıyı:

"Kenar süsü oldum hayatında, yani olmasam da olurdu..."

Ezgi düşüncelerinden Serap Sirenay'ın kendisine yönelttiği soruyla sıyrılabildi.

"Siz ne düşünüyorsunuz Ezgi Hanım?"

Ezgi konudan uzaklaşmış, en son ne konuşulduğunu duymamıştı. Serap, Ezgi'nin dalıp gittiğini anladı. İncelikli davranıp, soruyu Ezgi'nin anlayacağı kıvama getirerek, yeniden sordu.

"Kayıp kadınların tek ortak özelliği hepsinin gündelikçi olması. Bunun sizce, işaret ettiği bir nokta olabilir mi?"

"Ah!... Bu tabii, düşündürücü bir durum. Fakat benim buradan bir çıkarım yapmam pek doğru olmaz. Yetkin olmadığım konular. Emniyet güçleri eminim ki konuya daha hâkimdir. Ben ancak katil bulunduktan sonra kendisinin psikolojik analizinden bir çıkarım yapabilirim. Fakat tüm kayıpların belli bir yaş üstündeki kadınlardan oluşması bize suçlunun profilini çıkarmada muhakkak bir ipucu verecektir. Emin olmamakla beraber ben katilin annesiyle çözülmemiş sorunları olabileceğini düşünüyorum. Hatta belki katilin annesi de evlere gündeliğe giden biri olabilir. Tabii bunların hepsi afaki tahminler. Kesin olarak söyleyebileceğim gerçek tek bir şey var, o da Ayfer Hanım'ın ve Ecem'in birbirine olan sevgisi."

***

Nuran ve Behiye, Nuran'ın arabasına binmiş, Zarife'nin evine doğru yola koyulmuşlardı. Nuran telefonunu Behiye'ye vermiş, o direksiyondayken Zarife'yi sürekli aramasını söylemişti. Behiye

Zarife'nin numarasını tekrar tekrar arıyor, mesaj atıyor, ama cevap alamıyordu.

"Vallahi açmıyor Nuran."

"Hiç yapmaz ablam böyle Behiye, yeminle bir şey geldi başına."

Nuran sanki ablası kapıdan çıkmak üzereymiş de ona yetişmeye çalışıyormuş gibi iyice gaza bastı. Külüstür araba otoyolda son sürat ilerliyordu.

Behiye emniyet kemerine iki eliyle sarılıp, "Kız yavaş..." dedi ürkek bir sesle. "Zarife'yi bulamadan kaza yaptırma bize!"

Nuran gözünü yoldan ayırmadan kendi kendi konuşuyordu.

"Yok! Yok! Zarife'nin böyle kafasına esip çekip gittiği çok olurdu ama merakta bırakmazdı insanı. Bana haber vermeden kaybolmazdı ortalıktan. Bu sefer başka Behiye. Vallahi başka. Allahım sen koru ya Rabbim!"

Behiye yutkundu. Bir şey diyemedi. O da endişelenmişti artık. Bir kez daha aradı Zarife'yi. Telefonun uzun uzun çalışını dinledi.

***

Stüdyonun kayıt odasında bir köşede telefon bağlantılarına bakan eleman, koca kulaklıklarını boynuna düşürüp içeride yayını izlemekte olan polis memuru Tuna'ya döndü, "İsmini vermek istemeyen biri arıyor" dedi.

Tuna gözlerini kısıp, "Bağla" dedi elemana. Sonra kulak telsizine elini atıp baş komisere haber verdi.

"Amirim hatta ismini vermek istemeyen bir izleyici var. Beklediğimiz şahıs olabilir. Bağlıyoruz."

Seyircilerle birlikte programı ön sıradan izleyen Baş Komiser Baran Oğuz, elini hafifçe kulağına götürüp, telsiz mikrofona dokundu, "Anlaşıldı, bağlayın" dedi sessizce. Sonra arka sıralara doğru bakıp Senem'le göz göze geldi. Senem, hazırım dercesine başını salladı.

Ezgi oturduğu yerden baş komiserin ve memurun haberleştiklerini fark etti. Heyecanlandı. Baran Oğuz dönünce Ezgi'nin heyecanla baktığını anladı. Heyecanını bastırmak için oturuşunu değiştirdi. Eli bir an kolundaki süt lekesine gidecek oldu, ama durdurdu kendini. Çekti elini.

Serap Sirenay stüdyonun ortasına doğru yürüdü. Elini sarı düz saçlarının altından kulağına götürdü. Net duymak için kulaklığa bastırdı.

"Evet... İsmini vermek istemeyen bir seyircimiz hattaymış. Ayfer Hanım'la ilgili arıyor!"

Ecem Dürüst kafasını kaldırıp gözyaşlarını sildi. Yüzünde umut dolu bir ifadeyle, saf bir heyecanla bakıyordu etrafına.

"İzleyicimiz hatta mı? Tamam... Alo... Buyurun..."

* * *

Nuran ve Behiye, Zarife'nin evinin bulunduğu siteye vardıklarında kapıdaki güvenlik tarafından durduruldular. Güvenlik, saf, temiz yüzlü bir genç adamdı. Kolunu kabinden dışarı atmış, kafasını Nuran'ın arabasının camına uzatmıştı.

"Kime gelmiştiniz?"

"Zarife Demircioğlu. Ablam..."

"Hemen arıyorum hanımefendi."

Nuran celallendi, elinde olmadan yükseltti sesini.

"Nereye arıyorsun oğlum, ben kardeşiyim, açmıyor ablam. Başına bir şey gelmesinden korkuyoruz. Çabuk kaldır şu tahtayı önümüzden."

Güvenlik görevlisi Zarife Demircioğlu'nun evini aradı ama açan olmadı. Kadınlara baktı. Yüzlerindeki endişe sahiciydi. Hemen açtı girişi.

"Evine nasıl gireceğiz peki oğlum, sen yardımcı ol bize ne olur!"

"Siz aracınızı park edin. Böyle durumlar için yedek anahtar bulunduruyoruz. Bulup geleyim ben."

"Hay yaşa oğlum."

Nuran külüstür arabayı sitenin açık otoparkına sürdü. Biraz dolandıktan sonra boş bir yer bulup park etti. İki kadın indi arabadan. Tam Zarife'nin evine doğru gideceklerken, Nuran'ın gözüne bir ışıltı ilişti. Arka tekerin yanındaki yağmur suyu birikintisine eğilip yakından baktı. Bir kehribar kalp kolyesi parıldıyordu kirli su birikintisinin içinde. Elini uzattı, kolyeyi sudan çıkardı. Havaya kaldırdı. Behiye şaşkın şaşkın Nuran'a bakıyordu.

"Nuran. O ne kız elindeki?"

"Kolye... Ablamın kolyesi."

***

Stüdyodaki herkes telefonun diğer ucundaki cızırtılı nefes alıp verişi dinliyordu. Hışır hışır bir uğultu stüdyoyu sarmıştı. Seyirciler, konuklar, kamufle olmuş emniyet mensupları ismini vermek istemeyen bu gizemli izleyicinin neler söyleyeceğini merak ediyordu. Telefondaki ses derin derin soluk alıp veriyor ama hiçbir şey söylemiyordu. Serap Sirenay, sarı saçlarını savurarak kafasını bir o yana bir bu yana, sanki sesin sahibini arıyormuş gibi çevirip, "Alo, duyuyor musunuz bizi?" dedi. Telefonun hışırtısı arttı. Boğuk bir erkek sesi yankılandı.

"Alo! Merhaba Serap Hanım!"

Sesi sanki bilinçli bir şekilde değiştirilmiş gibi geliyordu. Serap Sirenay, kameralara doğru konuştu.

"Nereden arıyorsunuz bizi?"

Adam bu sorudan hiç memnun olmamış gibi sert bir nefes üfledi telefona.

"Ne önemi var nereden aradığımın? Ben aslında bu Ayfer Dürüst mevzuu için aramıştım."

Ecem annesinin ismi zikredilince heyecanlandı, eli ayağına dolaştı, nasıl davranacağını bilemedi. Fakat adamın sesinin tonu, lakayt tavrı bu gizemli telefonun annesinin bulunmasına pek katkı sağlamayacağına dair bir izlenime kapılmasına neden oldu. Yine de umudunu yitirmemeye gayret göstererek, dikkatle dinliyordu konuşulanları.

Serap Sirenay, kendisine yaklaşan kameraya döndü.

"Buyurun dinliyoruz sizi. Ayfer Hanım'ın kaybolmasıyla ilgili her bilgi çok önemli şu an... Siz tanıyor musunuz Ayfer Dürüst'ü?"

"Vallahi yani öyle pek bir samimiyetim yok. Bir iki kere görmüştüm kendisini!"

"Nerede gördünüz acaba? Yakın zamanda mı görüştünüz?"

"Eski, eski... Bayağı oluyor."

"Samimiyetiniz olmadığını söylediniz. O zaman arkadaşı, eşi dostu değilsiniz. Nasıl tanıştınız Ayfer Hanım'la?"

"Vallahi nasıl diyeyim Serap Hanım? Bir iki kere evime gelmişti."

Stüdyo birden buz kesti. Herkes konuşmanın nereye varacağını merak ediyordu. Bir tek Serap Sirenay tavrını değiştirmemiş, sakinliğini koruyarak sorularını sormaya devam ediyordu.

"Evinize gelmişti! Ne maksatla? Bildiğimiz kadarıyla evlere temizliğe gidiyordu Ayfer Hanım. Size de gündeliğe mi gelmişti kendisi?"

"Vallahi ben de onun için aradım zaten Serap Hanım! Şimdi programı izliyorum da bu evlere temizliğe gidiyor muhabbeti hep yalan dolan. Benim tanıdığım kadın hiç öyle ev temizliği yapan biri değildi!"

Stüdyodaki seyircilerden şaşkınlık dolu bir uğultu yükseldi. Ayfer Dürüst'ün kızı Ecem tutamadı kendini.

"Ne diyorsun sen be! Neyi ima ediyorsun? Kimsin sen?"

Serap Sirenay araya girip Ecem'i susturdu.

"Ecemciğim bir sakin olalım, dinleyelim beyefendiyi. Ne demek istiyor, anlayalım! Sonra gereken cevabı veririz. Lütfen!"

Ecem burnundan soluyor, yalvaran gözlerle Serap Sirenay'a bakıyordu.

"Ama Serap Abla... Annem hakkında saçma sapan şeyler söylüyor. Yalan söylüyor bu adam. Tanısa bu lafları söylemezdi... Benim annem işinde gücünde, tek derdi bana iyi bir imkân sağlamak olan bir kadındı."

"Tamam Ecem, lütfen sakinleş. Beyefendi siz de tam olarak ne anlatmaya çalışıyorsunuz? Ayfer Dürüst evinize niçin geldi, temizliğe gelmediyse?"

"Dilim varmıyor ama yani, hayat kadını diyeyim ben size..."

Seyirciler hayretler içindeydi. Uğultuları dev bir dalga gibi büyüyor, köpürüyordu.

Ecem Dürüst ayaklanıp bağırmaya başladı.

"Yalan söylüyorsun. Şerefsiz! Kimsin ya sen, kim! Yalancı, iftiracı bu adam Serap Abla. Kim bu ya? Anneme hakaret edemez kimse!"

Ecem gözyaşlarına boğulmuştu. Bir yandan bağırıyor bir yandan ağlıyordu, sinir krizinin eşiğindeydi genç kız. Tabii bu Serap Sirenay için reyting demekti. Hemen Ecem'in yanına geldi.

"Canım benim! Sen bir sakin ol. Bak burada anneni bulmaya çalışıyoruz. Sen bana bırak. Lütfen bana bırak!"

Ecem yerine oturdu, gözyaşları içinde eğdi başını.

"Hakaret etmiyoruz. Hakikati anlatıyoruz. Bana inanmıyorsanız, bu ana kızın oturduğu evin giriş katındaki Altınbukle Kadın Kuaförü'nü arayın, ya da orayı çalıştıran kadını programınıza alın. Asıl ondan sorun Ayfer'i. O kadın biliyor her şeyi. Kim bilir kimin evine gönderdiler de başına neler geldi. Kızı da biliyor, ama doğruları söylemiyor. Birinin de çıkıp doğruları konuşması lazım. Bu kadın hayat kadınlığı yapıyor mu, yapıyor!"

Seyirciler kendi aralarında fısıldaşmaya başladılar. Serap Sirenay telefonun ucundaki adama döndü.

"Bu ithamlarınız iftira ise gerçekten suç işlediğinizi bilin. Öyle isminizi vermeyerek bulunamayacağınızı sanıyorsanız, yanılıyorsunuz!"

Adam yine derin derin soluyup alaycı üslubuyla sürdürdü konuşmasını.

"Orası biraz zor da! Ben burada sizi aydınlatmaya çalışıyorum. Araştırın, zor değil. Polis önce gitsin kuaförü araştırsın.

Neler dönüyor çıksın ortaya. Öyle ekranlarda yalan dolan hikâyeler anlatmakla çözülemez bu işler. Millet mahallenin orta yerinde kaçak genelev kurmuş, işletiyor. Polisin ruhu duymuyor. Ben yardımcı olmak için gerçeklerden bahsediyorum, suçlu ben oluyorum. Oh ne güzel yol, iyi vallahi Serap Hanım. Ben söyleyeceğimi söyledim. Gerisi size kalmış artık, ister ciddiye alın ister almayın, orası beni alakadar etmez."

Baran Oğuz ve Ezgi göz göze geldi. Baş komiser elini tespih sallar gibi çevirerek Ezgi'ye konuşmaya müdahil olması gerektiğinin işaretini verdi. Ezgi toparlanıp söz istedi Serap Sirenay'dan.

"Serap Hanım müsaade ederseniz, benim de beyefendiye bir sorum olacak."

Serap Sirenay Ezgi'ye döndü. Sonra Baran Oğuz'a baktı. İkisinin yüzlerindeki ifadeden bir şeyler planladıklarını anladı.

"Tabii! Konuğumuz Ezgi Demircioğlu'nun da bir sorusu olacak size. Hatta mısınız?"

Hattaki adam bir müddet sessiz kaldı. Sonra hışırtılı sesiyle, "Sorsun" dedi. Ezgi dikleşti, başını hafifçe kaldırarak tüm ciddiyetiyle yöneltti sorusunu adama.

"Ayfer Hanım kaybolalı iki hafta oluyor. Daha önceki programlarda da işlenmiş bu konu. Neden özellikle bugün, kızının çıktığı gün aradınız? Bu bilgileri polisle neden paylaşmadınız? İsminizi de gizliyorsunuz üstelik. Bana korktuğunuz bir şey varmış gibi geliyor. Nedir sizi korkutan?"

Adamın güldüğü sesindeki alaycı neşeden anlaşılıyordu. Aşağılarcasına cevapladı Ezgi'nin sorusunu.

"Bu nasıl soru ya? Oldu olacak çocukluğuma da dönelim, terapi yapalım. Bugün gördüm, bugün aradım. Ne alaka yani?

Benim korktuğum bir şey yok. Bizim de bir ailemiz, bir çevremiz var. Kendimi durduk yere niye ifşa edeyim, akıl var, mantık var."

Ezgi sorduğu sorunun telefonun ucundaki gizemli adamı konuşturmaya yetecek kadar güçlü olmadığını biliyordu. Onu tahrik etmesi, kontrolünü kaybedecek noktaya taşıması gerekiyordu. Daha cüretkâr olmalıydı.

"Korktuğunuz bir şeyler varmış işte. Ailenizin, çevrenizin gizli cinsel münasebetlerinizi öğrenmesinden korkuyorsunuz! Sıklıkla bu yollara başvurur musunuz? Yoksa nadir kaçamaklar mı?"

Adamın soluyuşları hızlandı. Sesindeki alaycı ton yerini öfkeye bıraktı.

"Sana ne ablacım benim cinsel münasebetlerimden! Ben sana soruyor muyum, kimin altına yatıyorsun diye?"

Stüdyodaki seyircilerden yine hep bir ağızdan homurdanmalar yükseldi. Serap Sirenay çıkıştı adama.

"Terbiye sınırlarını aşıyorsunuz beyefendi!"

"Vallahi henüz aşmadım Serap Hanım. Sınırdayım hâlâ. O Ezgi denilen kadın saçmalamaya devam ederse sınırı aşarım. Onun da ne mal olduğunu biliyoruz."

Ezgi'nin aklına dün aldığı zarf geldi. *"Senin ne mal olduğunu biliyorum. Sıra sende!"* Hemen araya girdi. Sakindi.

"Nerden biliyorsunuz? Tanıyor musunuz beni?"

"Sen var ya sen! Büyük numaracısın sen. Ama gün gelecek seni de..."

Adam kendini kaybetmek üzere olduğunu hissedip sustu birden. Ezgi adamın sustuğu yerden sakinliğini koruyarak devam etti.

"Beni de... Evet. Beni de mi ağınıza düşürecek ve sonra kaybedeceksiniz? Ardımdan televizyonları arayıp hayat kadını olduğumu mu söyleyeceksiniz? Asıl numaracı sizsiniz gibi geliyor bana. Yanılıyor muyum yoksa? Ama şuna emin olun. Eğer bu kayıplarla bir ilginiz varsa, bedelini eninde sonunda ödeyeceksiniz!"

"Kes sesini orospu!"

Bağırarak kapattı telefonu gizemli adam.

Serap Sirenay kameraya döndü, stüdyoda yükselen uğultuyu bastıran, güçlü bir tonda konuştu.

"Hemen kısa bir reklama gidiyoruz. Sonrasında, 'Ne Hayatlar Var' devam edecek."

* * *

Nuran ve Behiye, güvenlik görevlisi gencin getirdiği yedek anahtarla Zarife'nin evine girmeyi başarmışlardı. İki telaşlı kadın evi hızlı hareketlerle çarçabuk kolaçan etti. Evde her şey yerli yerindeydi. Hatta ortalık fazlasıyla derli topluydu. Mutfağa, banyoya baktılar. Her iki yer de sanki yeni temizlik görmüş gibi pırıl pırıldı. Salon da muntazam bir şekilde düzenliydi. En ufak bir dağınıklık yoktu. Perdelerin tamamen kapatılmış olması Nuran'ın dikkatini çekti. Işık girsin diye perdeleri açtı. Tüllerin arasından süzülen gün ışığı, mobilyaların üzerinde birikmiş tozu belirginleştirdi. Nuran Zarife'nin titizliğini bilirdi. Zarife hiçbir surette evinin bu denli tozlanmasına izin vermezdi.

Yatak odasına girdiler. Nevresimleri özenle serilmiş yatağın başındaki komodinin üzerinde kalınca bir kitabın hemen yanında şarja takılı cep telefonu gördüler. Nuran telefonu şarjdan çekip eline aldı. Behiye'ye baktı.

"Zarife'nin telefonu!"

Behiye heyecanlandı.

"Evde unutmuş işte. Ondan açmamış. Dedim sana."

Nuran cep telefonunun ekranını Behiye'ye gösterdi.

"Yahu günlerdir gelmemiş bu kadın eve. Şu cevapsız çağrılara, mesajlara baksana."

Behiye ekrana baktı, birikmiş mesajları, aramaları görünce sustu kaldı. Bir şey diyemedi. Nuran haklıydı. Zarife'nin günlerdir bu eve uğramadığı, evin her halinden belliydi.

"Uzun yola gidecekmiş gibi bırakmış evi. Her yer fazla düzenli değil mi?"

Nuran kuşkularına nihayet ortak olan arkadaşına Zarife'yi anlatmaya, içindekileri dökmeye başladı.

"Bütün perdeleri örtmüş olması işkillendirdi beni Behiye. Sanki uzun süre dönmeyecekmiş gibi evi kapatıp gitmiş gibi örtmüş hepsini."

Behiye, Nuran'ın bunca telaşın içinde bu kadar isabetli çıkarımlar yapmasına şaşırdı. Teselli edici sözler sarf etmenin anlamı yoktu artık. Durumun vahametini kavramıştı Behiye. Elini Nuran'ın sırtına götürüp şefkatle sıvazladı. Nuran, Behiye'nin yüzüne biçare gözlerle baktı.

"Böyle durmak olmaz Behiye. Bir şeyler yapmamız lazım."

Titriyordu sesi.

"Haklısın" dedi Behiye. "Vakit kaybetmeyelim."

Yatak odasından çıkıp yeniden salona girdiler. Güvenlik görevlisi genç de salona gelmiş etrafı şaşkın bakışlarla inceliyordu. Nuran genç adama yaklaştı.

"Sizin bir bilginiz var mı? Kaçta çıkmış? Nereye gitmiş?"

Güvenlik görevlisi Nuran'a çaresiz bir ifadeyle bakıp, omuz silkti.

"Giriş çıkış kaydı tutmuyoruz maalesef."

Nuran elini çenesine koyup salonda bir o yana, bir bu yana volta atmaya başladı. Sonra birden zınk diye durup Behiye ve güvenlik görevlisi gence döndü.

"Beklemenin bir manası yok. Polisi aramak şart oldu."

Cep telefonunu çıkardı, polisin numarasını tuşladı. Behiye elini endişeyle yüzünde gezdirip, "Acaba..." diyerek durdurdu Nuran'ı. "Acaba önce bir Ezgi'yi mi arasan kız Nuran? Yani kızı sonuçta. Belki bir bilgisi vardır. Değil mi?"

Nuran'ın gözleri büyüdü. Belli belirsiz, tedirgin bir gülümseme sarktı dudağının kenarından.

"Ah. Tabii ya. Hay aklınla bin yaşa kız Behiye. Önce Ezgi'yi aramamız icap eder."

* * *

Reklam arasını fırsat bilen konuklar kulise toplanmış, nefesleniyorlardı. Emekli başsavcı, iri bedenini deri koltukların en geniş olanına yerleştirmiş, iştahla yediği kanepelerden damlayan sosun kirlettiği ay yıldız desenli kravatını temizlemeye çalışıyor, set amiri kız uzattığı kolonyalı mendille başsavcıya yardımcı olmaya çalışıyordu.

Ezgi ise kulisin bir köşesinde ağlayan Ecem Dürüst'ün yanına oturmuş, elini genç kızın öne eğilmiş sırtında nazikçe gezdiriyor, sakinleşmesi için uğraşıyordu. Ecem'in gözleri kızarmış, ağlamaktan kan çanağına dönmüştü.

"Üzerindeki yükü anlıyorum. Güçlü olmaya gayret etmelisin. Ağlayıp dövünerek gücünü tüketiyorsun. Zor olduğunu biliyorum ama koyuverme kendini. Mücadele etmelisin. Annen için yapmalısın bunu."

Ecem başını kaldırıp yalvarırcasına baktı Ezgi'nin gözlerine.

"Annem... Benim annemden başka kimsem yok Ezgi Abla."

Yutkundu Ezgi. Kursağına bir acı takıldı, kaldı. Diyecek bir söz bulamadı. Elini genç kızın sırtından çekip eline uzattı, tutup sıktı bu ince, güçsüz, çocuksu eli.

Kulisin başka bir köşesinde Serap Sirenay sigarasını yakmış, tellendiriyor, Ecem'le ilgilenen Ezgi'yi seyrediyordu. O sırada Baş Komiser Baran Oğuz ve polis memuresi Senem içeri girdiler. Ezgi polisleri görünce heyecanlandı, ayağa kalktı. Baran Oğuz'a yaklaştı.

"Umarım bir yararı olmuştur!"

"Göreceğiz. Fakat teşekkür ederim size. Şahsı hatta tutmayı ve kendisini bir miktar açık etmesini sağladınız."

"Rica ederim. Biraz çirkinleşmek zorunda kaldım. Ama sanırım başka türlü dikkatini çekemeyecektim."

Serap Sirenay sigarasının izmaritini küllükte ezdi. Son dumanı üfleyerek güldü.

"Bu birazsa, tümüyle çirkinleştiğini görmek istemem Ezgiciğim. Tehlikeli biri olduğunu her zaman hissetmişimdir, her zaman."

Ezgi Serap'a dönüp yapmacık, soğuk bir gülümsemeyle karşılık verdi.

"Emin ol görmek istemezsin."

Baran Oğuz ve Senem, iki güzel kadının atışmasına bir anlam veremeyip birbirlerine boş boş baktılar. Bu esnada kulise, program boyunca kayıt odasında bulunan ince bıyıklı polis memuru Tuna girdi. Önce Serap Sirenay'a bıyık altından gülümsedi. Sonra baş komisere yanaştı.

"Aramanın yerini tespit etmeyi başardık amirim!"

Baran Oğuz gülümsedi.

"Güzel!"

"Ama kullan-at cep telefonuyla aramış..."

Baran Oğuz'un gülümsemesi yarım kaldı. Keyfi kaçtı. Tuna'yı baştan aşağı iyice süzüp, gri, kirli sakalını kaşıyarak düşündü.

"O zaman nereye atıldıysa bulun o telefonu!"

Tuna başıyla onayladı baş komiseri.

"Bir ekip yönlendirdik amirim, araştırıyorlar."

Ezgi, Serap Sirenay, Ecem ve emekli başsavcı, iki polis arasındaki konuşmayı dikkatle dinliyorlardı. Baran Oğuz, Tuna'ya döndü.

"Sen de git, ekibin başında işinin ehli biri olsun."

"Emriniz olur amirim."

Tuna çıktı kulisten, tam o esnada Ezgi'nin cep telefonu çaldı. Ezgi makyaj masasının üzerine bıraktığı çantasından cep telefonunu çıkarıp ekrana baktı. Arayanın teyzesi Nuran olduğunu görünce şaşırdı. Teyzesi Ezgi'yi pek sık aramazdı. Önemli bir şey olduğunu hissetti. Açıp, kulağına götürdü.

"Teyze..."

Kulisteki herkes Ezgi'nin yüzündeki ifadenin gelen telefonla birlikte değiştiğini fark etmişti. Masmavi güzel gözleri kötü bir haber almışçasına büyümüş, ıslak rujlu dudakları aralık kalmıştı.

"Tamam, tamam teyzeciğim. Siz sakin olun. Beni bekleyin! Hemen geliyorum."

Ezgi telefonu kapatıp çantasına koydu. Ardından çantasını koluna asıp kulistekilere döndü. Heyecanını bastırmaya çalışıyordu.

"Ben... Eee... Kusura bakmayın lütfen. Ama benim acilen çıkmam lazım."

Hızlı adımlarla kulis kapısına doğru yöneldi.

Baş Komiser Baran Oğuz, Ezgi'nin önünden çekildi.

"Bir sorun yok değil mi Ezgi Hanım?"

Ezgi kapıya yaklaşırken, baş komiserin sorusunu ona bakmadan sayıklıyormuş gibi yanıtladı.

"Yok... Yani şimdilik yok. Teşekkür ederim."

Baran Oğuz gözlerini kısıp, kuşkucu bir ifade takındı yüzüne. Ters bir şeyler olduğu açıktı.

Serap Sirenay kulisten ayrılmak üzere olan Ezgi'ye seslendi.

"Pardon ama burada ciddi bir program yapıyoruz. Niye gitmek zorunda olduğunuzu açıklamadan şuradan şuraya gidemezsiniz Ezgi Hanım."

Ezgi kapı aralığından sızan beyaz stüdyo ışığının önünde durdu. Siyah bir silueti çağrıştıran bedeniyle döndü kulistekilere.

"Annem... Annem kayıp..."

ikinci kısım:

Düştüğünde Kalkarsan Hayat Güzeldir

-9-

Ezgi can havliyle stüdyodan çıktı. Otoparktaki aracına yöneldi. Kulistekiler şaşkındı. Baş Komiser Baran Oğuz, polis memuresi Senem'e döndü.

"Şahsın bahsettiği kuaföre gidip bakın. Yanına bir iki arkadaşını al. Neymiş bu kuaför salonu, kayıp kadın ve kızı hakkında ne biliyorlarmış, telefondaki adamın dedikleri ne derece doğru, iyice bir araştırın!"

Senem, tamamdır manasında başını salladı ve kulisten çıktı. Baş Komiser Baran Oğuz, Ezgi'nin peşinden gitti. Kapıda set görevlisi çaycı duruyordu. Çocuk gülümsedi baş komisere. Karton kutulara doldurduğu çaylarla dolu tepsiyi uzattı.

"Çay almaz mısınız?"

"Yok, almayayım..."

"Hayatta bırakmam amirim, elimden bir çayımı içirmeden bırakmam vallahi."

Baran Oğuz, takıntılı biriyle karşı karşıya kaldığını anladı, gözü Ezgi'deydi. Çaycıyı atlatmak için tepsiye uzandı.

"Alayım bari..."

"İç tabii sayın amirim, tavşankanı..."

Çaycı konuşmaya devam ederken Baran Oğuz, elinde çayla, hızlı adımlarla Ezgi'ye doğru yürümeye başladı. Otoparkta gözü Ezgi'yi aradı, arabanın önünde eğilmiş bir şey ararken gördü onu. Ezgi çok telaşlıydı, arabasının anahtarını düşürmüş, eğilmiş onu arıyordu. Anahtarı buldu, doğrulduğunda ön yolcu kapısında sessizce bekleyen Baran Oğuz'u gördü, irkildi.

"Umarım korkutmadım sizi?"

"Yok, önemli değil. Acelem var, müsaade ederseniz!"

"Annem kayıp dediniz, ne oldu, ne zamandır kayıp?"

Ezgi sorular karşısında gerilmeye başlamıştı.

"Henüz bilmiyorum, müsaade ederseniz gidip bakacağım."

"Ben de sizinle gelmek istiyorum, polisi aramanız gerekebilir, hazır yanınızdayım. İşlemleri hızlandırırım."

Bu makul teklifi reddetmek şüphe çekebilir diye mecbur kabul etti Ezgi.

"Tabii... İyi olur, buyurun arabaya o halde..."

Baran Oğuz ağzına kadar sıcak çayla dolu karton bardağı ucundan iki parmağıyla dikkatle tutarak ve dökmemeye özen göstererek, arabanın ön koltuğuna oturdu.

İkisi de konuşmuyordu, araba çok sessizdi. Ezgi dalıp gitmişti, kafası başka yerdeydi. Annesini gördüğü geceyi, o geceki halini anımsadı yine. Karanlıktı, nefes nefeseydi, annesi tam karşısında duruyordu. Silahını yüzüne doğrultmuş, ömrü boyunca çektiklerinin hesabını soracaktı. Hastalarını dinlediğinde, seanslara girdiğinde, onların çoğu zaman yolun sonuna geldiğinde anlattıkları hikâyeleri hatırladı o an. "Artık hayatımın sonuna geldim" dedikleri noktada, zaman duruyor, bütün hayatlarını düşünmeye başladıklarını anlatıyorlardı. Ezgi'de de öyle olmuştu. Annesi ona bir ömür çektirmiş, sürekli aşağılamış, sürekli özgüvenini yıkmaya çalışmış, dışlamış, onu sevgisiz bırakmıştı. Ne kadar zamandır böyle davrandığını hatırlamaya çalıştı. Hafızasını zorladı, çok geriye gitti. Dört, belki de beş yaşındaydı, sürekli annesinin peşindeydi, ama annesi onu hep dışlıyordu. O yanaşıyor, annesi adeta küçük kızı bakışlarıyla ittiriyordu.

Altı ya da yedi yaşlarına geldiğinde, okulda, annesi ölmüş bir arkadaşı, üvey annesi tarafından şiddet görmüş, bu durumu fark eden öğretmenler, durumu polise iletmiş, okula polis gelmiş, çocuk doktora götürülmüş, olay büyümüş, diğer veliler çocuklarını almaya gelmiş, bu olay birkaç hafta konuşulmuştu. Ezgi ile birlikte bütün çocuklar, öz anne, üvey anne, yetim çocuk kelimelerini ilk orada duymuş, olayın etkisinde kalmışlardı. Ezgi olaydan en çok etkilenen çocuk olmuştu. "Ben de yetimim" diye düşünmeye başlamış, Zarife'nin üvey annesi olduğuna inanmış, ama korkusundan bunu kimseyle paylaşamamıştı.

"Ya üvey annemse ve benim bunu fark ettiğimi anlarsa, tıpkı o yetim kız gibi ben de dayak yerim o zaman!" diye düşünmüştü o küçük aklıyla. Ancak biraz daha büyüyünce bunu Zarife'ye sorabilmiş, "Sen benim üvey annem misin?" dediği için de hem azar işitmiş hem de tahmin ettiği gibi dayak yemişti.

Yaşadıklarının ne anlama geldiğini yıllar sonra fark etmişti Ezgi. Psikoloji okumaya başladıktan sonra maruz kaldıklarının onda yarattığı tahribatı çok daha iyi anlamıştı. İnsanın dünyasını kurduğu ilk yerde öğrendiklerini anlamlandırması zordu, insanın ilk normali içine doğduğu evde kuruluyordu. Büyüdükçe başka insanlarla temas kuruyor, başka ailelerin hikâyelerini görüyor ve kendisiyle mukayese etmeye başlıyor ama yine de işin içinden çıkamıyordu. Aileyi sorgulamak tehlikeliydi, işin ucunda köyden kovulmak vardı.

Doğduğumuz andan itibaren hissettiğimiz olumsuz duygular, aşağılanma, terk edilmek, ihmal edilme, cezalandırılma, aşırı koruyucu biçimde davranılması, duygusal ve fiziksel istismar gibi durumlar, duygusal dünyamızda çok derin ve acı izler bırakıyordu. Şemalar da bunların bize sürekli yaşatıldığı, hissettirildiği durumlarda ortaya çıkıyordu ve ezberleniyordu bir bir... Oyuk oyuk, ilmek ilmek işleniyordu insanın ruhuna, bedenine, bilinçaltına... Bunlar bizim normalimizdi çünkü tanık olduğumuz tek yaşantı bu yaklaşımlarmış ve hayatın tanımı da bundan ibaretmiş gibi hissediyorduk.

Sonra da içsel olarak duvarımıza astığımız bu ilk fotoğraf karelerine göre dizayn ediyorduk hayatımızı... Bize zarar veren, aşağılayan, değersiz hissettiren ve istismar eden insanları, sevgilileri, eşleri çekiyorduk hayatımıza... Berbat olsa da bilindik olanın yakıcı konforu... Bir balığın yüzdüğü akvaryum gibi, yaşadığımızı zannediyorduk ama başımızı bir türlü kaldıramıyorduk o sudan.

Ezgi, şimdi bütün bunları yeniden hatırlamış, o anları tekrar yaşamış, sessizce akan gözyaşları eşliğinde, annesinin yüzüne silahını doğrultmuştu. Elleri tir tir titriyordu. Zarife korkuyla ona bir şeyler anlatmaya çalışıyor ama Ezgi dediklerini duymuyordu. Silahın tetiğine parmağını atıp atmadığını hatırlamıyor, annesinin yüzünü korkuyla kapattığını ve kehribar kolyenin elinden kayıp yere düşüşünü hatırlıyordu sadece. Bu düşüncelerle öylesine dalıp gitmişti ki neredeyse kendini kaybedecekti.

Baran Oğuz, üfleye üfleye çayından bir yudum almaya çalışırken, Ezgi'nin dalgınlığını fark etti. Ezgi kendinde değil gibiydi. Önündeki hiçbir şeyi görmüyordu sanki. Yol boştu, ama ilerde bir trafik lambası vardı. Trafik ışığı kırmızı yandı, Ezgi'ye baktı Baran Oğuz. Ezgi duracak gibi değildi.

"Kırmızı ışık Ezgi Hanım" diye seslendi.

Ezgi duymadı. Daha yüksek sesle, "Kırmızı ışık!" diye bağırınca Ezgi ancak kendine gelebildi ve frene asıldı. Öyle ani ve güçlü bir fren yaptı ki araba tümüyle sarsıldı. Baran Oğuz elindeki çaya hâkim olamadı ve arabanın sarsıntısıyla çay üzerine döküldü. Sıcak çay komiserin apışarasına dökülmüş, canı çok yanmıştı.

Ezgi baş komiseri üzerine çay dökülmüş debelenirken görünce korktu, ne yapacağını bilemedi.

"İyi misiniz? Bir şeyiniz yok ya?"

"İyiyim, iyiyim! Siz iyi misiniz, çok dalgınsınız. Bir peçete falan varsa! Ya da ıslak mendil!"

Baran Oğuz, elini refleks bir hareketle torpido gözüne uzattı. Ezgi, Baran Oğuz'un içinde silah saklı olan torpido gözünü açmak üzere olduğunu görünce, "Hayır!" diye bastı çığlığı. Yeni haşlanmış baş komiser, Ezgi'nin verdiği bu gereksiz tepkiye bir anlam veremedi. Elini çekti torpido gözünden. Ezgi verdiği tepkinin baş komisere abartılı, neredeyse hastalıklı geldiğini hissetti. Yumuşatmak istedi.

"Orada mendil yok, çantamdan vereyim size. O gözü biraz özel şeylerim için kullanıyorum! Yani nasıl söyleyeyim daha kadınsı şeyler! Bilirsiniz!"

Çantasından bir paket ıslak mendil çıkarıp Baran Oğuz'a uzattı. Baran Oğuz, ikna olmuş gözüküyordu.

"Sıkıntı yok Ezgi Hanım. Çok dalgınsınız isterseniz ben kullanayım."

"Yok sağ olun, annemin nerede olabileceğini düşünüyordum."

Trafik ışığı kırmızıdan yeşile döndü. Yola devam ettiler.

Ezgi ve baş komiserin bulunduğu araba, Zarife'nin evinin olduğu sitenin girişine, güvenlik kabininin olduğu yere geldi. Nuran ve Behiye'ye evin kapısını açan genç güvenlik görevlisi kabine geri dönmüştü. Arabadakilerin Zarife Demircioğlu için geldiklerini duyunca, sanki gizli bir şifre duymuş gibi sorumluluk duygusuyla hızla açtı kapıyı. Ezgi vakit kaybetmeden siteye girdi ve otoparkta bir yer bulup park etti.

Ezgi ve Baran Oğuz, Zarife'nin evinin bulunduğu kata çıktılar. Bu kısa yolculuk boyunca tek kelime etmedi Ezgi. Baran Oğuz ise gözucuyla Ezgi'nin telaşlı halini izliyordu.

Nihayet dairenin kapısına gelmişlerdi. Ezgi kapıyı çaldı. Nuran Ezgi'yi karşısında görünce, eve geldiğinden beri güçbela koruduğu sükûnetini koruyamadı. Ezgi'ye sarılıp, "Teyzesinin gülü..." diyerek ağlamaya başladı.

Ezgi, teyzesi Nuran'ı zar zor sakinleştirebildi. Nuran heyecanlı bir şekilde, hızlı hızlı Zarife'ye ulaşamadığını, aramalarına dönmediğini, mesajlarına cevap vermediğini, son çare olarak eve geldiklerini, kapıyı güvenliğin yardımıyla açtıklarını, evi böyle derli toplu, terk edilmiş vaziyette bulduklarını anlattı. Ezgi, Nuran'ın tüm bu detayları canhıraş bir vaziyette heyecanla anlatırken, bir yandan da elinde bir şey salladığını fark etti. Bu günlerdir, hayallerinde, rüyalarında gördüğü, Zarife'nin elinden kayıp düşen kehribar kalp kolyesiydi. Elini uzatıp Nuran'dan istedi.

"Bakabilir miyim?"

"Al teyzem..."

Kolyeyi inceledi Ezgi. O kolyeye bakarken, Nuran da durmadan anlatıyordu.

"Yüreğime indi, koşarak buraya geldim, kapıda çocuk vardı, çocuktan rica ettik, kapıyı açtı, otoparka girdik, su birikintisi vardı, onun içinde gördüm, Zarife'nin bu dedim, oy Zarife'm, oy canım ablam..."

Nuran, Ezgi ve baş komiserin kendisine baktığını fark edince sustu.

"Evet, annemin kolyesi bu, hatırladım."

Ezgi kolyeyi çantasına koydu.

Behiye ile Nuran, "Zarife'yi gördün mü, en son ne zaman gördün, nereye gitmiş olabilir?" gibi sorularla Ezgi'yi bunalttılar. Ezgi ne diyeceğini bilemedi, kafası allak bullaktı. Günlerdir aklından çıkmayan o görüntüler gerçek miydi, hayal miydi, bilmiyordu. Annesini en son ne zaman gördüğünü de hatırlamıyordu.

"Yok teyze ya, epeydir görmedim annemi, sen de biliyorsun, annemle çok sıkı fıkı değiliz."

Baş Komiser Baran Oğuz, tam da Ezgi'nin annemle çok sıkı fıkı değiliz dediği yerde varlığını hissettirdi. Hemen arkalarında evi kontrol ediyor, bir kulağıyla da onları dinliyordu. Tecrübeli bir baş komiser olan Baran Oğuz'un dikkatini bir şey çekmişti. Duvarlarda, komodinin üstünde, raflarda çok sayıda çerçevelenmiş fotoğraf vardı. Fotoğraflarda sadece bir kadın ve bir erkek vardı. Kadın Zarife, erkek ise kocasıydı. Bir, iki, üç... Bu kadarı da tesadüf olamazdı. Zarife'nin eşiyle bir sürü fotoğrafları vardı, hepsi de çerçevelenmişti, ama hiçbirinde Ezgi yoktu. İşin garip tarafı Ezgi de ilk defa bu fotoğrafları görüyor gibi hepsine merakla bakıyor, uzun uzun inceliyordu.

Baş komiser ortalığa bakıyor gibi gözüküp Ezgi'yi izlemeye koyuldu. Nuran ve Behiye mutfaktaydılar. Ezgi fotoğrafların önünde bekliyor, uzun uzun bakıyor, acı acı gülümsüyor, sonra diğerine geçiyordu.

Salondan çıkıp koridorda yürüdü Ezgi, hol boyunca duvarda iki üç fotoğraf asılıydı. Sonra Zarife'nin yatak odasına geçti, başucundaki fotoğrafa baktı, parmağını fotoğrafın bir köşesine koymuş, küçük bir detayı seviyor, okşuyor gibiydi. Baran Oğuz merakına rağmen Ezgi'yi ürkütmek istemiyor, Ezgi oradan ayrıldıktan sonra, resme bakmak için sabırsızlanıyordu. İki üç dakika aynı şeyi yaptı Ezgi, yine kendinden geçmiş gibiydi. Arkası Baran Oğuz'a dönüktü. Baran Oğuz tecrübeliydi, Ezgi'nin sessizce gözyaşı döktüğünü biliyordu. Fotoğrafı tek eliyle tutmuş, bakıyor, diğer eliyle kolunu okşuyordu. En sonunda çerçeveli fotoğrafı usulca yerine koydu, geri döndü, Baran Oğuz'u gördü.

"Beni mi izliyordunuz?"

"Yok, ben de sağa sola bakıyordum, evden ne zaman ayrılmış, bir ipucu bırakmış mı diye ince ince bakmak lazım, bazı küçük detaylar büyük resme ulaştırır bizi çoğu zaman..."

"Peki, buyurun bakın..."

Ezgi, Baran Oğuz'un yanından geçerek, mutfakta bekleyen Nuran ve Behiye'nin yanına doğru gitti. Baran Oğuz hemen yatak odasına koştu, Ezgi'nin baktığı çerçeveli fotoğrafı aldı. Çok eski bir fotoğraftı, bir salonun ortasında çekilmişti. Sağ tarafta kanepe, ortada bir televizyon, sağda bir yemek masası vardı. Zarife, eşiyle birlikte salonun tam ortasında gülümsüyordu. Ezgi, parmağıyla yemek masasının en uç köşesini sevmişti uzun uzun. Biraz daha yakından baktı Baran Oğuz. Fotoğrafta halının üstünde, kareli halının bir deseni gibi duran bir şey fark etti. Küçük bir çocuk ayağıydı bu. Evet, evet, bu bir çocuk ayağıydı. Bir anlam veremedi buna Baran Oğuz. Masanın tam kenarında bir çocuk durmuş, Zarife ile eşini izlerken ayağı ve bacağının bir kısmı fotoğrafa girmişti. Ezgi tam da burayı, bu minik ayağı sevmişti. Demek Ezgi'nin ayağıydı bu, fakat Ezgi neden fotoğrafa alınmamıştı, hadi bu fotoğrafa alınmamıştı, peki diğer fotoğraflarda neden yoktu? Neden küçük ayağını sevmiş ve ağlamıştı, annesinin kaybolmasıyla bir ilgisi olabilir miydi?

Nuran, Ezgi'nin Zarife hakkında bir bilgisi olmadığını anlayınca yine telaşa kapılmıştı. Mutfakta dövünüyor, "Polisi arayalım, polisi!" diye söylenip duruyordu. Tam o esnada Baran Oğuz mutfağa girdi. Ezgi aramalarına gerek olmadığını zaten polisin onlarla birlikte geldiğini söyleyerek başıyla Baran Oğuz'u işaret etti. Baş komiser Nuran ve Behiye'ye selam vererek, gülümsedi, kendini tanıttı. Sakin olmalarını salık verip, bundan sonrasıyla kendisinin hususi olarak ilgileneceğini söyledi. İki telaşlı kadın, baş komiserin güven veren sesinden etkilenip biraz sakinleştiler, salona geçip yan yana ikili koltuğa oturdular. Baran Oğuz da tam karşılarındaki tekli koltuğa oturdu. Zarife hakkında derli toplu bilgi edinmek için onlara sorular yöneltmeye başladı.

Bu sırada Ezgi, elinde annesinin kehribar kolyesi, çocukluğunun, gençliğinin geçtiği ve ne yazık ki onda pek de güzel hatıralar bırakmamış evi tekrar adımlamaya başladı. Bu eve gelmeyeli yıllar olmuştu. Ama evde hiçbir değişiklik yoktu. Son gördüğünde nasılsa öyleydi ev.

Zarife'nin yatak odasına doğru yöneldi tekrar. Annesinin yatağının başındaki komodinin üstünde kalınca bir kitap duruyordu. Eline aldı. Kitap bir gece önce kendi kitaplığında arayıp da bulamadığı *Anna Karenina*'ydı. Şaşırdı. Bu kitabın annesinin eline nasıl geçmiş olabileceğini düşündü. Aynı kitabın başka bir nüshası mı acaba diye geçirdi içinden. Ama sayfaları çevirdiğinde bizzat kendisinin altını çizdiği cümleleri görünce, kendi kitabı olduğunu anladı. Annesi Zarife yeni evine hiç gitmemişti, bu kitabı nasıl almış olabilir diye düşündü. Kitabı çok eskiden almış olmalı diye geçirdi içinden. Bir elinde kitap, bir elinde kolye, annesinin yatağına oturdu. Oturduğu yerin tam karşısında duran makyaj masasının aynasında kendini gördü. Bu hali ona lisedeki görüntüsünü çağrıştırmıştı.

Tekrar hülyalara daldı Ezgi. Gözlerinden sicim gibi yaşlar döküldü. Aynadaki görüntüsü kirli bir su gibi bulanıklaştı.

* * *

Liseli Ezgi, üzerinde okul formasıyla Zarife'nin yatak odasındaki aynada kendine bakmaktaydı. Elindeki ders kitaplarını aynanın önüne bırakıp, makyaj masasının çekmecelerini karıştırdı. Bir mücevher kutusu buldu ve hemen açtı. Gözüne kalp şeklinde kehribar bir kolye ilişti. Çekip aldı kutudan kolyeyi. Boynuna taktı. Yakıştırdı kendine. Aynada güzelliğini, gençliğini, tazeliğini süzdü masmavi gözleriyle. Mücevher kutusunu çekmeceye geri koyup, kitaplarını aldı ve yatak odasından çıktı.

Evde kendisinden başka kimse yoktu. Koridordan geçerken duvardaki çerçevelere gözü takıldı. Yüzündeki neşeli ifade kayboldu Ezgi'nin. Duvardaki resimleri görmemek için koridordan geçerken muhakkak başını öne eğerdi Ezgi. Sanki o çerçevelerde yer almaya hakkı yokmuş gibi... Bir suçlu gibi...

Evden kaçarcasına dışarı attı kendini. Aşağı indiğinde, sitenin girişinde beyaz bir araba onu beklemekteydi. Okuldan sevdiği çocuğun, Suat'ın arabasıydı bu. Suat Yılmaz, lise sonda olmasına rağmen sürekli sınıfta kaldığından 18 yaşındaydı ve okulda arabası olan tek çocuktu. Suat içki içiyor, esrar kullanıyordu. Çok geçmeden Ezgi de içkiye başladı. İlk başlarda midesi bulanan, hatta eve gidip kusan Ezgi, birkaç defa içtikten sonra alıştı. Annesinden kaçıp Suat'a ve içkiye sığındı. Başı döndükçe dünya daha çekilir bir yer oluyor, geçici de olsa sorunlarından uzaklaşıyordu. Çok geçmeden daha da kötüsünü yaptı, esrar da içmeye başladı. Suat içtiği sigarayı uzatmış, hızlıca içine çek demişti. İçine çektiği gibi başı dönmeye, kalbi hızlı hızlı atmaya başlamıştı. Sonra bir daha, bir daha çekti...

Kapıda Suat'ı gören Ezgi'nin neşesi yerine gelmişti. Arabaya bindi, Suat hemen Ezgi'nin çok güzel göründüğünü söyleyip yanağından öptü. Kızarıp utandı Ezgi.

"Eee... Nereye gidiyoruz bakalım?"

Suat gülümseyerek, onu baş başa kalabilecekleri harika manzarası olan bir yere götüreceğini söyledi. Ezgi'nin hoşuna gitmişti bu. Birisinin onu mutlu etmeye çalışması hiç alışık olduğu bir duygu değildi. Belki de bu yüzden Suat'a güveniyordu. Genç adam Ezgi'yi sürekli iltifatlara boğuyor, hayatında annesinden bir çift güzel söz duymamış Ezgi ise duyduklarına hemen inanıyordu. Her şeyi yapardı Suat için, o güzel sözleri duymak için...

İki genç son sürat ilerleyen arabada ara ara birbirlerine gülümsüyor, vites kolunun üstünde el ele tutuşuyorlardı. Dikiz aynasından sallanan yeşil saçlı troll bebek biraz sonra şahit olacaklarından habersiz gülümsüyordu.

Beyaz araba, Sarıyer sırtlarındaki Boğaz manzaralı araziye gelince durdu. Koruluğun kenarında kuytu bir yere park etti Suat. Ağaçların sık yapraklı dalları aracın üzerine uzanmış, onu gölgede bırakıp saklamışlardı. Suat torpido gözünden sarma bir sigara çıkardı. Sigara Ezgi'nin dikkatini çekti, bildiği sigaralara benzemiyordu. Suat'a baktı şaşkınlıkla.

Suat gülerek "Sigaranın kralı bu işte" dedi ve yaktı sarılı sigarayı. Dumanının kokusu garip geldi Ezgi'ye, ağır, yoğun bir kokusu vardı. Suat sigarayı Ezgi'ye uzattı.

"Al, çek bir fırt, rahatlatır."

Ezgi bir duman çekti, çok sertti, hemen öksürdü.

Suat gülmeye başladı. "Alışacaksın, alışacaksın, merak etme" dedi.

Sigara birkaç el döndükten sonra, Ezgi daha fazla içmek istemedi. Ama aracın içine dolan dumanın varlığı bile yetmişti Ezgi'nin uyuşmasına. Hava almak için dışarı çıktı. Suat da peşinden geldi. Bir müddet manzarayı seyrettiler. Suat her fırsatta sarılıyor, ona iyice sokuluyor, öpmek istiyordu. Ezgi'nin de içi kıpır kıpırdı. Öpüşmek istiyordu aslında, ama annesi geliyordu aklına. Korkup yüzünü çeviriyordu.

Annesi her fırsatta ona kötü bir kızmış gibi davranıyordu. Çocukluktan ergenliğe kadar annesinin ilgisini çekemeyen Ezgi ne olduysa ergenlikle beraber annesinin radarına girmişti. O artık yok sayılan üvey bir çocuktan ziyade, erkeklere karşı sürekli doldurulan kötü yola düşme tehlikesindeki kötü bir kızdı. Annesi erkeklerin ne kadar kötü olduğunu, onu kandıracaklarını söylüyor, onlarla arasına mesafe koymadığı için onu sürekli eleştiriyor ve aşağılıyordu. Ne garip, insan sevgisini verirken ne kadar cimri oysa korku vermede cömertti. Ruhsal fakirliğe düşen insan için korkutmak çok daha ekonomikti...

Bunlar aklına gelince de Ezgi korkuyor, Suat'la yakınlaşmaktan çekiniyordu. Suat en sonunda öptü onu dudağından. Sonra bir öpücük ve bir öpücük daha... Ezgi sonunda çıkarabildi annesini aklından ve bıraktı kendini Suat'a. Uzun uzun öpüştüler. Sonra Suat, Ezgi'nin elinden tutup onu arabanın arka koltuğuna götürdü, "Gel, burada daha rahat ederiz" dedi. Ezgi itiraz etmedi. O masum öpüşmelerden daha ileri gitmeyeceğine emindi. Suat'a güveniyordu, çünkü her buluşmalarında Suat daha fazlasını istiyor ama Ezgi dur dediğinde, duruyordu. Fakat bu sefer farklı oldu. Suat'ın nazik, incelikli tutumu, sert ve kaba bir hal almıştı. İçtikleri sigara onu bu hale getirdi diye düşündü Ezgi. Öpüştükçe Suat daha fazlasını istiyor, Ezgi'nin, "Tamam!", "Yeter!", "Dur!" demesini duymuyordu.

Daha da hırçınlaştı Suat, sert ve kaba biri çıktı içinden. Ezgi gidişatı durdurmak için kendini çekmeye çalıştı altından ama başaramadı. Ezgi karşı koydukça daha fazla güç kullanmaya başladı Suat. Bedeninin bütün ağırlığını Ezgi'nin üzerine vermiş onu hareketsiz kılmayı başarmıştı. Ezgi yalvar yakar halde Suat'ın buna bir son vermesini istedi ama Suat'ın gözü dönmüştü. Ezgi'nin ince narin bedenini kaldırıp ön iki koltuğun arasına sıkıştırdı. Ellerini bileklerinden kavrayıp, sırtında sıkıca birleştirdi. Ezgi artık karşı koyamayacak, kendini kurtaramayacak, savunamayacak durumdaydı. Ağlamaya, inlemeye, yalvarmaya başladı. Dikiz aynasından Suat'ın yüzünü gördü. Vahşi bir hayvan gibiydi Suat. Sanki tanıdığı Suat gitmiş, başka biri gelmişti; ter içinde hırlıyor ve Ezgi'ye zarar vermek istiyordu. Biraz önce utangaç bir şekilde sevdiği adamı öpen Ezgi, şimdi acı çekiyor, gözyaşları döküyor, başına geleceklerin korkusuyla titriyordu. Aklında Zarife'nin sözleri yankılanıyordu:

"Başını belaya sokacaksın bak, erkeklerden uzak dur. Uzak durmazsan sana orospu derler, her şeyi yaparlar sana, anladın mı beni?"

"Yapma, ne olur yapma!"

Yüksek sesle ağlamaya ve haykırmaya başladı Ezgi. Ancak Suat dinlemedi onu. Ezgi'nin okul eteğini kaldırdı, iç çamaşırını indirdi ve zorla Ezgi'ye sahip oldu. Ezgi acı içinde, hıçkıra hıçkıra ağlıyordu, gözlerini sımsıkı kapatmıştı. Ölmek istiyordu. Bu korkunç anın hiç bitmeyeceğini düşünüyor, ara ara susuyor, sustuğu anlarda ölmek istiyor, bitmediğini anlayınca, yeniden bağırarak ağlıyordu.

Suat kendinden geçmiş, hırıltılı sesiyle boşalırken, arabanın buğulanmış camına aniden bir el yapıştı. Gelen kişi kapıyı birkaç sefer zorladı ve en sonunda açmayı başardı. Suat daha ne olduğunu anlamadan adam onu saçlarından tutarak dışarıya fırlattı. Suat yarı çıplak bir şekilde, jöleli sarı saçlarını adamın güçlü elinden kurtarmak için acı içinde kıvranırken, Ezgi yaşadığı şokun etkisinden kurtulmadan üstünü başını düzeltip, hızla arabadan çıkmıştı.

Dışarıda 30-35 yaşlarında genç bir adam, Suat'ı saçından sağa sola savuruyor, savrulan çelimsiz vücudu karşısına gelince de yumrukluyordu. Suat yumrukların verdiği acıyla yalvarıyor, kötü bir niyeti olmadığını, Ezgi'yi sevdiğini, onun da kendisini sevdiğini söylüyor, aman diliyordu. Suat'ın suratında patlayan her yumrukta kan fışkırıyor, kaşı gözü, dudağı darmadağın oluyordu. Ağzından fırlayan dişleri konuşmasını zorlaştırıyordu. Kendinden geçmek üzereyken, ellerini son kez salladı, "Ona sor, sor ona, seviyoruz birbirimizi, sevgiliyiz..." dedi hırıltıyla.

Adam arabadan inmiş korkuyla büyümüş masmavi gözlerini kendisine dikmiş bakmakta olan Ezgi'ye, avucunda ufaladığı lise öğrencisinin doğru söyleyip söylemediğini anlamak istiyormuş gibi baktı. Ezgi anladı adamı. Büyümüş mavi gözleri buğulandı, titreşti, sonra şeffaf misketler gibi koca koca gözyaşları fışkırıp yuvarlandı yanaklarından. Ezgi eğdi başını, sarsıla sarsıla ağlamaya başladı. Adam Suat'ı artık çekilmekten dipleri göz göz kan bağlamış saçlarından tutup arabanın ön tekerine savurdu, karnına son bir tekme indirdi ve bağırdı.

"İnsan sevdiğine böyle mi yapar?"

Ardından Suat'ın üstüne çöreklenip, yumruklamaya devam etti. Ezgi daha yaşadığı şoku atlatmadan, başka bir şok yaşamak üzereydi. O an kendi derdini unuttu. Adamın yanına gelip ona korka korka dokundu.

"Yapmayın, lütfen yapmayın, yeter" dedi.

Adam Ezgi'nin halini görüp, acıdı. Kalktı Suat'ın üstünden. Son bir tekme savurdu karnına. Sesi soluğu iyice kesildi, ıslanmış sarı bir köpek gibi arabaya doğru sürünmeye başladı Suat.

"Pılını pırtını toplayıp siktir git buradan, yoksa yemin ederim seni gebertirim, piç oğlu piç!"

Adam adeta kükrüyordu. Suat arabaya tutuna tutuna kapısını açtı, pantolonu hâlâ ayak bileklerindeydi, o vaziyette arabayı çalıştırıp hızla kaçtı. Adam ve Ezgi giden arabanın arkasından birkaç saniye baktılar. Ezgi'nin ağlaması durmamış, daha da artmıştı. Hıçkıra hıçkıra ağlıyor, bağırıyordu. Adam Ezgi'ye döndü.

"Ah güzel kızım, ah, nasıl yapar insan bunu sevdiğine? Tamam, geçti, geçti, hadi toparlan, güvendesin artık. Gel benimle... Korkma."

Ezgi ne yapacağını, nereye gideceğini, kime sığınacağını, derdini kime anlatacağını bilemez haldeydi. Kollarını birbirine doladı, bu adama güvenmekten başka seçeneği yoktu, düştü adamın peşine. Koruluğun içinden geçip, toprak yola çıktılar. Yolun ucunda, bacasından ince, huzur dolu bir duman yükselen, sevimli bir gecekondu belirdi. Adam ve Ezgi bu evin çitlerle çevrili bahçesine girdiler. Bahçede her yanda balya balya kâğıt çöpleri, plastik ambalaj tepeleri vardı. Evin girişine yaslanmış bir kâğıt toplama arabası çarptı Ezgi'nin gözüne. Adamın kim olduğunu merak ediyor ama bu perişan haldeyken ona güvenmekten başka çaresinin olmadığını da biliyordu. "O olmasaydı..." diyordu içinden. "O korkunç an hiç bitmeyecekti belki de."

Adam evin kapısını açtı. "Gel kızım..." dedi. "Korkma."

Ezgi sanki bir savaştan çıkmış gibi hissediyordu. Bundan daha kötüsünü hayal bile edemezdi. En kötü kâbusu gerçek olmuştu. En kötüsü de bu haldeyken bile aklı annesindeydi. "Haklı çıktı işte" diye geçirdi içinden Ezgi. "Mesafe koymadığım için böyle oldu. Orospuyum ben orospu! Ve erkekler orospulara istediklerini yaparlar."

Annesi orada değildi ama bir şekilde yine de Ezgi'yi yaralamaya devam ediyordu. Nasıl beceriyordu bunu? İnsanın kulaklarında bir ömür yankılanacak, en zayıf anında "Ben hâlâ buradayım" diye hortlayacak o cümleleri nasıl buluyordu acaba?

Evin salonunda bir soba kurulmuş harıl harıl yanmaktaydı. Sobanın üzerinde bir güğüm içinde su kaynıyordu. İçerideki odadan güzel yüzlü, hoş bir kadın çıktı, güven veren bakışlarıyla Ezgi'yi süzdü. Ezgi'nin bacaklarından aşağıya akıp beyaz diz altı çoraplarına bulaşan kan izlerini gördü. Büyümüş gözleriyle adama baktı.

"Hayrola bey... Bu kızcağız kim?"

Adam başını eğdi. Bir şey diyemedi, öylece durdu. Çok sonra konuşmaya başladı.

"Bir banyo hazırla hanım, yıka kızı. Ben dışarıdayım. Bitince bana haber edersin."

Ezgi'ye döndü.

"Korkma kızım, bu kadın benim karım. Şimdi seni temizleyecek, yaralarını saracak, sonra bakarız ne yapacağımıza..."

Adam kapıyı arkasından kapatıp dışarı çıktı, kapının önünde çömelip bir sigara yaktı. Kadın ise Ezgi'yi alıp banyo olarak kullanılan taş zeminli loş bir odaya götürdü. Bir plastik leğen koydu yere. Sobanın üzerindeki sıcak su dolu güğümü getirip, kaynar suyu bir kovaya döktü. Soğuk su karıştırıp ılıttı suyu. Sonra Ezgi'nin kıyafetlerini yavaş yavaş, nazik hareketlerle, incitmeden, korkutmadan, bir anne şefkatiyle çıkardı üzerinden, kapının arkasındaki plastik askıya astı. Ezgi sanki başka birinin başına gelen hikâyeyi uzaktan izliyormuş gibi kayıtsız bir şekilde teslim olmuştu kadına.

İlk suyu döktü kadın.

"Bismillah... Ah güzel kızım, ah kelebeğim, kimin dikenli teline takıldın, kimin peşine düştün de avlandın böyle sen? Ah bebeğim, hangi kalleş kıydı sana, kimler kopardı seni dalından? Ah yavrum, ah bahtsızım..."

Sessizce gözyaşı döken Ezgi'nin ağlayışı ince bir ağıda döndü, kadın bir taraftan su döküyor, bir taraftan sabunluyor, bir taraftan o da Ezgi'ye ağıt yakıyordu. Sanki kirle beraber gözyaşları da aksın, aksın da rahatlasın istiyordu.

Ezgi leğenin ortasına oturmuş, bir eliyle sürekli kolundaki süt lekesini yokluyordu. Bunu fark eden kadın, genç kızın her tarafında gezdirdiği lifini oraya hiç yaklaştırmadı. Dualar okuya okuya, teselli ede ede, el örmesi lifini köpürte köpürte, Ezgi'ye köpükten bir gelinlik yapıyormuş gibi ince ince yıkadı her yanını. Bu garip olayın içinde kendini kaybetti Ezgi, bir süre sonra tamamen kadına teslim olmuştu. Artık ağlamıyor, bir anne şefkatiyle onu yıkayan kadının ellerinden rahatladığını hissediyordu.

Adam kapıda sigara üstüne sigara yakmış, volta üstüne volta atmıştı.

"Yazık..." diyordu. "Gencecik kız, çocuk daha. Bunların aileleri yok mu? Gerçi belki haberi yoktur ailesinin, haberi olsa belki de kıza zarar verecekler, ne malum? Nasıl bir dünya bu dünya Allahım?"

Karısının sesiyle irkildi.

"Buyur bey, içeri gelebilirsin."

Ezgi giyinmiş, salonda sobanın önünde onu bir anne gibi yıkayan kadının dizlerinin önüne çökmüş oturmaktaydı. Kadın Ezgi'nin saçlarını tarıyordu. Ezgi'yle adam göz göze geldiklerinde, Ezgi gözleri dolu dolu teşekkür etti adama. Adam mahcup, gözlerini kaçırdı, yüzüne bakamadı genç kızın. Bir kenara kıvrıldı usulca. Birkaç şey söylemek istiyordu, ama nasıl söyleyecekti, ya incitseydi sözleriyle bu yaralı ceylanı? Ya onu yanlış anlasaydı, ya ettiğin yardımı neden başıma kakıyorsun, neden yüzüme vuruyorsun diye düşünseydi, ya üzülseydi?

Emin olamadı. Konuşacak gibi oldu, sustu, konuşacak gibi oldu, sustu. Hanımı bunu fark etti ve konuşmayı başlattı.

"Ah be kızım, ah be yavrum, ah be yaralı ceylanım... Nasıl yapıyorsunuz bunu? Nasıl güveniyorsunuz bu insanlara? Ananın babanın haberi var mı yavrum?"

Ezgi irkildi bunu duyunca. Annesinin haberi olsa, bu onun sonu olurdu. Ezgi'nin gerildiğini fark eden kadın müdahale etti.

"Gerçi sen de ne bileceksin güzel kızım oğlanın sütü bozuk olduğunu? Bilsen arabasına biner miydin, böyle ıssız yerlere gelir miydin hiç?"

Adam sonunda cesaretini toplayıp lafa girdi.

"Çok geçmiş olsun kızım, büyük geçmiş olsun, bu tipler çok tehlikeli, belki o dakika gelmeseydim, canına bile kastedebilirdi..."

Bunu duyunca kanı çekildi adeta Ezgi'nin, gözünden yaşlar yuvarlanmaya başladı. Adam daha fazla konuşmaması gerektiğini anladı. Hemen ayağa kalktı.

"Ben dışarı çıkayım, sizi baş başa bırakayım, çok geçmiş olsun tekrar kızım" dedi, dışarı attı kendini. Tekrar sigara üstüne sigara yakmaya başladı. Biraz sonra hanımı geldi, çay getirmişti.

"Bey, kız çok yaralı, perişan olmuş, götür ailesine teslim et."

"Ah be Fidan Hanım. Ne hale geldi dünya, gencecik kızın düştüğü hale bak."

Fidan Hanım kocasının kolu okşadı, bir şey demeden içeri girdi.

Birkaç saat sonra Ezgi daha iyi hissediyordu. Daha fazla geç olmadan gitmek istedi. Fidan Hanım'ın ısrarlarına rağmen adamın onunla eve kadar gelmesini istemedi.

"O zaman otobüs durağına bıraksın seni."

Bunu kabul etti. Uzun uzun sarıldılar, sarıldıklarında yeniden ağladılar ve bu güzel kalpli, iyi niyetli, masalsı aileden sevgisiz, soluk gri evine gitmek için yola çıktı. Adam Ezgi'yi en yakın otobüs durağına bıraktı.

"Kendine iyi bak kızım, ananın babanın sözünden çıkma. Allah yolunu bahtını açık etsin. Hadi eyvallah."

Başı önünde arkasını döndü ve kaçar adımlarla uzaklaştı oradan. Ezgi bir şey diyemedi, öylece kaldı durakta. Çok geçmeden otobüs geldi, iki otobüs değiştirdikten sonra akşama doğru eve gelmeyi başardı. Eve girip annesinin kollarına atılmayı, onu öpmeyi, dizlerinde ağlamayı ve yaşadıklarını anlatmayı istiyordu. Bir an olsun unutmuştu Zarife'nin nasıl bir anne olduğunu. Elin yabancı kadını ona böyle davranmışsa, elbette annesi de sarıp sarmalayacaktı. Fidan ve kocasının yaptıkları Ezgi'ye sanki umut olmuştu.

Kapıyı açtı, içeri girdi, Zarife'nin telaşla ona doğru koştuğunu gördü.

"Yanılmamışım" diye sevindi. "İşte, annem beni merak etmiş, işte bana sarılacak, işte yaralarımı saracak, işte beni sevecek."

Çantasını fırlatıp annesine doğru koştu, niyeti ona sarılmak, dizlerinde ağlamaktı. Zarife sert bir kadın da olsa onun annesiydi, böyle kötü bir gününde onu yalnız bırakmayacaktı tabii. Annesine yaklaşınca niyetinin kendisine sarılmak olmadığını anladı. Fakat çok geçti. Zarife Ezgi'nin suratına öyle sert bir tokat indirdi ki gözünde şimşekler çaktı. Sonra diğer taraftan bir tokat daha vurdu. Ezgi şaşkın halde annesine bakarken, annesi Ezgi'nin boynundaki kehribar kolyeyi tutup tek ve sert bir hareketle söktü aldı.

"Bu kolyeye bir daha dokunursan gebertirim seni, gebertirim! Her şeyi al ama bu kolyeye sakın dokunma bir daha! Yüzüme bak yüzüme, anlıyor musun beni?"

Ezgi annesinin gözlerine nefretle baktı, daha birkaç saat önce yaşadıkları karşısında, gördüğü bu muamele onu yıkmıştı. Suat'ın ona yaptığı şey bile canını bu kadar acıtmamış, gururunu bu kadar incitmemiş, onu şu anda annesinin gözlerinin içine bakarken hissettiği kadar değersiz hissettirmemişti. Annesinin sevgisizliğinden yanaşmıştı Suat'a da aslında. Onda bulduğunu sanmıştı sevgiyi. Hem de sevginin ne olduğunu hiç bilmeden, tatmadan. Babasını sayamazdı çünkü çok küçük yaşta ölmüştü. Ona dair güzel hatıraları gün geçtikçe silikleşiyor, sevilmenin nasıl bir şey olduğunu hatırlamıyordu.

Sevilmeyen her kız çocuğu sevgiyi olmadık yerlerde arar... Çoğu kez de ona zarar veren kollarda bulur kendini... Çocuklukta değer görmemiş her kadın aslında geçmişini telafi etmek adına yapar bunu hem de defalarca yaralanma pahasına.

Alınamayan ilk onay, duyulmayan ilk sevgi sözcükleri, sonu olmayan bir telafi etme çabasına sürükler insanı...

Ne acıydı... Bugün ruhuna, bedenine, geleceğe dair mutlu bir yuva kurma hayallerine tecavüz edilmişti. Ve daha demin, elin yabancısından, bir gecekondu içinde kıt kanaat geçinen zavallılardan gördüğü özeni, teselliyi şimdi kendi öz annesinden göremiyordu. Koşarak odasına gitti Ezgi. Çalışma masasının çekmecesinden elişi dersleri için aldığı kırmızı falçeteyi çıkardı ve minik çizikler atmaya başladı koluna. Ruhu o kadar acıyordu ki canını daha fazla yakarak bastırmak istiyordu o acıyı. İşe de yarıyordu. Açtığı kesikler her defasında biraz daha derinleşiyor, kolu acıdıkça kalbinin acısını birkaç dakika da olsa unutabiliyordu.

Her kız çocuğunun ilk büyük korkusu, kendi bedeninin içine girilebilir bir kapısı olduğunun farkına vardığı anda başlar aslında. Beden, toplumun yükleyeceği tüm mecburi saflığı ve mutlak kirlenmeyi sergilercesine kadının içini dışarıya taşır. Ve daha ilk büyük farkındalıkla, kadın kendi kırılganlığından ve saldırıya açıklığından duyduğu dehşetle örmeye başlar hayatını.

Ezgi de bedeninin delinişi ve ruhunun o delikten nasıl sökülüp alındığını düşünürken bıraktı kollarını kanatmayı. Düşünmek, bedeninde kalan sıvıları akıtmaya ve nihayetinde ondan geriye bir şey bırakmamaya yetiyordu zaten. Düşünmek, bir falçetenin soğuk gerçekliğini anlamsızlaşıyordu.

Kolundaki çiziklerin bıraktığı acı Ezgi'ye birdenbire güçlendiğini hissettirdi. Çünkü bu acı meşruydu. Tamamen kendinden doğuyordu; ruhunun, bedeninin kontrolünü ele geçirmesine izin verip canını yakması ne annesinin ne de Suat'ın şiddetinden doğuyordu. Her meşru acı gibi, kollarındaki izler de Ezgi'ye bir anlam veriyordu. "Sanırım..." diyordu. "Bir kadının doğurduğu ilk şey acı oluyor."

***

Ezgi, Zarife'nin yatak odasındaki aynada kendine bakıyordu. Bu ayna, bu oda, bu kolye, bu ev onu geçmişinin en karanlık, en acı günlerinden birine götürmüştü. Yaralarını kanatmış, hastalığını depreştirmişti. Burada kalmaya devam ederse, yine kendini kaybedeceğini, başını yeniden belaya sokacağını, en fenası iki gün sonra İstanbul'da ilk kez kutlayacakları Meryem'in doğum gününü mahvedeceğini hissetti.

Kitabı ve kolyeyi alıp yatak odasından çıktı. Salonda Nuran'ın ve Behiye'nin sorgusu bitmişti, Baran Oğuz epey bilgi toplamıştı. Ezgi'yle de konuşmak niyetindeydi. Çünkü Ezgi'nin Zarife Hanım'a bu kadar uzak olmasının ve aralarındaki gerilimin kadının bir anda ortadan kaybolmasına neden olmuş olabileceğini düşünüyordu. Ezgi salona girince Baran Oğuz ayağa kalktı.

"Bir gelişme var mı Baran Bey?"

"Bilgileri merkeze bildirdim, kayıp olarak aranıyor şu an. Ben de elimdeki bilgilerle soruşturmayı yürüteceğim. Sizinle de..."

Tam o esnada Nuran atıldı.

"Volkan'ı da aradım teyzem... O da yarın ilk uçakla İstanbul'a geliyor."

Ezgi'nin ayakta durmakta zorlandığını fark eden Baran Oğuz'un içindeki şüphe iyice büyüdü. Ezgi'de bir haller vardı, bu annesinin kaybolmasıyla ilgili ama daha da büyük bir haldi. Orada yaşanan her an, söylenen her laf, her söz onu tetikliyor, kendisini kaybetmeye itiyordu. Baş komiser güçlükle ayakta durmaya çalışan Ezgi'ye yöneldi, yanına yaklaşacak, kendisine sormak istediği şeyler olduğunu, vakit ayırıp cevaplarsa çok memnun olacağını söyleyecekti. Ezgi baş komiserin yaklaşmakta olduğunu görünce gerildi, artık kendini kontrol edemeyeceğini düşündü. Elini kaldırıp baş komisere bağırdı.

"Dur, yaklaşma daha fazla."

Baran Oğuz şaşırdı. Bir iki adım geri attı.

"Sakin olun Ezgi Hanım, iyi misiniz? Benim, Baş Komiser Baran Oğuz."

Ezgi toparlandı.

"Kusura bakmayın, hiç iyi değilim, annemin durumu beni çok etkiledi, buradan hemen çıkmak istiyorum, eve gidip biraz dinlendikten sonra sizi ararım, gelirim yanınıza, istediğiniz soruları cevaplarım..."

"Tabii tabii. Buyurun siz."

Ezgi özür dileyerek, koşar adım evden çıktı.

Nuran, Behiye ve Baran Oğuz Ezgi'ye ne olduğunu anlayamadılar. Bir süre sessizce durdular. Sessizliği bozan Nuran oldu.

"Size de bir şey ikram edemedik komiser bey. Bir çay demleyeyim mi içer misiniz? Ya da kahve?"

Baran Oğuz yeni kurumuş pantolonundaki çay lekesine baktı.

"Teşekkür ederim. Bugün çok içtim. Bana da müsaade, ben de merkeze gideyim..."

Baran Oğuz da evden ayrıldı. Evde Nuran ve Behiye kalmıştı. Nuran bir kenara oturmuş düşünceliydi. Behiye onu izliyordu.

"Biz de gidelim kız Nuran! Burada durup ne yapacağız?"

"Sen git istersen Behiye. Ben burada kalacağım bu gece. Bir bakarsın gelir ablam!"

"Tamam o zaman, ben de buradayım, seni yalnız bırakmak olur mu hiç Nuranım?"

Nuran mihnet dolu gözlerle Behiye'ye baktı. Bu esnada Baş Komiser Baran Oğuz sitenin girişindeki güvenliğe gelmişti. İçeride güvenlik görevlisi vardı.

"Genç?!"

"Buyurun?"

"Otoparkın güvenlik kameralarının kaydı tutuluyor mu?"

"Tutuluyor. Niye ki?"

Baran Oğuz polis kimliğini gösterdi.

"Çünkü lazım bana!"

"Anladım amirim! Yardımcı olayım size. Buyurun gelin. Yeni çay demledim. Bir bardak ikram edeyim mi efendim size? İçiniz ısınır."

Baran Oğuz söylendi.

"Yok arkadaş, çaydan kaçmak mümkün değil."

"Halis Rize çayı amirim."

"Tamam, tamam, doldur bir bardak. Dışımız çayla ısındı bugün. Biraz da içimiz ısınsın."

-10-

Suratında patlayan tokatla sarsılıp, yeni bitirdiği ve henüz tam kurumayan tablosunun üstüne devrildi Aylin.

Tablodaki turuncu ve yeşiller, üstündeki beyaz tişörte bulaşmış, tuvalin üstü ruhu gibi karmakarışık olmuştu. Ama sevgilisinin öfkesi yine de dinmemişti.

Şövaleyi kaptığı gibi indirdi genç kadının sırtına.

"Yapma! Lütfen Can, kendine gel!"

"Can ne lan, doğru söyle ismimi!"

Genç kadın bir yandan ağlıyor bir yandan da bir eliyle adamı kendinden uzak tutmaya çalışıyordu.

"Sen istedin ya öyle dememi. Bana Can diyeceksin diye sen söyledin!"

Adam kadının doğru söylediğini biliyordu, ilk ismini duymaya tahammülü yoktu artık. O günden sonra kullanmamıştı bir daha. Kadını kaybetmenin cezasını isminden vazgeçerek kesmişti kendine. Kaldırdı ayağını tüm hıncıyla ve yerde iki büklüm duran kadının midesine indirdi var gücüyle.

Nefesi kesilmişti Aylin'in. Öksürmeye başladı, ağzında demirimsi bir tat vardı. Kandı bu. "Tamam..." dedi. "Bu sefer ölüyorum." Bir kez daha öksürdü sonra.

"Dur yapma, Allah'ını seversen..."

Öksürmesi kesilmiyordu Aylin'in. Adam endişelendi bir an.

"Lütfen... Yalvarırım, yeter..."

Adam nefes nefeseydi. Bir saniyeliğine durdu ve odaya baktı. Yine kendinden geçmiş, her yeri kırıp dökmüştü. Dürtülerini kontrol edeceğine söz vermişti oysa ama yine başaramamıştı... Hoş, hayatta ona verilen sözlerin de hiçbiri tutulmamıştı.

"Bana karşı gelme, anladın mı? Sana söylediklerimi yapmadığında bak, neler oluyor? Hoşuna mı gidiyor kızım beni çıldırtıp dayak yemek?"

Aylin bir yandan ağlıyor bir yandan ellerine bakıyor, neresi çizildi, kanayan bir yeri var mı kontrol ediyordu.

Adam sakinleşmeye başlamıştı. Nefes alıp verişi hâlâ hızlıydı ama o cinnet getiren halinden eser yoktu. Aylin de fark etmişti bunu.

"Bırak Can ya! Sanat okulu açacağımı ilk günden beri biliyordun..."

Ağlarken konuşmakta güçlük çekiyordu Aylin, yine de durmak istemiyordu. Adamın bu sakin hallerinin çok sürmeyeceğini biliyordu. "Hatta ilk öyle başlamadı mı bizim sohbetimiz? Sana yardım ederim demedin mi bana?"

Aylin mahvolmuş tuvale bakıp daha da çok ağlamaya başladı. Son üç haftadır bununla uğraşıyordu. Babasını ve kendisinin küçüklüğünü resmetmişti. Hep özlemini çektiği ama hiç kavuşamadığı gibi baş başalardı baba kız.

Ama tablo şimdi mahvolmuştu, tıpkı çocukluğu gibi, babasıyla anıları, annesiyle ilişkisi gibi...

Aylin yaşadığı şiddetin taşırdığı son damlayla kararını verdi; bu ıstırap sona erecekti. Aslında şiddete alışmıştı ama sanat okulu fikrine karşı çıkması son noktayı koymuştu. Çünkü öyle başlamıştı aslında her şey. Annesinden yine para istediği bir gün klinikte kavga çıkarmış, bağıra çağıra asansöre bindiğinde karşılaşmıştı Can'la. Aylin kendi kendine öfkeli bir şekilde konuşurken fark etmemişti bile adamı.

"Tabii... Sen git oğluna harca paraları, Aylin kim ki zaten? Sanat için soyunmayı geçtim artık kendimi satsam yine de açamam o okulu..."

Adam muzip muzip, "Hımmm... Kaça satıyorsunuz peki?" dediğinde ancak fark etmişti adamı.

"Ne münasebet beyefendi, terbiyesizlik yapmayın!"

Aylin annesine olan hıncını adamdan çıkarmaya kararlıydı. Tam öfkesini tüm şiddetiyle kusmak üzereydi ki adamın yaptığı açıklama onu sakinleştirmeye yetti.

"Yanlış anladınız sanırım, ben tablolarınızın fiyatını sormuştum."

Aylin kendisinin fiyatının sorulduğunu sandığı için mahcup olmuştu. Bilmiyordu tabii o zamanlar, adam gerçekten de onu sormuştu.

O asansördeki karşılaşmadan altı ay sonra sevgili oldular. Fakat bir süre sonra Can, Aylin'i kısıtlamaya, sanat camiasından arkadaşlarıyla görüşmesine sorun çıkarmaya başladı. Sınırsız para veriyordu genç kadına. "İstediğin sanatsa kapan eve, sabahlara kadar çiz, ama başkalarıyla değil..." diyordu karşılığında da. Önceleri sevgisinden yapıyor sandı Aylin her kadın gibi... Sonra anladı, konu ne sevgiyle ne de kendiyle alakalıydı. Konu her zaman Can, onun istekleri, kuralları ve planlarıydı. Can sevgi ne demek bilmiyordu ki Aylin'i sevebilsin... O da başı okşanmamış çocuklardandı, kendisi gibi...

Neticede hayatın yakıtı sevgiydi ve deposunu yeterince sevgiyle dolduramamış her çocuk, bu yolda tökezleyerek ilerlerdi.

Ama artık gerekirse bütün gururunu yutacak, annesine gidecek ve o sanat okulunu açmak için ihtiyacı olan parayı isteyecek ve daha fazla bu adamı çekmeyecekti. Zaten her şey annesine karşı saçma sapan bir inat uğruna başlamıştı. İşin bu noktaya geleceğini tahmin bile etmemişti. Allah'tan adam geceleri kalmıyor, nikâhsız yaşamak olmaz deyip gidiyordu.

Başkası olsa adamın evli olduğunu düşünürdü fakat Aylin gerçeği biliyordu.

***

Tülin Hoca'nın telefonu çaldığında, otizmli oğlu Burak'la birlikte akşam yemeğini yiyordu. Ekranda yazan Aylin ismini görmeyi beklemiyordu. Ufak sayılmayacak bir şaşkınlık yaşadıktan sonra derin bir nefes alıp açtı telefonu.

"Kızım..."

Telefonun ucunda birkaç saniye yaşanan sessizlikten sonra Aylin'in kararsız sesi duyuldu.

"Anne..."

"Kızım... Nasılsın, iyi misin?"

"Sizi özledim anne..."

Sesi gerçekten de üzgün geliyordu. Tülin Hoca alışık değildi hırçın kızını böyle süngüsü düşük duymaya.

"Yavrum biz buradayız, istediğin zaman gelebilirsin, biliyorsun değil mi kızım?"

Aylin, annesinin "Ben de seni özledim" dememesine bozulmuştu. Nasıl olduysa yine sanki yanlış bir şey yapmış gibi hissettirmeyi başarabilmişti kızına. Sanki bilmiyordu Aylin orada olduklarını. Ama gelemiyordu işte...

Aylin'in tavır yapacak hali yoktu.

"Müsaitsen bu akşam gelebilir miyim?"

"O nasıl söz kızım, burası senin evin. Kardeşin erken uyuyor biliyorsun, çok geç kalmadan gel istersen."

"Sıçayım kardeşime ya, bu nasıl kadın?" diye sövdü içinden Aylin. "Kaç ay sonra durduk yerde gelebilir miyim demişim, onun aklı hâlâ oğlunda." Yine de hayal kırıklığını belli etmedi Aylin.

"Tamam anneciğim, On beş dakikaya oradayım."

Üstünü başını değiştirmeden önce hemen duşa girdi ve yüzüne bulaşan boya ve kan karışımı kurumuş kabuklardan kurtuldu. Sonra da son zamanlarda neredeyse sürmeden dışarı çıkmadığı müthiş kapatıcılıktaki fondöteniyle morluklarını ustalıkla gizledi.

Telefonu kapadıktan sonra Tülin Hoca, kızının ağzından en son ne zaman "Anneciğim!" lafını duyduğunu hatırlamaya çalıştı, başaramadı. Aylin'de normal olmayan bir şeyler var gibiydi.

Kapı çaldığında karşısında gördüğü manzara, endişesini daha da katladı. Aylin, ne zamandır görmediği annesi ve kardeşine öyle bir özlemle ve sevgiyle bakıyordu ki... Üzerindeki şoku atlatan Tülin Hoca hemen atıldı kızının boynuna.

"Aylin, kızım!"

İkili uzun uzun sarıldı. Çok özlemişti Aylin'i, bir anne şefkatiyle, bir anne hasretiyle uzun uzun sarıldı ona, içeriye davet etti.

Masaya hemen bir tabak da Aylin için koydu, akşam yemeğini uzun zaman sonra birlikte yemenin tadını çıkardılar. Yemek boyunca sevdi Tülin Hoca kızını. Bir bebeği sever gibi okşuyordu saçlarını. Gözlerine bakıyor, gülüyordu. Belli ki Aylin de özlemişti onları, hasrete daha fazla dayanamamış ve çalmıştı kapılarını.

Yemek bitmiş, muhabbet ilerlemişti. Aylin, Tülin Hoca'yı şaşırtmış, yemekten sonra mutfağa gidip onlara kahve hazırlamış, elleriyle annesine ikram etmişti. Aylin'in bu denli değişmiş olabileceği bir taraftan Tülin Hoca'yı mutlu ederken, diğer taraftan içinden atamadığı şüphe, onu rahatsız ediyordu.

"Ne yapıyorsun bunca zamandır kızım, neler yaptın?"

"Ne olsun anne, başımın çaresine bakmak için koşturdum durdum. Reklamcılığı bırakıp küçüklükten beri hayalim olan sanata yöneldim. Tıpkı babamın istediği gibi... İyiyim yani, ama yine de insan sağında solunda bir aile istiyor..."

"Tabii ki kızım, güzel kızım, biz senin aileniz, burası senin evin. Sevgilinle yaşadığını söylemiştin..."

"Çok değiştim anne, insanları tanıdıkça, dünyayı tanıdıkça değiştim, artık hayata daha sıkı tutunmak istiyorum. Kendi işimi kurmak istiyorum. Kendi paramı kazanmak ve kimseye bağımlı olmak istemiyorum."

Aylin'in konuşması iyi bir yere gitmiyordu sanki. Bir taraftan da acaba diyordu içinden, acaba bunlar doğru olabilir miydi? Kızı gerçekten de büyümüş müydü nihayetinde?

"Kendine bir düzen kurmanı canıgönülden isterim kızım. Eminim erkek arkadaşın da destekliyordur seni..."

"Taktın şu erkek arkadaşa anne ya! Tamam biliyorum, masraflarımı artık o karşılayacak dediğim için kırgınsın, ama bak ben değiştim artık anne. Ve şimdi senin desteğine ihtiyacım var..."

"Nasıl bir destek?"

"Yeni bir sanat kolektifi kurdum, geniş bir mekân tutmak için paraya ihtiyacım var. Orada hem sanat yapacağız hem de ders verip para kazanacağız."

Tülin Hoca'nın suratı düştü, yüzünü ekşitti. Bir kez olsun yanılmak istiyordu, bir kez olsun kızı onu özlediği için arayıp sorsundu. Sustu, daldı derinlere...

"Sustun anne?"

"Çocukluğunu düşünüyordum, seni ne kadar sevdiğimi, nasıl üzerine titrediğimi... Annem hep bana derdi, yavrum, bebekken çocukken daha kolaydır bir çocuğa bakmak, asıl büyüyünce zorlar ebeveynlerini evlatlar... Şimdi daha iyi anlıyorum onu."

"Üzerime titremek mi? Burak'la karıştırıyor olmayasın anneciğim? Üzerime titremek derken beni kurstan kursa yollayıp evden uzaklaştırmaksa, o başka tabii."

Aylin yine kendini tutamamış, içinde annesine karşı beslediği o güceniklik duygusuna yenik düşmüştü. Tepkisine pişman olmuştu bir kere ama şu an bunu düşünecek zamanı yoktu. Hemen kendini toparladı ve baştaki sevecen haline döndü.

"Çok şey istemiyorum be annem, bir yıllık kirasını ve diğer giderlerini hesapladım, bir milyon civarı tutuyor, bu senin rahatlıkla verebileceğin bir para..."

Tülin Hoca, bir kez daha yolunacak kaz muamelesi gördüğünü düşünüyor, kızının gözündeki çaresizliği fark etmiyordu. Halbuki gözünü oğlundan bir çekebilse, Aylin'in suratına şöyle dikkatlice bakabilse, belki görecekti genç kızın yüzündeki morlukları... Ama bakmadı. O yine oğlunun üstü başıyla, yemeğiyle, televizyonda ne izlemek istediğiyle ilgilenip durdu. Aylin ise her zamanki gibi sırasını bekleyen hevesli bir köpek yavrusu gibi annesinin onunla ilgilenmesini bekliyordu.

"Senin için öyle tabii kızım. Paranın nasıl kazanıldığını bilmiyorsun, emek nedir bilmiyorsun, hayatı tanımıyorsun, hayatın zorluklarını bilmiyorsun, senin için çok kolay. Böyle ne olduğu belirsiz, saçma sapan işlere ayıracak bir param yok benim, zaten kardeşin Burak'ın masraflarını ve yaşlılığım için gereken parayı bile zar zor denkleştiriyorum. Ayrıca kliniğin de geleceği belli değil, bir köşeye zar zor attığım küçük birikimi de senin manasız işlerine harcayarak çarçur edecek lüksüm yok."

Aylin'in tekrar ortalığı dağıtıp, kapıyı çarpıp gideceğini bekliyordu. Ama öyle olmadı. Aylin gülümseyerek, annesini ikna etmeye çalıştı. Kızının o meşhur gururundan eser yoktu.

Aylin içinde büyüyen öfkeyi bastırmakta zorlansa da bu sefer kendini kaybetmedi. Ne olursa olsun o parayı almalıydı. O para, belki de o adamdan tek kurtuluşuydu.

"Öyle değil anne. Gerçekten önemli bir iş. Ülkenin sanat camiasında çok önemli bir boşluğu dolduracağız ve inan çok ilgi görecek."

"Mümkün değil kızım, bende böyle bir para yok, olsa da ayıramam böyle bir işe ama yok... Burada ne zorluklarla mücadele ettiğimi bilmiyor musun? Kardeşinin geleceğini sanat camiasındaki boşluğu doldurmak için harcayamam, üzgünüm..."

Anne kız arasındaki gerilim işte yine artmıştı. Aylin ne zaman ortaya çıksa, bir sorunla çıkıyordu. Tülin Hoca eli alnında sinirlerini yatıştırmaya çalışırken telefonu uzun uzun çaldı. Kalkıp cep telefonunu aldı, arayan Ezgi'ydi. Hemen açtı Tülin Hoca.

"Alo..."

"Alo... Hocam sizi mutlaka görmem lazım! Hiç iyi değilim! İyi değilim!"

"Ah. Neredesin güzelim? Ne yapıyorsun, sakin ol. Anlat."

"Çok kötüyüm hocam, sizi hemen görmem lazım."

"Neredesin, kliniğe geçebilir misin, kliniğe geç, geliyorum."

"Evet, geçebilirim."

"Tamam, hemen çıkıyorum."

Tülin Hoca Ezgi'nin yine bir atak geçirdiğini düşündü. Eli ayağına dolaştı. Telefonunu kapatıp, ne yapacağını düşündü bir süre ama gitmekten başka çaresi yoktu. Ezgi bu dünyadaki en önemli dayanağıydı, Aylin'i kaybettiğine inanıyor, Ezgi'yi de kaybederse, bunu kaldıramayacağını düşünüyordu. Ne olursa olsun, Ezgi'nin yardımına koşmalıydı.

"Aylinciğim, çok acil bir işim çıktı, daha sonra devam edelim mi? Bakıcı Burak'a bakar zaten, istemiyorsan kalmak zorunda değilsin."

Aylin annesine inanamıyordu. Yine onu seçmemişti. Yine ilk tercihi Ezgi olmuştu işte.

"Ezgi değil miydi arayan?"

Tülin Hoca hiç ses etmedi.

"Yapma anne... Bak uzun zaman sonra ilk defa geldim. Arkanı dönme bana."

Tülin Hoca'nın suratında hastalarını dinlediği zamanlardakine özgü bir ifadesizlik vardı. Ve kızı haklıydı, orada durup kızı tarafından maddi olarak sömürülmektense, ona gerçekten ihtiyacı olan Ezgi'ye gitmeyi tercih ediyordu.

Aylin annesinin gideceğini anlamıştı. Daha fazla gerginlik yaratmanın ona bir şey kazandırmayacağını biliyordu.

"Tamam, tamam. Ne yapalım, sonra devam ederiz."

"Hadi çıktım ben. Sohbet et oğluşumla, o konuşmayı sever."

Tülin Hoca arabasının anahtarlarını ve telefonunu alıp hızlıca çıktı evden. Aylin yine ikinci öncelik olmuştu annesinin hayatında, kapı kapanır kapanmaz zar zor tuttuğu gözyaşları istemsiz akmaya başladı. Bir patates çuvalı gibi bıraktı kendini koltuğa. Telefonuna mesaj geldiğini bildiren sesi duyduğunda neredeyse beş dakikadır kardeşinin dizine yatmış, sessiz sessiz ağlıyordu. Gelen mesaj Can'dandı:

"Boşuna uğraşma, senin tek evin benim."

***

Baran Oğuz ekibiyle birlikte emniyetteydi. Zarife Hanım'ın evinin bulunduğu sitedeki güvenlik personeli yardımıyla aldıkları kamera kayıtlarını inceliyorlardı. Baran Oğuz'un kafası iyice karışmıştı. Kayıp kadınlar dosyası onu çok yormuştu, henüz doğru dürüst bir ipucu yakalayamamış olması canını oldukça sıkıyordu. Şüpheli buldukları şahsın, sadece Ezgi Demircioğlu'nun katıldığı TV programına katılması gibi küçük sayılacak bir detay bulmuşlardı. Bu detay üzerine Ezgi Demircioğlu'nu programa çağırmış, malum şahıs yine telefonla bağlanmış ama hâlâ bir sonuca ulaşamamışlardı. Peki Ezgi Demircioğlu'nun annesinin de programla birlikte ortadan kaybolması... Ya Ezgi Demircioğlu'nun tavırları? Evdeki durum neydi öyle? Annesiyle tek bir fotoğraf karesi neden yoktu, ya da vardı da neden asılmamıştı? Birçok soru meşgul ediyordu aklını. O esnada da bilgisayara aktardıkları görüntüleri tarayan polis memurlarının başında volta atıyordu. Gözü bir taraftan ekrandaydı. Kapı çalındı. Gel, dedi sıkkın bir ses tonuyla Baran Oğuz. İçeri Tuna ve Senem girdi. Tuna başıyla selam verdi.

"Baş komiserim."

"Evet Tuna, var mı bir gelişme?"

"Tuzla fabrikalar bölgesinde yaptığımız araştırmada da bir neticeye varamadık. Ya oradan geçerken aradı, ya da tesadüfen seçti, yine de biraz daha gözlemleyeceğiz o bölgeyi..."

Baran Oğuz canı sıkkın şekilde Senem'e döndü. Senem hemen anlatmaya başladı.

"Okmeydanı'ndaki kadın kuaförüne bir kez daha gittim baş komiserim. Hatta bu sefer kadın ısrarla oje yaptı bana. Şu ana kadar şüpheli bir durumla karşılaşmadım. Sıradan insanlar gibi duruyorlar. Ama yine de bizden birine takibe aldırdım."

Baran Oğuz durumdan memnun değildi, işlerini daha ciddiye almaları gerektiğini söyledikten sonra onlara sırtını döndü ve tekrar güvenlik kamerası görüntülerine yoğunlaştı.

***

Tülin Hoca yola çıktığı sırada Ezgi kliniğe varmıştı. Arabasını park etti. Arabada bir süre öylece oturdu. Karanlıktı. Süt lekesi olan kolunu ovuşturdu. Ne yapacağını bilemez haldeydi. Yüzünden tedirginlik akıyor, nefes almakta güçlük çekiyordu. Çantasından Tülin Hoca'nın verdiği ilaç kutusunu çıkarıp, içinden bir tane draje yuttu. Dikiz aynasına bakınca, buz mavisi gözlerindeki korkuyu gördü. Sonra bakışlarını torpido gözüne çevirdi. Açsam mı açmasam mı diye düşündü. Sonunda açtı. Ne zamandır orada saklamakta olduğu silahı çıkardı. Biraz inceledi. "Neler yaşıyorum?" diye düşündü. Bu ana kadar yaşananları gözünde canlandırmaya, parçaları birleştirmeye çalıştı. Ama bir türlü olmuyordu, neresi rüya neresi gerçek ayırt etmekte zorlanıyordu. Silahı çantasına koydu ve indi arabadan.

Yarım saat sonra Tülin Hoca klinikteki odasına girdi, girer girmez de yüzünü buruşturdu.

"Ne kadar havasız kalmış burası..."

Odanın bir penceresini açtı. Ezgi divana yarı uzanmış vaziyette, sessizce bekliyordu. Yine o boş baktığı bakışlarını takınmıştı. Tülin Hoca usulca yanına oturdu.

"İyi misin Ezgiciğim? Ne oldu, anlat bana?"

Ezgi uzun uzun baktı ona, sonra elini çantasına attı, silahı çıkardı ve Tülin Hoca'ya gösterdi. Tülin Hoca silahı görünce ürperdi, gözlerine inanamadı. Yoksa Ezgi büyük bir hata mı yapmıştı? Telaşlı gözükmek iyi bir etki bırakmazdı. Sakin olmalıydı.

"Ezgiciğim bu silah ne, kimin bu, ne işi var sende?"

Ezgi başını iki elinin arasına aldı, gözlerini kapadı ve ağlamaya başladı. Tülin Hoca elini sırtına koydu, bir anne şefkatiyle okşuyordu, uzun uzun ağladı Ezgi. Sonra yavaş yavaş konuşmaya başladı.

"Çok yorgunum hocam. Çok yalnızım. Artık neyin gerçek neyin hayal olduğunu ayırt edemeyecek bir haldeyim. Ne yapacağımı bilemiyorum. Korkuyorum. Bu silahın bende durması başıma bir bela açacak, ne olur siz saklayın bunu."

Tülin Hoca Ezgi'nin kontrolü tamamen kaybettiğini düşündü. Yavaşça ayağa kalktı, silahı elinden nazikçe aldı ve masasındaki çekmecesine koyarak kilitledi. Derin bir nefes aldı. Nasıl bir felaketle karşı karşıya kaldığını düşündü. Düşünmek onu mutsuz etti. Ezgi'ye yöneldi.

"Sen merak etme canım. Ben saklarım silahı... Sen divana uzan, rahatla, iyice uzan, dinlen biraz. Burada güvendesin, hiç kimseden ve hiçbir şeyden korkma, dinlen, sonra konuşalım, tamam mı?"

Ezgi uzandı. Az da olsa rahatlamıştı. Silahın artık kendisinde olmaması iyi hissettirmişti.

"Canım geçen seansta bir vizyon görmüştün, onu hatırlıyor musun?"

Ezgi hatırlarsa, notlara gerek kalmadan devam edebilirdi. Ezgi sürekli onun etkisinde olduğunu söyledi. Hiç unutmadığını, gece gündüz hatırladığını, ondan kurtulmak istediğini dile getirdi.

"Bana o anı tekrar anlatır mısın?"

Ezgi derin bir nefes aldı. Gözlerini kapattı. Sonra birden açtı. Bu ani hareket Tülin Hoca'yı oldukça tedirgin etti.

"Ben... Hocam... Ya ben gerçekten de annemi öldürdüysem?"

Tülin Hoca'nın kanı dondu, tüyleri diken diken oldu. Daha demin Ezgi'nin elinden bir silah alıp saklamıştı ve üstüne Ezgi annesini öldürmüş olabileceğinden bahsediyordu. Tedirginliğini belli etmemeye çalışıyordu.

"Seni böyle bir şeyi düşünmeye iten şey nedir?"

Ezgi yattığı yerde başını Tülin Hoca'ya çevirdi.

"Annem... Kayıp! Yok! Bugün televizyon programı arasında teyzem aradı. Annemin evine gitmişler, orada bulamamışlar. Teyzem günlerdir annemi arıyormuş ama annem hiçbir aramaya, mesaja cevap vermemiş. Sır olmuş annem. Eve gittim. Teyzemin elindeydi bu kolye! Günlerdir bu kolyenin annemin elinden düşüşünü görüyorum! Ve şimdi elimde kolye! Sonra o silah, günlerdir saklıyorum o silahı! Nerden aldığımı, nasıl bulduğumu, kullanıp kullanmadığımı bilmiyorum. Sadece anneme doğrulttuğumu görüyorum her seferinde. Tekrar tekrar... Tetiği çektim mi? Anneme bir zarar verdim mi? Allahım... Bana neler oluyor hocam!"

Ezgi hıçkıra hıçkıra ağlamaya başladı! Tülin Hoca'nın tedirginliği her geçen dakika daha da artıyordu. Ortada bir silah vardı, bir kolye vardı ve Ezgi'nin annesi kayıptı. Türlü düşünceler geçiyordu aklından. Kendini kaybettiği bir anda annesine bir zarar vermiş olabilir miydi acaba? Bu kadar fena bir şey yapma ihtimali var mıydı?

Ezgi divanda, uzandığı yerden kalkmış, oturur vaziyette ağlıyordu. Tülin Hoca onu biraz sakinleştirdikten sonra tekrar divana uzanmasını istedi. Ezgi divana uzandı, Tülin Hoca Ezgi'nin tam karşısına oturup, kehribar kalp kolyesini Ezgi'nin yüzüne doğru sallayarak hipnoz seansına başladı. Ezgi sallanan kolyenin ve Tülin Hoca'nın yumuşak ses tonunun etkisiyle gözlerini yavaş yavaş yummaya başladı. Ezgi tamamen hipnozun etkisine girmişti.

"Ezgi, şimdi neredesin?"

"Bir otoparktayım! Birini bekliyorum!"

"Kimi?"

"Annemi!"

***

Bu esnada emniyetteki deşifre odasında, Baş Komiser Baran Oğuz ve ekibi, ellerindeki güvenlik kameralarına ait görüntülerden, sonuncusunu tarıyordu. Kayıtları tarayan memur heyecanla Baran Oğuz'a döndü.

"Komiserim, görmeniz gereken bir detay yakaladım."

Baran Oğuz heyecanlandı.

"Nedir?"

"Bir Kasım gecesinin kayıtlarında otoparkta bir köşede bekleyen bir kadın var. Çok uzun bekliyor!"

"Yakınlaştır bakalım!"

"Aradığımız kadın bu mu komiserim?"

"Hayır, biz yaşlı bir kadını arıyoruz, ama bu da ilginçmiş, uzun süre beklediğine göre, birisini bekliyor demek. Oynat bakalım."

* * *

Zarife, evini oda oda gezdi. Son kontrolleri yaptı, açık ışıkları kapattıktan sonra bavulunu alıp kapıya yöneldi. Ezgi annesinin oturduğu sitenin otoparkındaydı. Hafiften yağmur çiseliyordu. Bir köşede annesinin evinin pencerelerine baktı. Işıkların tek tek söndüğünü gördü. Annesi çıkmadan eve gitmek istemiş, ancak buna cesaret edememişti. Çok üzgün olduğu anlarda ömrü boyunca bir anneye ihtiyaç duymuş, çoğu zaman şimdi yaptığı gibi, kapısına dayanmış, ancak acı gerçekle karşılaşmıştı. Şimdi yine oldukça üzgündü. Kızını nasıl seveceğini bilmiyordu, ona yaklaşamıyordu.

Annesini görmek istiyordu. Arabasını park edip, evin ışıklarının yandığını görünce yukarı çıkmak istemiş, sonra ışıklar tek tek sönünce bir hareketlilik olduğunu anlayıp, bir köşede durmuş beklemişti.

Çocukluğunda böylesi anlarda neler yaptığını, nasıl hissettiğini anımsamaya çalışıyordu. Üzerinden yıllar geçmişti ama anıları halen daha bedeninde saklı kaldığından, gözünün önünde canlanan her bir sahnede aynı yalnızlığı hissediyor, o narin kadın bedeninde küçüldükçe küçülüyordu.

Küçükken, özellikle de babasını kaybettikten sonra, ne zaman bir anneye ihtiyaç duysa, herkesten gizlediği, gazeteden kesip sakladığı bir ailenin fotoğrafını çıkarıp bakardı. Fotoğraftakilerin kim olduğunu bilmiyordu. Bir gazete sayfasında görmüştü o aileyi. Fotoğraf karesinin yanında uzayıp giden satırlara hiç bakmamıştı. Bir anne ve iki küçük çocuğun birbirlerine sarılmış gülümsedikleri bu fotoğrafı, ileride nasıl bir anne olmak istediğini ona hatırlatsın diye saklamıştı. Sahi ne olmuştu o yıpranmış gazeteden kesilmiş fotoğrafa? Kendisi mi yok etmişti yoksa Zarife mi, emin olamıyordu...

O fotoğraf karesini gözünün önüne getirmek istedi tekrardan. Annenin ve çocuklarının yüzünü anımsamak istedi. Anne çocuklarına nasıl sarılıyordu? Yetişkin ve yara almış yanı, böylesine sıkı sahiplenici bir beden dilini reddediyordu, ama çocuk yanı bir annenin bedenine geri dönebilmeyi öylesine arzuluyordu ki... İnsanın ilk acısıydı bu kopuş. Anne rahmine geri dönme arzusunu, hayat boyu özgürlük, kaçış, korku sarmalında yaşayarak yeniden şekillendiriyordu. Her şekilde özgür olmak istiyor ama özgürlüğün bedelinin getireceği yalnızlıkla başa çıkmaya cesaret edemiyordu...

Sıkılmıştı, bunalmıştı, hayat çok ağır geliyordu ona. Bir sığınak arıyor, bunun annesi olabileceğini düşünüyordu. Çünkü bu dünyada anne sığınağının güvenini hayatı boyunca hiç tadamamıştı. Hiçbir zaman bir anneye sığınamamış olması, onda bu derin boşluğu yaratmıştı. Bir defa bile olsa bunu yaşamak istiyordu. Bir defa bile olsa, her insan gibi anne kucağına girmek, sarıp sarmalanmak, sevilip okşanmak istiyordu.

Tam hareketlenip apartmana doğru yöneldiğinde apartmanın kapısının açıldığını ve annesinin elinde bir bavulla dışarıya çıktığını gördü. Beklediği duvar köşesine iyice gizledi kendisini. Annesi yürüdü, belli ki arabasına gidiyordu, tam önünden geçerken, Ezgi bütün cesaretini toplayıp seslendi.

"Anne!"

Zarife şaşırdı, bu ani ses karşısında korktu. Sesin geldiği tarafa bakınca Ezgi'yi gördü. Korkusu geçti ama şaşkındı. Tedirgindi. Eli ayağı birbirine dolandı. Ezgi, o sert, o dik bakışlı, o umursamaz, o duygusuz Zarife'yi ilk defa böyle görüyordu. Ve belki de hayatında ilk defa Ezgi'ye gülümseyerek cevap veriyordu.

"Ezgi. Burada ne işin var kızım?"

Her şey rüya gibiydi. Annesi, ona bakarken gülümsemişti. Hem de öyle yapmacık değil, samimi, içten bir gülümsemeydi bu. İçi bir tuhaf olmuştu Ezgi'nin, gözleri dolmuş, daha fazla tutamamış kendini ve ağlamaya başlamıştı. Ama bu sefer anne duygusuyla yanına gittiği kadından gördüğü tepki için ağlamıyor, anne diye sığındığı kadının ona gülümseyerek bakmasına ağlıyordu.

"Seni görmeye geldim anne. Sana ihtiyacım var."

Ezgi ağlamaktan konuşamıyordu. Zarife daha da şaşırmıştı, bir gözü Ezgi'de, bir gözü yoldaydı, elinde valiziyle öylece kalakalmıştı.

"Sana geldim anne, sen nereye gidiyorsun?"

"Hoş geldin kızım, şey, yok önemli değil. Arkadaşlarla bir geziye katılacağız. Emekli işi işte. Ürgüp'e gezmeye gideceğiz, yeme içme dahil, bir paket almışlar aylar öncesinden şimdi beni bekliyorlar... Sen, sen iyi misin kızım?"

Ezgi ağlamaya devam etti. Annesinin kendisine ilk defa normal davranıyor olması, bir anne evladına nasıl davranıyorsa, öyle davranıyor olması onu çok etkilemişti. Bir taraftan bunun duygusal yoğunluğunu yaşarken, diğer taraftan annesinin yine kendisini atlatmaya çalıştığını düşündü.

"Yalan söylüyorsun. Yine yalan söylüyorsun anne. Beni bırakıp o çok sevdiğin oğlunun yanına gidiyorsun."

Zarife kızına doğru bir adım attı, ama Ezgi hemen geri çekildi.

"Hayır kızım, yalan söylemiyorum. Dediğim gibi biraz tatil yapacağım! Kafa dinleyeceğim."

Ezgi birden hamle yapıp annesinin kolundan çantasını kaptı.

"Ne yapıyorsun kızım, delirdin mi?"

Ezgi sinirle çantayı açtı. Şimdi çantandan pasaportunu ve uçak biletini çıkartayım da, seni rezil edeyim, diye düşünüyordu. Çantayı açınca şok oldu. Çantada bir silah vardı. Silahı aldı, çantanın içine baktı, pasaport veya bilet bulamadı. Silahı eline alıp, çantayı annesine uzattı.

"Kızım, ver o silahı bana."

Ezgi şaşkındı. Yalvarmaya başladı annesine.

"Nereye gidiyorsun anne, söyle artık, çok yorgunum. Bu silah ne için?"

Zarife yaşananlar karşısında şaşkındı. Her şey çok hızlı gelişmiş, Ezgi'yi karşısında gördüğünden beri, bir şeyler gizlemeye çalışıyor gibi davranması, Ezgi'yi daha da sinirlendirmiş, şimdi de çantasındaki silahının ortaya çıkması, onu oldukça zorda bırakmıştı. Ne diyeceğini bilemiyordu.

"Canım kızım yalnız kadınım, hırsızı, uğursuzu var. Yanımda bulunsun dedim işte. Ne olursun ver silahı, bak bir kaza çıkar. Kızım tehlikeli şeyler bunlar."

Ezgi durdu bir an. Afalladı. Sonra kendine geldi.

"Hırsızı uğursuzu hep vardı anne, şimdi neden silah taşıyorsun, bana gerçeği söyle, söylemeden bırakmam seni."

"Yemin ederim gerçek bu kızım. Güzel kızım, ver o silahı. Hem sen neden geldin buraya, söyle bakalım güzel kızım?"

Ezgi bir silaha, bir annesine baktı.

"Ben... Kızım için geldim anne, Meryem için geldim. 5 Kasım'da doğum günü var. Anneannesini görmek ister diye düşündüm. Bu doğum günü kızımla geçireceğim ilk doğum günü anne. Senin de gelmeni istedim."

"Canım yavrum. Elbette gelirim. Nerede olursam, ne yaparsam yapayım, mutlaka gelirim."

Ezgi, annesinin tamamen değişmesi, bambaşka bir kadın olması karşısında daha fazla dayanamadı. Dizlerinin bağı çözüldü, dermansız kaldı, saldı kendini.

"Kızımı sevmekten korkuyorum anne, ona yapmacıksız içten bir anne sevgisi verip vermediğimden bile emin değilim. Yavruma yabancılaşmış hissediyorum. Tüm bu duygularım, içinde bulunduğum haller, senin beni sevgisiz bırakmandan dolayı... Ben ne yaptım sana anne? Neden sevmedin beni hiç? Neden, neden, neden? Ben buraya bunun hesabını sormaya geldim. Beni zerre kadar sevdin mi hiç anne, onu öğrenmeye geldim."

Taş kalpli Zarife, Ezgi'nin karşısında sürekli bir duvar gibi, duygusuz bir eşya gibi duran Zarife yıkılmamak için kendini zor tuttu. Gözleri doldu, sesi düğümlendi.

"Seni seviyorum Ezgim, hem de çok seviyorum..."

Gözyaşları içerisinde devam etti sözlerine Zarife.

Ezgi annesinin sözlerinden etkilendi, inanır gibi oldu, ama bir ömür boyu yaşadıkları karşısında duyduğu bu sözler, bu gözyaşları onu tatmin etmedi. Bir ömür sevgisiz, anne sevgisine hasret geçirmişti. Madem seviyordu annesi, neden onu sevgisiz bırakmıştı?

"Ağabeyime doyasıya gösterirken neden benden esirgedin sevgini, neden hiç göstermedin? Beni öldürdün anne, öldürdün... Sevgisizliğinle öldürdün, hiç mi görmedin bana olanları, yaralarımı? Bana emanet ettiğin bu koca boşlukla baş başayım, ben bu boşluğu dolduramıyorum anne."

Zarife yutkunarak konuşmaya başladı.

"Bilmediğin şeyler var kızım... Ben sandım ki... Sana sevgimi göstermezsem içindeki güç yumuşamaz sandım. Seni sevmiyor gözükmek, sana ne kadar acı verdiyse, bana da o kadar acı verdi Ezgi. Ama benim öyle bir yaram var ki kızım, aynısını bir daha yaşamak istemedim. Benim sevgim yüzünden narin bir çiçeğe dönüşür de hayatta başına gelenleri kaldıramayıp kendi canına kıyarsın diye korktum kızım... Affet beni..."

Annesinin gözyaşları içerisinde anlattıkları Ezgi'nin ruhundaki fırtınayı dindirmeye yetmiyordu, çünkü bu onun annesiyle ilk yüzleşmesiydi ve henüz hazır değildi onu affetmeye.

"Beni başından atmak için böyle konuşuyorsun anne, biliyorum, ben senin için hiç önemli olmadım ve bundan sonra da olmayacağım, biliyorum. Artık yalan söyleme anne..."

Ezgi silahı Zarife'ye doğrulttu. Eli tetikteydi. Hafif çiseleyen yağmur, yerini sağanak yağışa bıraktı. Zarife kızının gözlerine merhamet dilercesine baktı, ağlıyordu.

"Ezgi, kızım!" dedi inleyerek. Sesi üşüyor, zar zor duyuluyordu.

"İndir o silahı! Bırak gideyim."

Ezgi'nin gözyaşları iki yandan, alnına yapışmış kara saçlarının uçlarından damlayan yağmura tutunuyor, güzel çehresini dolanıp, çenesinin ucunda birleşiyor, tam kalbinin, acıyla kavrulan yüreğinin üstüne düşüyordu. Ama dindirmiyordu acısını. Gözyaşlarıyla sönecek bir yangın değildi içindeki, yağmurla soğuyacak bir köz değildi, bir yanardağ ağzında atıyordu kalbi, püsküren lavların arasında can çekişiyordu. Ezgi annesinin ürkek gözlerine baktı.

"Beni sevmiyorsun anne... Hiç sevmedin. Şimdi pılını pırtını toplamış gidiyorsun. Yine sevgine en çok ihtiyaç duyduğum zamanda yalnız bırakıyorsun beni. Yine kendi dertlerinin peşine düşüyorsun. Bir kazan süt devrilip kolumu yaktığında yanımda değildin, acıyla kıvranan küçük bir çocuğu teselli etmekten, üzülme geçti, iyileşeceksin demekten âcizdin. Suçu benim dikkatsizliğimde, fevriliğimde arayacak kadar merhametsizdin. Bir kez bile içtenlikle okşamadın saçlarımı, şöyle sımsıkı sarılmadın bana. Uyumadın yanımda. Hayat gençliğimden tutup beni sağa sola savururken, umutlarım, heveslerim acımasız insanlara çarpıp zedelenirken, en ince, hassas yerlerimden kırılırken, bir kez olsun, iyi misin diye sormadın bana. Tutmadın elimden. Kaldırmadın beni düştüğüm yerden. Sen benim feryatlarımı duymadın anne... Şimdi, şu anda bile, önünde silahla dikilirken, elinde sımsıkı tuttuğun, özenle hazırladığın valizi bir an olsun yere bırakmıyorsun. Senin neyin var diyemiyorsun bana. İçinden beni sakinleştirmek, derdimi dinlemek gelmiyor. Kızına ne olduğunu bilmek istemiyorsun. Beni neye dönüştürdüğünü görmeden çekip gitmek istiyorsun. Zerre kadar umurunda değilim. Umursadığın tek şeye, biricik oğluna gideceksin belli ki. Üstüne titrediğin, gözbebeği saydığın evladını övgülere boğacaksın her zamanki gibi. Şımartacaksın onu. En sevdiği yemeklerden yapacaksın, üstünü başını yıkayacak, evini temizleyecek, ona kendi yarattığın bir tanrıya tapar gibi tapacaksın. Ve beni yine cehenneme atacaksın. Benim annem değilsin sen. İçimdeki ateşin, yangının annesisin. Gideceksen eğer; bu yangını da yanında götüreceksin."

"Kızım!"

Sağanak yağmur sanki iki kadının son sözlerini duymak istiyormuşçasına durdu bir anda. Kulak kesilmiş gibiydi onlara. Açık otoparkı çevreleyen bitkilerin köklerinden mis gibi, duru bir toprak kokusu yükseldi, ana kızın heyecanlı soluyuşlarına karıştı. Ezgi'nin masmavi gözleri, yağmurun temizlediği havada daha berrak, daha büyük, daha tehlikeli görünüyordu. Zarife Ezgi'nin gözlerinin bu halini biliyordu. Bu gözler bir felaketin habercisiydi.

Zarife sanki bir mucizeye, nadir rastlanan bir doğa olayına şahit oluyormuş gibi bakıyordu Ezgi'ye. Yüzünde yaşananlara inanmakta güçlük çektiğini gösteren heyecan dolu, saf bir merak vardı. Olan her şeye rağmen gülümsemek istiyordu kızına. Her şey kötü bir şaka gibi geliyordu ona. Ezgi'nin parmağı tetiğe uzanıp kavradığında anladı durumun vahametini. O saniyeden sonra Zarife için zaman ağır akmaya başladı. Korku gelip oturdu göğsünün ortasına. Yutkundu Zarife. Rengi kaçmış kuru, ince dudakları kıpırdadı.

"Kızım..." dedi ürkekçe.

"Sen delirdin mi?"

Tetik gerildi, gıcırdadı. Zarife ellerini yüzüne kapadı. Hangi ana evladının katil olmasını görmek isterdi ki? Bir elinden özenle hazırladığı valizi, diğerinden Ezgi onu durdurmaya çalıştığından beri avucunda sımsıkı tuttuğu, etrafı gümüş işlemeli kehribar bir kalp kolyesi düştü yere.

Sonra parmak şaklatmasına benzer bir ses yankılandı gecede. Kehribar kolye su birikintisinin içine düştü. Ezgi annesine doğrulttuğu silahı indirdi. Tetiğe basmadı.

"Git, kime gidersen, nereye gidersen git. Ama silahı vermeyeceğim sana. Sen beni korumak için sevmedin ama ben seni sevdiğim için koruyacağım anne."

Zarife silahı alamayacağını, diretmenin de anlamsız olduğunu anladı, sesini çıkarmadı. Ezgi'ye yanaştı, elini yağmur sularıyla ıslanmış saçlarında gezdirdi. Yanağını avucuna aldı.

Öptü Ezgi'yi gözyaşlarıyla.

"Seni çok seviyorum kızım!" dedikten sonra da arkasını döndü ve gitti.

Ezgi annesinin arkasından seslendi.

"Meryem'in doğum günü 5 Kasım'da!"

Zarife dönüp yaşlı gözleriyle gülümsedi Ezgi'ye.

"İki elim kanda olsa da geleceğim kızım..."

* * *

Emniyetin deşifre ve izleme odasında sessizlik hâkimdi. Baran Oğuz ve ekibi kayıtlardan izledikleri bu anlar karşısında oldukça şaşkındılar. Zarife'nin çantasından silah alıp sonra ona doğrultan bir kadın vardı görüntülerde. Üstelik silaha el koymuş Zarife'ye geri vermemişti. Ardından da Zarife bu gizemli kadına yaklaşmış, onu öpmüş ve öyle ayrılmıştı oradan. Bu iki kadının birbirlerini çok iyi tanıdıkları ortadaydı. Olayın hava karardığında yaşanması, sağanak yağmur ve kameraya olan uzaklık yüzünden görüntüdeki kişiler net seçilemiyordu. Bu kadının kim olduğu konusunda net bir kanıya varmak oldukça güçtü. Sessizliği Tuna bozdu.

"Çok açık amirim! Bu, Zarife Hanım'ın kızı Ezgi Demircioğlu'ndan başkası olamaz."

Baran Oğuz dönüp Tuna'ya baktı uzun uzun. Böyle durumlarda kimse anlamazdı niye baktığını, baş komiser kızmış mıydı, dalga mı geçiyordu, bir şey mi düşünüyordu, biraz sonra ne yapacaktı, hiçbir şey okunmuyordu yüzünde.

"Bana da öyle geliyor ama..." dedi en sonunda Baran Oğuz. "Kanıtlamamız gerek! Evde onunla konuştuğumda bana çok uzun zamandır annesini görmediğini söylemişti."

Senem de girdi konuya. "Ezgi'nin bir şeyler sakladığı belli!"

Baş komiser Tuna'ya döndü.

"Hemen Zarife Hanım'ın evine git, site ziyaretçi defterinden bu olayın yaşandığı gün gelen giden herkesin bilgilerini al. Bak bakalım Ezgi Demircioğlu siteye nasıl girmiş!"

"Emredersiniz amirim."

Tuna çıktı odadan, Baran Oğuz ve Senem kuşkucu gözlerle bakıştı. "Senin sezgilerine güvenirim Senem! Sence ne oldu orada?"

Senem, biraz düşündü, altdudağını ısırdı.

"Ya birileri öldü ya da ölecek amirim. Çehov'un meşhur sözünü bilirsiniz, bir sahnede silah göründüyse finalde muhakkak patlar."

* * *

Ezgi, Tülin Hoca'nın odasında gözlerini açmış, açar açmaz da gözyaşlarına boğulmuştu. Tülin Hoca Ezgi'nin yanına oturup ona sarıldı.

"Geçti kızım! Geçti! Sen annene bir şey yapmadın! Hatta onu korumaya çalışmışsın!"

Ezgi hıçkıra hıçkıra ağlıyordu.

"Koruyamadım! Gitmesine izin vermemeliydim. Yanına silah aldığına göre bir belaya doğru gidiyordu. Ve ben kendi derdime düşüp, onun gitmesine izin verdim. Ne oldu ona, başına neler geldi! Annemi bulmalıyım hocam!"

Ezgi ayağa kalkınca Tülin Hoca da onunla birlikte kalktı.

"Ezgi, kendine gel lütfen! Bak, annene zarar vermemişsin. Sen bir şey yapmamışsın..."

Ezgi hıçkırıklar içindeydi.

"Annemi öldürmek istedim ben hocam. Bunu o kadar istemişim ki zihnimde o karşılaşmanın sonunu bile değiştirmişim. Annem bana ilk defa seni seviyorum demiş ve ben bunu silmişim aklımdan hocam, neden?"

Tülin Hoca ezgiyi sakinleştirmek için sırtını sıvazlayıp koltuğa geri oturttu.

"Ezgiciğim, travmalı bir çocuk için yaşadıklarından daha fenası, yetişkin olduğunda ve bir gün iyileşmek istediğinde, ruhunda her zaman taşıdığı öfkeyi bir kenara bıraktıktan sonra artık kim olmak istediğine karar vermek zorunda kalmasıdır. 'Hissedilmiş ve anlaşılmış öfke sonsuza dek kalmaz' der Alice Miller. Doğrudur, yaşanılmış, artık işlevini kaybetmiş bir sevgisizliğin öfkesi yetişkin hayatımızda bizden silinebilir ve her zaman yeni bir başlangıç vardır. Burada düşünmemiz gereken şu Ezgiciğim: sevgisizlik mi daha kötüdür, yoksa hayat boyu tanıdık olan öfkenin artık içimizde olmamasının yaratacağı kimlik kaybı mı?"

Ezgi yavaş yavaş sakinleşiyordu. "Bu gerçek olabilir mi?" diye geçirdi içinden. Annesine duyduğu öfkenin yerine ne koyacağını bilmediğinden mi silip atmıştı o görüşmeyi aklından?

"Belki de öfkeni bırakmaya hazır değildin. Yıllardır içinde biriktirdiğin öfkenin yerine ne koyacağını bilemediğinden, yok saydın belki de annenin söylediklerini. Bugüne kadar başına gelen her şeyi, yaptığın her seçimi annenin sevgisizliğine dayandırdın. Ve bir anda, aslında annenin seni sevdiğini öğrendin. Kaldıramadığın şeyleri silip atıyorsun beyninden Ezgi, bunu sen de biliyorsun. Bu zamana kadar kaldıramadığın acıydı, şimdi de annenin sürpriz sevgisi..."

Tülin Hoca, Ezgi tekrar düşüncelerinde kaybolup gitmeden devam etti sözüne:

"Bak, ne demiş annen sana, 'İki elim kanda olsa geleceğim' demiş Meryem'in doğum günü için!"

Ezgi ağlamaklı döndü Tülin Hoca'ya.

"Ama hocam... Annemin iki eli neden kanda olsun ki?"

-11-

Ezgi klinikten çıktıktan sonra İstinye sırtlarındaki evine geldi, allak bullaktı. Saat bir hayli geç olmuştu. Evin önünde Kenan'ın arabasının park etmiş olduğunu gördü. İçinde *Anna Karenina* kitabı olan çantasını alıp eve girdi.

İçeri girdiğinde salonda bir koltukta Maya'nın oturduğunu gördü. Maya kalkıp yine her zamanki heyecanı ve sessizliğiyle Ezgi'nin yanına geldi.

"Hoş geldiniz Ezgi Hanım, aç mısınız, ben hemen bir şeyler hazırlayayım?"

"Hoş bulduk Maya. Yok yok yiyemeyeceğim, hiç iştahım yok. Meryem nasıldı? Rahat uyudu mu?"

"Evet, Meryem çoktan uyudu. Kenan Bey de bir saat önce geldi ve hiçbir şey söylemeden yatak odasına çıktı."

"Tamam canım, sen de gidip uyuyabilirsin, ben de uyumak istiyorum."

"Tamam Ezgi Hanım, iyi geceler."

"İyi geceler canım."

Ezgi üst kata çıktı. Önce kitaplığının bulunduğu çalışma odasına girdi ve çantasından çıkardığı *Anna Karenina* romanını masasının üzerine koydu. Çalışma odasından çıkıp Meryem'in odasına geldi, aralık kapıdan uyumakta olan kızına baktı bir süre. Çocukların masumiyeti onu hep çok etkilemişti. Uyumuş Meryem'e bakınca, iç geçirdi. Bir süre kapısında bekledikten sonra odaya girdi. Kızının yatağının başına oturdu. İçinde samimi bir sevgi halinin geliştiğini, bir türlü hissedemediği o annelik duygusunun filizlendiğini hissetti. Bu akşam hipnoz seansında annesi Zarife'nin onun yanağını okşayıp, öptüğü anı hatırlaması neden olmuştu buna. Sadece bu kadarcık bir şey bile, içinde hapsolmuş annelik duygusunu ateşlemeye yetmişti. Sanki kızını nasıl seveceğini biliyormuş, hatta bunu düşünmek zorunda olmadan kendiliğinden gerçekleşiyormuş gibi hissetti. Bu his oldukça iyi gelmişti Ezgi'ye. Meryem'in saçını okşadı. Eğilip yanağından öptü kızını. Bunu bir anne yumuşaklığında, inceliğinde yapmıştı, kızının uykusunda gülümsediğini gördü. Gülümsedi ve huzurla uyumaya devam etti Meryem.

Bu güzel anın ardından Meryem'in odasından çıkıp, yatak odasına gitti. Yüzüne bütün o hengâmeli, endişeli günün ardından ilk kez bir gülümseme yerleşmişti. Odaya girmesiyle yüzündeki gülümsemesinin kaybolması bir oldu. Kenan pencere kenarında gerim gerim gerilmiş bir halde ona bakıyordu. Yatağın üstünde de ütülü beyaz bir gömlek muntazam bir şekilde serilmişti. Tedirgin ve kuşkulu bir bakışla Kenan'a doğru ilerledi. Yaklaşınca Kenan'ın elinin sarılı olduğunu gördü, tedirginliği korkuya dönüştü. Hızlı, telaşlı adımlarla yanına geldi ve yaralı elini tuttu.

"Canım ne oldu sana?"

Kenan elini çekti Ezgi'nin elinden.

"Ufak bir kaza! Seni ilgilendirmez!"

Ezgi durumu anladı. Kenan bu gizemli erkek gömleğini görmüş ve tüm gün kafasında senaryolar kurmuştu. Bir Kenan'a baktı, bir gömleğe...

"Sorun bu gömlek mi?"

"Evet, kimin bu gömlek? Çok merak ediyorum! Dün gece yıkadın bu gömleği, hem de biz sevişirken."

Ezgi gülümsedi, tedirginliğini bastırmak istiyordu. Kenan'ın yanlış anlamasını yadırgamamıştı. Yanlış anlaması, kızması normaldi. Kızınca sormak, sorup gerçeği öğrenmek gerekiyordu.

"Gömlek bir danışanıma ait, seni ya da bizi ilgilendiren bir durum değil. Yoksa söylerdim zaten, sen neden yanlış anlıyorsun bu kadar, bence daha fazla uzatma."

Kenan, Ezgi'ye hamle yaptı, süt yanığı kolunu tuttu ve sıktı.

"Ulan hangi psikolog danışanının gömleğini evine götürüp, elleriyle yıkar? Bu nasıl saçmalık?"

"Ah, bırak kolumu Kenan. Bu nasıl bir üslup, ne yapıyorsun sen?"

"Söyle, kimin bu gömlek, kiminle berabersin? Kendi ellerinle yıkadığına göre, evine getirdiğine göre, çok önemli biri olmalı senin için!"

Ezgi yüzüne baktı, acı bir gülümseme takındı.

"Defol git evimden Kenan!"

"Gideceğim tabii, ama sana bunun hesabını sorup, öyle gideceğim..."

Kenan sesini yükseltmişti, Ezgi tedirgin oldu, Meryem'in uyanmasından korkuyordu. Karşısındaki adama bakınca, zerre sevgi duymadığını hissetti. Sevgi yerini acıma ve öfkeye bırakmıştı. Kendisine de acıdı, ben kendimi nasıl bu hale düşürüyorum diye geçirdi içinden. "Sırf güç için, korunma için bu rezil adamlara tahammül ediyorum, yazık bana."

Sonra kendine acıması öfkeye dönüştü. Adeta gözü dönmüştü Ezgi'nin.

"Sana bu gömlek bir hastama ait dedim! Hayvan herif. Bir sevgili bulsam ya da seni biriyle aldatsam, o kişinin gömleğini bu eve getirip ütületir miyim? Aptal mısın? Defol git buradan! Yemin ederim basarım çığlığı, pislik herif!"

Kenan, Ezgi'nin gözü dönmüş halini görünce, samimi olduğunu ve doğru söylediğini anladı. Özür dileyecek gibi oldu ama Ezgi'nin tavrı çok netti. Şimdi yapacağı en iyi şey oradan gitmek olacaktı. Kenan susmuştu, gözü dönen Ezgi ise susmuyordu.

"Ya bugün benim annem kaybolmuş, sırra kadem basmış! Ona bir zarar vermiş olabilirim diye kendimi yemişim! Eve kendimi zor atmışım! Sen kalkmış bana artistlik yapıyor, üstten üstten konuşuyorsun! Ben senin malın mıyım be? Şimdi defol git!"

Kenan arkasını döndü ve sessizce çıktı odadan. Kadını zayıflatıp kendine bağımlı hale getireyim derken onu iyice güçlendirmiş, inada bindirmişti. Bu Kenan'ın yapmaması gereken stratejik bir hataydı.

Üst kattaki Ezgi, yatakta serili duran gömleği aldı, katladı. Yatağa oturdu, gömleği kucağına aldı ve ağlamaya başladı. Yaşadıklarının ağırlığı altında dayanamıyordu. Bir süre ağladıktan sonra gözyaşlarını silip kendine gelmeye çalıştı. Ardından kalktı, gömleği de alıp odadan çıktı. Çalışma odasına girdi, saklama gözlerinden bir poşet çıkardı ve gömleği katlayarak poşete koydu.

Ezgi, gömleği sahibine götürmeden önce kendine biraz zaman ayırmak istiyordu. Tam da vücudunu koltuğa bırakmış günün tüm yorgunluğundan arınacaktı ki kapı çalındı. Kapıyı açıp açmamak arasında kısa bir süre düşündü ama ısrarla çalan kapının sesine daha fazla kayıtsız kalamadı.

Gelen kişi, Ezgi için eve kabul etmeyi mecburiyete çevirecek bir haldeydi. Aylin morarmış gözü, titreyen bedeni ve tüm çaresizliğiyle Ezgi'nin kapısında bir soluk aramaya, saklanmaya gelmiş gibiydi. Sevgilisi, annesine gidip para istediği için genç kadını daha çok dövmüştü. Sevgilisi evden çıkar çıkmaz da tekrar sokağa atmıştı kendini Aylin. Bu sefer morluklarını saklama gereği bile duymamıştı...

Kendisine önce bir rahimde, sonra o rahmin uzantısı dünyada, dünyayı daraltıp dört duvara sıkıştıran evde yer verilmemiş ve varlığı kendisine ağır gelmiş herkes gibi, Aylin de başta sığınmak için geldiği evin kapısından içeriye girmeye tereddüt etti. Sanki o kapı kendisine açılsın diye ısrarla tekrar tekrar çalmamış gibi, Ezgi'yi karşısında görünce birden yardım istemek için gittiği evden kaçmayı düşündü. Ama o an gidebileceği başka bir yeri olmadığının da farkındaydı. Nereye gitse gelirdi Can, burası hariç.

Her şey orada iki kadının aklında aynı zamanda ama birbirlerinden sonsuz bir uzaklıkta yaşanıyordu. Aylin korkularla bir diğerine gelmenin, Ezgi ise geleni, tüm kayıplarıyla nasıl karşılayacağını bilmemenin eylemsiz bırakan karmaşıklığıyla birbirlerinin yüzünü izlediler kısa ama sanki zaman durmuş gibi hissettiren bir sürede...

Korkusundan ilk sıyrılan Ezgi oldu ve hiçbir şey sormadan, Aylin'in elinden tutarak onu salona götürdü. İki kadın, geniş salonda birbirlerine dokunabilecekleri ama yine de temkinli bir uzaklıkta oturdular. Birbirlerine dokunmuyorlardı, belki de açıkça dokunulmaktan ya da hiç dokunulmamaktan gelen acının nasıl hissettirdiğini iyi bildiklerindendi bu uzaklık. Tuhaftır, insan bir diğerine hem dokunarak hem de hiç dokunmayarak zarar verebilir ve bunu görmüş olanlar artık sadece konuşmayı ya da kendisine sunulan kadarını dinlemeyi seçerler.

Ezgi, mesleğinin ona kazandırdığı sınırlarının zorlandığını hissediyordu. Genç bir psikolog olarak, kendisine yaralarıyla gelen insanları, tıpkı yemek masasının üzerinde duran içi her zaman boş olan vazo gibi merakla ama her zaman belli bir mesafeden incelemeyi öğrenmişti. Ama tanıdığı insanlar söz konusu olduğunda, onları yarı vazo yarı insan olarak görüyor, hangi mesafeden onlarla konuşacağını tam olarak kestiremiyordu. Ezgi, Aylin'in kolundaki morlukları, ağlamamak için ısırdığı dudağını, kan oturmuş gözünü çoktan fark etmişti. Ellerinin içi terlemeye başlamış, nefes alıp verişi hızlanmıştı. Bir sene önce yaşadıkları geliyordu aklına... Dayak yerken "Yapma lütfen, Meryem beni böyle görmesin!" diye yalvarışını hatırladı.

Derin bir nefes aldı Ezgi. "Şimdi sırası değil" dedi kendi kendine. "Aylin'e odaklan, bu seninle ilgili değil, Aylin'e odaklan."

Ezgi anda kalmaya mücadele ederken Aylin daha fazla dayanamadı.

"Aslında bir yanım çok kırgın ama ona rağmen devam ediyorum. Belki de onarabilmek için devam ediyorum. Durursam, bir an için durursam o kırgınlığın altında ezilmekten korkuyorum. Beni bu hayatta önceliği yapan tek insan o oldu. Karışığında da bin bir parçaya böldü beni... Parçalarım, bütünümden fazla ve ağır, parçalarım artık bütünümü eziyor Ezgi..."

"İnsan kendini parçalamaya muktedir olabilir mi?" diye geçirdi Ezgi içinden. "Yoksa tüm bunlar sevgilisinin yavaş yavaş Aylin'in bedenini delip artık ruhuna ulaştığının kanıtı mı?" diye devam etti düşünceleri. Kendi olmaktan çıkıp, bulmak istediği cevabı, uzun bir sessizlikte düşündü. Aylin devam etti...

"Parçalarımın canı çok yanıyor, parçalarım canımı çok yakıyor. Parçalarıma karşı çok körüm ama onları hep hissediyorum. Bana kendilerini unutturmuyorlar, bazen daha sivri bazen daha yassı... Bazen güç bana geçiyor aşağılayabiliyorum parçalarımı ama daha çok canım acıyor öylesi anlarda. Küsüyorum öyle olunca. Küsmek güvenli, küsmek en güzeli... Yok saymış oluyorum içimde, hiç var olmamışlar gibi, daha önce hiç anlaşmadık ve anlaşmalar hiç bozulmamış gibi... Küsmek güvenli ve en baştan kaybedilmiş bir savaş gibi."

"Neden buna devam ediyorsun?" diye sorabildi Ezgi. Ancak bunu sorabilirdi. Çünkü yaşanan durumda duygudan en arınmış cümle, karşı tarafa örtülü bir yargı yönelten neden sorusu olabilirdi. Bu da Ezgi için en güvenli seçenekti.

"Aslında böyle biri değil... Ben de böyle biri değildim ya. Gerçi, bir şeyler olup bittikten sonra önceden nasıl insanlar olduğumuzun bir önemi var mı, onu da bilmiyorum. Birbirimizi kışkırtıyor muyuz acaba? Belki de içimizdeki karanlık, yan yanayken serbest kalıyordur. Ben bir şeyler yapıyorumdur o da öğrendiği şekilde devam ediyordur. İçimde bir suçluluk var ama bu suçluluk sadece zihnimde gibi hissediyorum, kalbime indiğimdeyse öfke mi, kırgınlık mı, yorgunluk mu emin olamadığım ve en sonunda boş verdiğim duygular geziniyor. Ben ne hissedersem hissedeyim sanki kalbimden zihnime ulaşıp davranışa, söze dönüşecek olan duygular daha yoğun bir suçluluk hissinin içinde eriyip yok olacak gibi. Ben iyi biriyim o beni seviyor, bu da onu iyi biri yapmaz mı?" dedi Aylin kendi kendini gülmeye zorlayan alaycı bir sesle.

"Mizah denen şey iyi ki var" diye düşündü Ezgi. Yoksa insan anlaşılmaya duyduğu muhtaçlığı kendi değerini yenip de nasıl dile getirirdi?

"Bu halime bakıp onun kötü biri olduğunu düşünmeni istemiyorum. Can kötü biri değil... O sadece... Nasıl söylesem?..."

"Hasta..."

Ezgi tamamlamıştı cümlesini. Ne demek istediğini gayet iyi biliyordu. O da düşmüştü bir zamanlar aynı yanlışa. Beyninin içi titriyordu sanki. Yine çekilip gidiyordu geçmişin karanlığına.

Gözlerini açtığında, Caddebostan sahilinde, arabanın içindeydi. Bir sene öncesine gitmişti, o güne... Meryem Türkiye'ye geleli henüz bir ay olmuştu. Ezgi, kızı ve kendisine kimsenin dokunmaya cesaret edemeyeceği bir hayat kurmaya çalışıyordu. Artık her zamankinden daha çok paraya, güce ve üne ihtiyacı vardı. Mehmet oldukça zengindi ama ne saygınlığı ne de ünü vardı. Kızına kurmak istediği hayatta aslında ona yer yoktu. Böyle düşündüğü için kötü hissetmiyordu Ezgi. İçi rahattı. Herkesin "iyileşmez" dediği adamı iyileştirmiş, öfkesini kontrol edebilmesini sağlamıştı. Ona güvenmeyi, kadınlara değer vermeyi öğretmişti. Evet, arada sırada yine ufak nöbetler geçiriyor ama kendine ya da başkasına değil, çevresindeki eşyalara zarar veriyordu. Fakat bu ufak yoldan sapmalar Ezgi'yi tedirgin etmeye yetiyor, onu Meryem'in yanına yaklaştırmıyor, gitgide Mehmet'le arasına mesafe koyuyordu. İşte, tam da bu uzaklaşma döneminde, Ezgi'nin eski sevgilisi Kenan onu aramış ve kahvaltıya davet etmişti.

Ertesi gün, Boğaz'ı tepeden gören müthiş lüks bir restoranda buluşmuşlardı. Ezgi buluşma saatinden yirmi dakika önce gelmiş, kahvesini yudumluyordu. Kapıda bir hareketlilik olduğunu fark etmiş, dönüp bakmıştı. Görünen o ki Kenan'dan önce karizması girmişti mekâna. Tüm kapılar o daha yaklaşmadan açılmış, ceketler iliklenmişti.

Havadan sudan yapılan ufak bir sohbetin ardından Kenan, babasının medya imparatorluğunun başına geçtiğini söylemiş, üstüne bir de Ezgi'ye reyting rekorları kıran sabah programında daimi konuk olmasını teklif etmişti.

"Sana kızın için istediğin gücü verebilirim Ezgi."

Bu, Ezgi'nin reddedebileceği bir teklif değildi...

Ama Mehmet öyle düşünmemişti. Gizli gizli takip ettirdiği Ezgi'nin Kenan'la buluştuğunu öğrenince, bir anda annesi tarafından terk edilen o küçük çocuğa dönmüş, bütün kontrolünü kaybetmişti.

O gece Ezgi'yi yalvar yakar ikna etmiş, Caddebostan'da buluşmuşlardı. Konuşmanın tansiyonu gittikçe artıyor, Ezgi sakince neden Kenan'la buluştuğunu anlatmaya çalışıyordu. Ama kadınlara olan güvensizliği sebebiyle Mehmet ona inanmıyor, aldatıldığını ve kullanıldığını düşünüyordu.

"Kızın bahane, Kenan'ın altına yatmak için benden uzaklaşmışsın fahişe!" deyip önce elini arabanın yan camına geçirmiş, hızını alamayınca da yolcu koltuğunda oturan Ezgi'ye saldırmıştı.

Ezgi bunu beklemiyordu. Şaşkınlığı yüzünden kendini koruyamamış, Mehmet'in üst üste attığı yumruklar yüzüne gözüne gelmişti. Kucağına damlayan kanları görünce kendine gelebilmiş, bir yandan yüzünü kapamaya çalışırken bir yandan da adama yalvarmaya başlamıştı.

"Yapma Mehmet... Allah aşkına, Meryem görmesin beni böyle..."

Mehmet duymuyordu Ezgi'yi. Orada değil gibiydi, yıllar öncesine mahallesine gitmiş, çocukluğuyla yüzleşiyor gibiydi. Küçük bir çocukken duyduğu ne varsa en acılarını Ezgi'ye söylüyordu şimdi.

"Ulan sen var ya sen... Zavallı, aşağılık yaratık... Ulan seni annen bile sevmemiş, nankör kaltak. Sen hak etmiyorsun sevilmeyi, orospu!"

Dudağını patlatan yumruk bu cümleden sonra gelmişti.

Kulaklarında Mehmet'in bu son cümlesi yankılanıyordu Ezgi'nin. Başı dönmeye başlamıştı. Birkaç saniye derin nefes alıp verdikten sonra Caddebostan'da değil, evinin salonunda olduğunu fark etti ve hatırladı; tüm bunlar geride kalmıştı. Artık kızı ve kendisi güvendelerdi ve evet, o geceden sonra, Kenan sayesinde, kızı için hayal ettiği tüm güce kavuşmuştu.

Ezgi anda kalmaya çalıştı bir kez daha ve odağını sevgilisini aklamaya çalışan Aylin'e verdi. Ne garip, insan kendini haklı çıkaramadığı zamanlarda ötekini aklamayı seçiyor diye düşündü. Ötekinin haklılığı için verilecek savaş, çoğu zaman kendi haksızlığımızla sonuçlanacak bir yenilgi uğruna verilenden daha onurlu bir mücadele sanıyoruz. Aylin ise bu savaşı hissettiği suçluluktan kaçmak için veriyordu. Geliştirdiği korunma mekanizması değişmenin sorumluluğundan kaçınmasını sağlıyordu. Kendini suçladığı şeyler için değişim sorumluluğu almaktansa, o suçluluğun içinde daha da boğulup, karşı tarafı haklı çıkarmakla kendi sorumluluğundan sıyrıldığına inanıyordu. Hem de farkında bile olmadan...

Ezgi konuşması gerektiğini hissetti. Yeterince susmuştu.

"Sevgilinin bende uyandıracağı algıyı kontrol etmeye çalışmadan önce, senin neden onunla olduğunu konuşalım isterim Aylinciğim."

"Dedim ya Ezgi, o beni hayatının önceliği yapan tek insan. Annemin önceliği her zaman Burak'tı, sonra hastalandığı için Babam oldu, sonra da yeni gözdesi olarak sen. Bunu hiç fark etmemiş gibi yaparsan beni kırarsın. Bu hayatta beni gerçekten tanıyan kimsem yok Ezgi. Bir babam vardı, sanatçı ruhlu kızım diye severdi beni... Tamam, onun da önceliği her zaman Burak'tı ama en azından o, öyle değilmiş gibi davranma nezaketini gösterdi. Annemse maharetmiş gibi her dakika yüzüme vurdu öncelik olmadığımı. Babam bilirdi neye üzülürüm, neye sevinirim. Biri tarafından bilinmek o kadar güvenli ki... Can da biliyor beni. İnsan zaten ömrü boyunca yaptığı her şeyi bilinmek uğruna yapmıyor mu Ezgi? O beni biliyor... Kahveyi sütlü içtiğimi, her gün aynı saatlerde aynı şeyleri yapmayı sevdiğimi, saçlarımı toplamakla uğraşmak istemediğim için her zaman dağınık, açık bıraktığımı biliyor. Beni bildiği için de korumak istiyor. Çünkü korkuyor bildiğinin değişmesinden, dönüşmesinden. Bana olan sevgisini korumak istiyor aslında. Sadece bazen öfkesini kontrol edemiyor, ben de belki onu zorluyorum, ona kendini değersiz ve görünmez hissettiriyorumdur. Her şeyi beraber yapıp birlikte yıkıyorsak eğer bu ikimizi de iyi ya da kötü yapmaz mı?"

"Sen sadece ayaklarının değdiği zeminle bütünsün ve bak o bile ne kadar kaygan Aylin. Sevgilinden ne zaman bahsetsen sen ve o tekmişsiniz gibi bahsediyorsun. Tıpkı bir bebeğin aynadaki yansımasındaki kendisini annesinden ayrı bir varlık olarak tanımlamaya başlamadan önce, tüm dünyayı ve kendini annesinin bedenine sığdırması gibi. Her taarruzunda yıktığın kendinsin aslında, yıkıp yaptığın da kendinsin. Onu kendi parçalarından ayırıp kendi olarak bırakabilsen, belki sana verdiği zararı görebileceksin."

Ezgi sözlerine devam ettiği sırada, Aylin'in telefonuna gelen mesaj bir anda tüm o sözlerin salonun duvarlarına çarpıp yok olmasına sebep oldu. Mesajı tekrar tekrar okudu Aylin:

"Hemen Ezgi Abla'na koşmuşsun. İstersen gelebilirim. Neticede kalp bizim, ilişki bizim, kime ne, değil mi? Ne dersin, geleyim mi?"

Ezgi, cümlelerini bitirdikten sonra bir an için Aylin'in yüzüne daha dikkatli baktı ve renginin kaçtığını gördü. "Az önceki bildirim sesi neydi, mesaj mı geldi?" dedi.

Aylin, "Can'dan gelmiş" dedi. "Klasik özürler, pişmanımlar..." Panikle telefonun ekranını kilitleyip çantasına koydu. "Neyse ya Ezgiciğim seni de bunalttım. Bakma, ben de az deli değilim, sen bir de onun yüzünü gör" dedikten sonra yapmacık birkaç gülücük atıp çantasını toparlamaya başladı.

"Bugün anneme de uğradım, ondan bir ricada bulundum. Ona hatırlatır mısın lütfen, bu çok önemli Ezgi, seni benden daha dikkatli dinliyor, malum..."

Ezgi, genç kadını durdurmaya çalıştı ama başaramadı.

Can'dan gelen mesaj, Aylin'i altüst etmişti. Bunu şimdi kaldıramazdı. O an için Ezgi'nin yanında kalmaya devam etmek, onun korkuları arasındaki savruluşunu durduracak ve onu istemediği bir gerçeğe çarpacaktı. Buna henüz hazır değildi, Ezgi'nin tüm ısrarlarına rağmen kalmayı reddetti ve apar topar evden ayrıldı. Bataklığını şimdi terk edemezdi, burası rahattı.

Hızlı adımlarla çıktı apartmandan. Sitenin girişinde onu bekleyen arabaya bindi. Şoför koltuğundaki sevgilisi neşeliydi.

"Anla artık hayatım, senin tek evin benim" dedi ve yanağından öptü kadını.

Aylin adamın yüzüne bile bakmadı. Yorgun bir ses tonuyla karşılık verdi sadece.

"Kes sesini Can. Pardon Mehmet Can. Dur hatta tüm ismi söylemeden olmaz. Kes sesini Mehmet Can Kaymaz!"

Mehmet, Aylin'in bu çıkışına şaşırmış, kadının suratına boş boş bakmıştı.

"Ne oldu Mehmet Can Kaymaz Bey, eski sevgilini mi özledin, bakıyorum da beni takip bahanesine Ezgi'nin evinin önünden ayrılmıyorsun..."

Mehmet gülümsedi Aylin'e. Ama öyle sevgi dolu ya da komik bir şeye gülümser gibi değil. Karşısındakini küçümser, "Bak sen, dili ne kadar da uzamış?" der gibi...

***

Kenan, Ezgi'nin evinden kovulduktan bir saat sonra, Serap Sirenay baştan aşağı sarı takım elbisesiyle, topuklarını yere vura vura, havalı bir şekilde, bir yanı silme cam pencerelerden oluşan, genişçe, şık bir plaza koridorunda yürüyordu. Plaza çalışanları yanlarından geçip giden güzel sunucuya bakıyor ve bu saatte binada olmasına şaşırıyorlardı. Gece gece binaya gelmesi normal değildi. Sabahlayacağı zaman yapım şirketinin ofisini kullanır, kanala uğramazdı.

Serap Sirenay koridorun sonundaki, iki kanatlı heybetli kapıya geldi. Üstünü başını düzeltti. Sonra kapıyı tıklatıp içeriye girdi. İçerisinin bir patron odası olduğu heybetinden, tasarımından anlaşılıyordu. Geniş siyah bir masanın hemen arkasında duran Kenan Baskıcı odanın pencerelerinden, dışarıdaki uzak Boğaz manzarasını izliyordu. Serap Sirenay Kenan'a doğru birkaç adım attı. Kenan'da hiç hareket yoktu. Serap Sirenay'ın geldiğini bilen Kenan, manzarayı izliyor, sanki haberi yokmuş gibi davranıyor, uzaklara dalıp gitmiş pozuyla, seni çağırdım, ama çok da önemli değilsin benim için izlenimi veriyordu. Böyle davranmayı seviyordu. Odasına kimi çağırırsa çağırsın, onu sırtıyla karşılıyor, odasına giren kişi konuşmadıkça, orada kimse yokmuş gibi davranıyordu. Bir süre durup onu izledi Serap Sirenay. Daha fazla dayanamadı sonra, seslendi.

"Telefonda anlatılamayacak kadar önemli şey nedir?"

Kenan yüzünde sinsice bir gülümsemeyle döndü.

"Bir içki içer miyiz?"

"Teşekkür ederim görev başında içmiyorum!"

Kenan, "görev başında" lafını duyunca güldü.

"Sen de katilin, sapığın peşinden koşa koşa iyice polis oldun! Görev başındayım ne Allah aşkına!"

Serap bozuldu ama belli etmedi, Kenan'ın bu yersiz esprisine gülümsedi. Kenan süslü bir kadehe tek buzlu bir viski doldurup, Serap'ın karşısına oturdu. Serap Sirenay karşısına oturmuş gevrek gevrek gülümserken bir yandan içkisini yudumlayan Kenan'ın imalarının altında kalmak istemedi.

"Benim işim sadece ekrana çıkıp, program sunmakla bitmiyor, gün içinde de elimdeki dosyaların detaylarıyla ilgilenmek zorunda kalıyorum, çalışırken içki içmek benim için büyük bir lüks olur. Bir gün belki çalışanlarımı ayağıma çağırabilecek mertebeye ulaşırsam, o zaman çalışırken de içebilirim..."

Kenan bir kahkaha attı.

"Hiçbir lafın da altında kalmam diyorsun, bravo, seni bu yüzden çok başarılı buluyorum zaten."

Bu övgüler ona bir şey ifade etmiyordu. "Kenan'ın asıl niyeti ne?" sorusu kafasını kurcalıyordu. Düşünceliydi Serap Sirenay.

Viskisi biten Kenan kadehini sehpaya koyup, yerinden kalktı. Yine masasının arkasındaki uzak Boğaz manzaralı silme camlı pencerelerin önüne gitti. Dışarıyı izledi kısa bir süre, Serap'ın camdaki yansımasına odaklandı. Serap dikkatlice onu izliyordu. Serap'a yüzünü dönmeden camdaki yansımasına bakarak sürdürdü konuşmasını.

"Haftalardır programında kayıp kadınları işliyorsun. Bir netice alamıyorsun. Sonra birlikte çalıştığın polisler, sadece Ezgi Demircioğlu'nun katıldığı programları arayan şüpheli bir şahıs üstünden bir ipucu yakalıyor. Belki de tek ipucu. Ve polisler senden Ezgi'yi programa çağırmanı istiyorlar. Ne büyük tesadüftür ki Ezgi programa katılınca o gizemli kişi yeniden arıyor. Ve ne hikmetse adam telefonu şiddetle yüzünüze kapattıktan kısa bir süre sonra Ezgi'nin annesinin de kayıp olduğu öğreniliyor! Yani şimdi bunlar insanların şahsi meseleleri, özel durumları mı? Burada aydınlatılması gereken bir bağlantı olmadığını mı söylüyorsun bana?"

Kenan'ın konuşmasıyla bir anlık da olsa köşeye sıkıştığını hissetti Serap. Olayların bu şekilde geliştiğinin farkındaydı. Fakat Kenan'ın ne istediğini tam olarak anlamış değildi henüz.

"Yani ne yapmamı istiyorsun?"

Kenan Serap'a döndü, ellerini masaya koydu ve ağzındaki baklayı çıkardı.

"Senden istediğim yarınki programda Ezgi'nin annesinin kayboluşunu da etraflıca işlemen, bu hadiseyi de 'Kayıp Kadınlar' dosyası içinde sunman. Ezgi kimdir, necidir, annesiyle ilişkisi ne boyuttadır? Sadece Ezgi'nin katıldığı programları arayan ve diğer kayıp kadınlarla ilişkisi olduğu muhtemel şahsın Ezgi'nin annesinin kaybolmasıyla bir ilgisi var mıdır? Bunları masaya yatır! Başlıklarını bu konulardan seç! Dev puntolarla 'Ünlü Psikoloğun Annesinin Kaybolmasının Arkasındaki Sır' diye başlık at! Ülke çapında bir hikâye var elinde! Bu fırsatı sakın kaçırma!"

Duydukları Serap Sirenay'ı tedirgin etti. Kenan'ın fırsat diye sunduğu şey esasında, reyting rekorları kıracak bir hikâyeden ziyade Ezgi'yi tümüyle bitirecek bir durumdu. Belli ki uzatmalı sevgilisi canını sıkmıştı ve kadınla ilgili bir planı vardı. Tüm kariyerini yerle yeksan edecek bir plandı bu. Ezgi'nin zaten psikolojik olarak zor zamanlardan geçtiğini düşündü bir an, böyle bir şey onu daha da kötü etkileyecek, hatta belki delirtecekti. Kenan da tam olarak bunu istiyordu. Zayıflayıp ona muhtaç olmasını umuyordu. Derin bir nefes aldı Serap.

"Anlıyorum, Ezgi'yle aramda pis bir elektrik var, bu doğru. Birbirimizi kadın olarak kıskanıyor, laf sokuyor, güzelliğimiz, şıklığımız, zekâmız, şöhretimiz üzerine çoğu zaman atışıyoruz. Ama bu ona itibar suikastı yapacağım anlamına gelmez. Ben onunla düşman değilim, ki düşman bile olsam, düşmanıma bile böyle bir alçaklık yapacak biri değilim, kusura bakma."

Serap'ın duruşu kararlıydı. Ancak Kenan ondan da kararlıydı. Kenan, Ezgi'ye tam olarak bunların olmasını istiyordu. İtibarının zedelenmesini, kamuoyu ve sevenlerinin gözünde rezil olmasını, hatta delirmesini istiyordu. Ezgi'nin etrafına sardığı çemberin günbegün daralmasını istiyordu.

İstediğini güzellikle alamayacağını anlamıştı. Böylesi durumlarda hayatı boyunca hep ikinci yola başvurmuştu Kenan. Yine onu yaptı, şantaja başvurdu. Ellerini masaya koydu, gözlerini kapattı, derin bir nefes aldı. Açtı gözlerini, pis pis sırıttı, masasının çekmecesinden fotoğraflar çıkardı, Serap Sirenay'a uzattı. Serap tedirgin oldu, korku dolu gözlerle fotoğrafları önüne çekti. Fotoğraflar başka başka zamanlarda çekilmiş, Serap Sirenay ile bir adamın fotoğraflarıydı. Kiminde bir yatta, kiminde bir havuz başında, kiminde bir içki sofrasında el ele, kol kola ve diz dizeydiler. Serap'ın sesi titredi. Kenan'a baktı, gözlerinde, bu kadar alçaldın mı bakışı vardı. Kenan imalı konuştu.

"Bu fotoğraflar sen görev dışındayken çekildi. Gördüğün gibi hiçbir içkiye hayır dememişsin!"

Serap Sirenay kafasını kaldırdı, sinirliydi, eli titriyordu, yine de istifini bozmamaya çalışıyordu.

"Ne var bunda, insan arkadaşıyla bir kadeh bir şey içemez mi? Bundan korkacağımı mı sanıyorsun? İnan bana böyle bir şeye kalkışırsan herkes kaybeder!"

Kenan bir kahkaha daha attı.

"Herkesin kaybedeceği aşikâr! Ama rüzgâr kayadan toz alır be Serapçığım! Kimse benim ülkenin en namuslu, en haysiyetli, en güvenilir insanı olduğumu düşünmüyor. Ama sen öyle misin? Evli, mafyatik işadamına metreslik yaptığın, her gün yuva yıkan kadınlara sövüp dururken, senin de bir yuva yıkma gayreti içinde olduğun ortaya çıkarsa! Acaba seni azize mertebesine yükseltmiş, kutsal bir anne gibi seven halkımız hakkında ne düşünür? Hayal kırıklığı, hakaretler, sosyal medya linçlerinden oluşan recim cezası... Ve yok oluş! Tabii bu böyle cereyan etmek zorunda değil. Fotoğrafların filmleri, dijital tüm kopyaları bende. Sözümün de eriyim. Dediğimi yap! Hepsini al! Yoluna devam et! Ve bence biraz daha kontrollü davran! Kimin neyin peşinde olduğunu bilemezsin!"

Serap başını eğdi. Fotoğraflara bir daha baktı, daldı. Bu sırada Kenan bara gidip Serap'a tek buzlu bir viski hazırladı, getirip uzattı.

"Evet, kararın nedir? Yeni görevi kabul ediyor musun?"

Serap viskiyi aldı tek seferde kafasına dikti. Sonra Kenan'a baktı, oldukça sinirliydi. Ağzından tek kelime çıktı.

"Yapacağım!"

-12-

Polis arabası, Ezgi'nin İstinye sırtlarındaki evini gören tepede park halinde bekliyordu. Arabanın kapısı açıldı ve şoför koltuğuna elinde bir fotoğraf makinesiyle polis memuru Tuna oturdu. Makineyi hemen yan koltuğunda oturan Baran Oğuz'a verdi. Baş komiser fotoğraf makinesini alıp, dijital ekranından Tuna'nın çektiği birkaç fotoğrafa baktı. Aylin'in evden çıkışını, bir adamın arabasına binişini fotoğraflamıştı Tuna. Baran Oğuz fotoğrafları yakınlaştırıp şoför koltuğundaki adamın tipine baktı. Sonra Tuna'ya döndü.

"Kim bu at hırsızı?"

Tuna, bilmiyorum anlamında omuz silkti. Arka koltuktan başını öne uzatmış, baş komiserin yakınlaştırdığı fotoğraflara bakan polis memuresi Senem atıldı.

"Kızın sevgilisi sanırım amirim!"

Baran Oğuz yaklaştırdığı fotoğraflardan birinde Mehmet'in elinin sargılı olduğunu gördü. Polislik mesleğinin verdiği deneyimle bu adamın da pek tekin biri olmadığını düşündü. Senem'e döndü.

"Şu adamı bir araştırın bakalım! Kimdir necidir?"

Tuna Ezgi'nin evine doğru baktı, baş komisere yöneldi.

"Bu kadın gerçekten de annesine zarar vermiş olabilir mi amirim? Şu şaşaaya, zenginliğe bakın! Niye annesiyle uğraşsın, deli mi bu kadın?"

"Baktığın ziyaretçi listesinde Ezgi Demircioğlu'nun adı geçiyordu değil mi?"

"Evet amirim, gece vakti siteye annesine geldiğini söyleyerek giriş yapmış!"

"Demek ki görüntülerde Zarife Hanım'a silah doğrultan kişi kızı Ezgi Demircioğlu. Ve şu anda silahlı. Üstelik evinden eli yaralı bir adam çıkıyor. İşte bu yüzden buradayız! Zenginlik delirmeye engel teşkil etmiyor!"

Pür dikkat Ezgi Demircioğlu'nun evinin önündeki hareketlenmeye baktılar. Sitenin girişindeki sensörlü bariyer kalktı ve Ezgi'nin yeşil arabası siteden çıktı.

"Hayda! Gece gece nereye gidiyor bu kadın amirim!"

Ezgi biraz uzaklaştıktan sonra, Tuna aracı çalıştırdı. Baran Oğuz omzuna dokundu.

"Kaybetme!"

Baş Komiser Baran Oğuz ve ekibi Ezgi'yi takip etmeye başladı. Ezgi İstinye sırtlarından, Hacıosman yoluna kıvrıldı, oradan Bahçeköy yokuşuna girdi. Sahile doğru sürdü arabasını. Polisler de arkasında, çaktırmadan seyir halindeydi. Sahil yolunu geçtiler. Büyükdere'den dağ evlerine çıkan yokuşa girdiler.

Ezgi dalgın ve hüzünlüydü. Son günleri çok stresli geçmişti. Annesine tam olarak ne olduğunu, nerede olduğunu henüz öğrenememişti. Kafası bu düşüncelerle doluyken hemen arkasından onu takip etmekte olan polis aracını fark edemedi. Dağ evlerinin gecekondu mahallesinden geçip koruluğa gelmeden önceki son evin önünde durdu.

Baran Oğuz ve ekibi de Ezgi'yi görebilecekleri ama görünmeyecekleri bir mesafede araçlarını park etti. Sessizliği Tuna bozdu.

"Bu kadının varoşta ne işi var amirim?"

Ezgi arabasından indi. Elinde, içinde gömlek olan poşet vardı. Bir gecekonduya yöneldi. Evin dağınık bahçesinde bir soba yanıyordu. İki boru takılıydı, borulardan ince bir duman usul usul gökyüzüne yükseliyordu. Kapısının kenarında kâğıt toplama arabası olan bu derme çatma, sıvası dökülmüş gecekondunun çitlerle çevrili bahçesini izledi bir süre. Sonra eve doğru yürüdü. Kapıyı çaldı. Kapıyı yaşlı adam açtı. Ezgi'yi tanıdı. İçeriye davet etti. Ezgi içeri girince, Baran Oğuz, Tuna ve Senem şaşkın şaşkın birbirlerine baktılar. Baran Oğuz sessizliği bozdu.

"Demek ki bir işi var Tuna."

Tuna az önce sorduğu soruya baş komiserin şimdi cevap vermesine şaşırmıştı. Tam bir şey diyecekti ki baş komiserin kendi kendine mırıldandığını fark etti. Dışarıdan ne dediği anlaşılmayan Baran Oğuz içinden cevabını bulamadığı soruları sorup duruyordu.

"Ezgi niye buraya geldi? Elindeki poşette ne var? Kayıp kadınlar burada mı acaba?"

***

Gecekondunun içine giren Ezgi, öylece durup sağı solu izlemeye başladı. Salondan bahçeye açılan iki pencere vardı. Pencerelerde cam yoktu ve delik deşik naylonlarla kapatılmıştı. Duvarlarda bin bir türlü eşya asılıydı. Salonun bir köşesinde üst üste yığılmış gazete, kitap ve dergiler vardı. Bir tarafta, üst üste atılmış ağzına kadar dolu ve ağzı kapalı çuvallar duruyordu. İki tahta bank salonun ortasına koltuk gibi karşılıklı konulmuştu. Bankların oturak kısmındaki tahtalar yoktu, onun yerine suntadan oturak yapılmıştı. Belli ki bir parktan sökülmüş, hurdaya atılmış, oradan buraya gelmişti. Yaşlı adam, Ezgi bir yere oturabilsin diye sağı solu toplamaya başladı, banktaki minderi temizledi.

"Buyur ablam! Buyur şöyle otur."

Ezgi, teşekkür edip oturdu koltuğa.

"Çay yapayım mı ablama? Soba yanıyor dışarıda! Hemen demlerim ablam! İçeriz! He ablam?"

Yaşlı adamın telaşlı tavırları Ezgi'yi gülümsetti. Onu içeri davet ederken, minderi temizlerken, çay yapmayı teklif ederken, tatlı bir telaş içerisindeydi. Üzerinde bir mahcubiyet vardı ve bu onu oldukça sakar yapıyordu. Etrafta dolanıyor, sağa sola çarpıyor, çarptığı her yerden bir şey fırlıyor, onu düzeltmeye çalışırken, toza toprağa bulanıyor, kendi üstünü temizlerken havaya yükselen tozun Ezgi'yi rahatsız ettiğini görüyor, debelenip duruyordu.

Aynı soruyu üst üste sormaya devam etti.

"Çay yapayım mı ablam?"

"Sağ ol ama çok kalmayacağım! Ben gömleğini getirmiştim! Yıkandı, ütülendi!"

Yaşlı adam gömleği Ezgi'den aldı. Poşetinden çıkarıp, hemen üstüne giydi. Yüzüne bir gülümseme yerleşti.

"Ah! Fidan'ım! Fidan'ım da böyle yıkardı gömleklerimi! Aynı böyle yıkardı mis gibi kokardı ablam. Tertemiz ederdi. Elde yıkardı, küçüktü elleri bir de! İnce ince. O ellerle yıkardı."

Ezgi adamın bu sözlerini duyunca, salonun ortasına bakıp dalıp gitti. Lise yılları geldi aklına. Suat, ah Suat. İnanmıştı, sevmişti, güvenmişti. Nasıl bir canavar çıkmıştı içinden, nasıl kıymıştı Ezgi'ye? Ne kadar çok canını yakmıştı! İşte tam da o olayda, şimdi delirmiş olan bu yaşlı adam, bir baba, bir kurtarıcı olarak ortaya çıkmış, Suat'ı darmadağın etmiş, Ezgi'yi şefkatle kurtarmış, bu gecekonduya getirmişti. Karısına teslim etmişti onu. Karısı bir anne şefkatiyle Ezgi'yi kucaklamış, onu yıkamış, yaralarını sarıp sarmalamış, paklamıştı. Fidan'dı adı ve Fidan şimdi orada yoktu. Daldığı yerden bakışlarını kaldırdı, yaşlı adama baktı Ezgi. Adam da hem mutlu hem tedirgin ona bakıyordu.

"Arif Ağabey! Geç karşıma otur! Az konuşalım seninle!"

"Konuşalım ablam!"

Arif kendisine bir yer açtı ve Ezgi'nin karşısına iki büklüm kıvrılıp oturdu.

Ezgi cebinden Tülin Hoca'nın verdiği ilaç kutusunu çıkardı ve Arif'e uzattı!

"Günde sadece bir tane içeceksin, tamam mı?"

"Tamam ablam!"

Arif alır almaz kapağını açıp, bir tane attı ağzına.

"Çay demleyeyim mi ablam?"

"Bırak şimdi çayı Arif Ağabey... Konuştuklarımızı yaptın mı?"

Arif'in yüzüne bir gölge indi. Boynunu büktü. Yüzündeki şaşkın gülümseme yerini sevimsiz bir hale bıraktı. Ağlamaklı bir hal aldı sesi, gözyaşları akmak üzereydi. Ezgi'ye baktı, başını salladı.

"Yaptım ablam! Yaptım."

Ezgi ayağa kalktı. Arif'in yanına geldi! Elini omzuna koydu.

"Gömdün mü?"

Arif başını salladı, ağlamaklıydı!

"Kimsenin bulamayacağı bir yere gömdün mü?"

Arif daha fazla dayanamadı, gözyaşlarını saldı, çaresizce ağlıyordu, yine salladı başını.

"Gömdüm ablam! Gömdüm! Annemizi gömdüm! Yaptım söylediğini! Öldü annemiz! Gömdüm ben onu!"

Sarsılarak ağlamaya başladı Arif, ağlıyor ve iç geçiriyordu, durup yine ağlıyor, yine iç geçiriyordu.

"Şışşş... Geçti. Geçti. İyi olacaksın. Zamanla iyileşeceksin. Söz veriyorum sana!"

Ezgi gitmek için kalktı.

"Yine geleceğim! Merak etme yalnız bırakmayacağım seni Arif Ağabey! Ama benim sana geldiğimi kimseye söylemeyeceksin. Kimse bilmemeli! Anlaştık mı?"

"Söylemem ablam! Kimselere söylemem! Zaten kimim kimsem yok ki benim! Bir Fidan'ım vardı! O da beni yalnız bırakıp gitti!"

Ezgi kapıdan çıkarken Arif de onu yolcu etmek için ayağa kalktı. Ezgi tam bahçe kapısından çıkmak üzereydi ki bahçede kurulu haybeye yanan, sıcaklığının kimseye fayda vermediği sobaya baktı, ardından ağlamaklı bekleyen Arif'e seslendi.

"Bu sobayı da evin içine kur artık! Korkma! Burada yanmasının sana faydası yok!"

Sonra havaya baktı.

"Hem bak kış geliyor."

Arif, tamam anlamında başını salladı. Ezgi gecekondudan ayrılıp aracına bindi ve evine geri dönmek üzere yola çıktı. Arif, Ezgi gözden kaybolana kadar onu izledi. Sonra evine girdi ve kapıyı kapattı.

Pusuya yatmış olan biteni izleyen Baran Oğuz ve emrindeki iki polis, gecekondunun içinde ne döndüğünü merak ediyorlardı. Tuna atıldı.

"Amirim gidip adamı bir yoklayalım mı?"

"Şimdi sırası değil! Yarın bir arama izni çıkarır, öyle geliriz! Her şey hukuka uygun olmalı çocuklar. Bu kadın sıradan biri değil. Hata yapma lüksümüz yok."

-13-

Kenan, sabahın erken saatlerinde, Ortaköy'deki villasında bulunan çalışma odasında koltuğuna yaslanmış sigarasını içiyordu. Sigarasından son bir fırt çekip işlemeli cam küllüğe söndürdü. Ve odadaki bara yöneldi, biraz inceledikten sonra şaraplıktan bir şarap seçip masasına koydu. O sırada bir hizmetli odanın kapısını açtı.

"Kenan Bey! Ayla isimli bir hanımefendi sizi görmek istiyor! Randevusu varmış! Alayım mı?"

"Gelsin!"

Ayla, yüzüne oturtmuş olduğu bir gülümsemeyle içeri girdi. Şuh giyinmişti. Kenan'dan ekstra bir şey istemenin ezikliğini taşıyordu.

"Merhabalar Kenan Bey..."

"Gel Ayla gel..."

"Ay sizi de rahatsız ettim böyle..."

"Yok Ayla, hiç rahatsız olmadım."

Ayla, Kenan'ın devasa ebattaki masasının önünde duran iki küçük sandalyeden birine kıvrıldı. Başını öne eğip, yeri izlemeye başladı.

"Anlat bakalım neler oluyor?"

"Ay vallahi Kenan Bey, hiç sormayın. Beni biliyorsunuz, işime çok sadık biriyim, iş dışında da bir şey olmaz hayatımda. Ama size Ezgi Hanım'la ilgili bilgi vererek işimi riske atıyorum. Annem de kız sen salak mısın, bu kadarcık paraya işinden mi olacaksın deyince... E malum hayat pahalılığı... İşin özü Kenan Bey, yapacağınız zam için şimdiden çok teşekkür ederim."

Ayla'nın daha fazla para sızdırma çabası Kenan'ın pek umurunda olmamıştı. O daha ziyade dünkü tartışmanın üstüne Ezgi'yi merak ediyordu.

"Ezgi'de durumlar ne, sabah ofise uğradı mı, üzgün müydü?"

Ayla koskoca medya patronundan daha fazla para istemenin önemli olduğunu, Kenan'ın şaşıracağını, hatta belki kızacağını düşünmüştü. "Ezgi'de durumlar ne?" sorusunu anlayamadı.

"Efendim?"

"Ezgi diyorum Ezgi, nasıldı bugün?"

"Ha, onu bilmiyorum."

"Zam istiyorsun ama Ezgi'nin durumunu bilmiyorsun Ayla. Nasıl olacak bu?"

Ortamı yumuşatırım düşüncesiyle yapmacık bir kahkaha atarak "İlahi Kenan Bey!" dedi ama işe yaramamıştı. Kenan hiç gülmeden ona bakıyordu. Ezgi hakkında bir şeyler duymak istiyordu.

"Ay vallahi yeni bir gelişme yok Kenan Bey. Sabahtan sizin programa gidiyor zaten ancak öğleden sonra uğruyor ofise. Şimdi ben ek gelir için başka iş yapsam beni işten çıkarırlar, biliyor musunuz? Öyle bir durum olursa da bir daha içeriden bilgi alacağınız kimse kalmaz! Yani öyle olsun ister misiniz?"

Kenan bir an düşündü. Ayla haklıydı, ama yine de bir şey almadan bir şey vermek, onun alışık olduğu bir durum değildi.

Ayla'ya gözlerini dikmiş bakıyordu. Kenan'ın bakışlarından cesaret alan Ayla ayağa kalktı. Kenan'a yanaştı, iyice sokuldu, tombul ellerini bacağına koyup, pantolonunda gezdirdi.

"Ayrıca bende başka özellikler de var! Görmek isteyene."

Tam fermuarını açacaktı ki Kenan elini tutup çekti.

"Çek elini. Çalışanlarımla cinsel münasebetlere girmem!"

Çekmecesinden çıkardığı zarfı kadının önüne atıp devam etti.

"Al şu parayı, kaybol ve bana doğru düzgün bilgiler getir Ayla. Şu anda bana borçlusun."

Ayla hem bozuldu hem de çok utandı. Koskoca medya patronunun kendisine bakacağını düşünerek büyük hata etmişti.

Hızla elini geri çekti, zarfı alıp çantasına koydu ve odadan çıktı.

***

Tülin Hoca morali bozuk bir şekilde odasında oturuyordu. Elinde telefonu, dün geceden beri aradığı ama telefonunu açmayan kızının gönderdiği mesaja bakıyordu. Yüzünde bıkkın bir ifade vardı. Mesajı tekrar tekrar okudu.

"Sen bu zamana kadar hep Ezgi'yi seçtin. Bir kere de beni seç be anne. Lütfen, o paraya çok ihtiyacım var."

Tülin Hoca mesaja bakıp iç geçirirken odasının kapısı çalındı. Gelen Ezgi'ydi.

"Tülin Hocam nasılsınız, rahatsız etmedim umarım?"

"Ah Ezgi, sen misin? Yok canım yok! Beni rahatsız edecek son kişisin sen! Gel canım Ezgim!"

Ezgi Tülin Hoca'nın masasının karşısındaki bir koltuğa oturdu, gülümseyerek baktı Tülin Hoca'ya. Tülin Hoca Ezgi'nin bu gülümseyen halini çok seviyordu, o da sevgiyle baktı Ezgi'ye ama yüzündeki tedirginliği saklayamıyordu. Ezgi fark etti.

"Neyiniz var hocam? Yüzünüzden düşen bin parça. Bir sorun mu var?"

"Sorma Ezgiciğim! Aylin..."

Ezgi'nin yüreği kabardı, son günlerde o kadar çok olayı üst üste yaşamıştı ki yeni birini kaldıramazdı. Yine de Tülin Hoca'yı da daha fazla tedirgin etmemek için, temkinli davrandı.

"Hayır olsun inşallah hocam. Üzmeyin canınızı. Nedir olay?"

"Ah Ezgim ah! Dün akşam Aylin çat kapı geldi, yemek yedik, yüzünde bir huzur vardı, anne yüreği işte, yine acıdım, bu sefer akıllanmış gibiydi, beraber yemek yedik, anlık da olsa aile olmanın verdiği bir güven oluştu içimde. Çok geçmeden niyetini açık etti. Yeni bir sanat sepet işi için para istemeye gelmiş. Sonra sen aradın, işte alelacele çıkmam gerekti. Bu sabah mesaj atmış."

Aylin'in attığı mesajı Ezgi'ye gösterdi, Ezgi bir an için acaba Aylin'in kendisini de ziyarete geldiğini söylese mi diye düşündü. Belli ki Tülin Hoca'nın haberi yoktu kızının şiddet gördüğünden. Bunu söylemek Ezgi'ye düşer miydi, emin olamadı.

Tülin Hoca'yı sakinleştirmek istedi. Ama dün gece yüzünde morluklarla kapısına gelen Aylin'in durumu hiç de iç açıcı değildi. Kendi derdine düşüp kapısına kadar gelmiş bir kadını yok saymıştı... Ama şimdi başkasının aile meseleleriyle uğraşacak hali yoktu. Kendi ailesi ona yeter de artardı.

Kolundaki süt lekesi yeniden sızlamaya başlamıştı. Elini oraya attı ve kolunu sıvazladı. Tülin Hoca bu anı biliyordu, Ezgi strese girmişti. Tedavi etmeye çalıştığı manevi kızına yardım edememesi, bir de kendi derdiyle onu strese sokması canını çok sıkmıştı. Tam Ezgi'ye doğru hamle yapacaktı ki Ezgi eliyle dur hareketi yaptı.

"Durun hocam. Bu sefer değil, her şey kontrolümde."

Elini kolundan çekti, yaşadıklarına yenilmeyecekti, bunu kendine yansıtmayacaktı. Bu Aylin ve Tülin Hoca arasında yaşanan bir olaydı ve onun bir dahli olamazdı. Yüzünde kararlı bir bakış vardı Ezgi'nin, kendi kolu yerine Tülin Hoca'nın omzunu okşadı, onu teselli etti.

"Hocam! Lütfen endişe edip üzmeyin kendinizi! Aylin'i tanıyorum ben! Muhtemelen sadece kızgın size! Üzmek istiyor! Bir çocuk gibi... Aslında sevilmek, başının okşanmasını istiyor. Teselli edilmeyi bekliyor! Reddedilmek değil! 'Elimden bu kadar geliyor benim güzel kızım, belki istediğin paranın hepsini veremem ama bu kadarını bulabilirim' denilmesini istiyor! Tek istediği, ilginiz ve onun sanatıyla alakadar olduğunuzu, çaba göstermek istediğinizi fark ettirmeniz! Şimdi bu attığı mesaja karşılık, siz sadece onu sevdiğinizi söyleyin! Sadece sevdiğinizi! Geçen akşam yaptığımız seansta annemin yanağımı okşadığı ve öptüğü o an var ya hocam! Sadece o an! Değiştirdi beni! Ruhumun canavarlarını ehlileştirdi. Eve, Meryem'in yanına gidince içimde ona olan sevgimin taştığını hissettim! İlk kez ona yapmacık gelmekten korkmadan öptüm onu. İnanın bana! Ayline sadece, onu gerçekten ama gerçekten sevdiğinizi söyleyin!"

Ezgi'nin bu duygu dolu ve teselli edici konuşmasının ardından Tülin Hoca'nın gözleri doldu. Ağlamaklı oldu. Tamam dercesine başını salladı. Aylin'in mesajına karşılık, "Seni seviyorum canım kızım!" yazıp yanına bir kalp emojisi koydu ve gönderdi. Bunu bu zamana kadar yapmamış olmasına şaşırdı. Kızına en son ne zaman içten seni seviyorum demişti, hatırlayamadı. Tülin Hoca da bu yüzleşmeyi şu an kaldıracak durumda değildi.

"Seni kendi derdimle meşgul ettim! Sen ne için gelmiştin bana!"

"Hocam, dün size verdiğim silahı annemin evine götürmeye karar verdim! Burada durması hiç iyi değil, panikle bıraktım ama, en doğrusu evde durması."

Tülin Hoca da onu onayladı.

"Vallahi Ezgiciğim ne yalan söyleyeyim, o silahın bu odada olması beni inanılmaz ürpertiyordu. Böylesi daha iyi olur."

Tülin silahı çıkarıp, kliniğin logosunun olduğu eşantiyon bez çantalardan birine sardı ve Ezgi'ye uzattı.

"Lütfen silahı annenin evine götürüp bırak!"

"Hiç kuşkunuz olmasın Tülin Hocam... Tabii sadece bunun için gelmedim! Size benim odamda bir şey göstermek istiyorum! Çok güzel bir şey!"

Ezgi Tülin Hoca'yı odasına götürmek istiyordu, Tülin Hoca da hayli meraklanmıştı.

"Hayhay!"

Tülin Hoca takıldı Ezgi'nin peşine, odadan çıktılar. Bu esnada Ayla'nın, bekleme salonunda danışanlar beklerken izlesin diye açılmış televizyondaki yayın dikkatini çekti. Durdu ekrana baktı. Ekranda "Ne Hayatlar Var" programının fragmanı vardı. Ekrandaki akan yazıda, Ezgi'nin ismi vardı:

"Flaş! Flaş! Flaş! Türkiye'yi Şaşırtacak Kayıp!
Ezgi Demircioğlu'yla Bağlantısı Nedir?"

"Kayıpta Ezgi Demircioğlu'nun Parmağı Var mı?"

"Ünlü Psikoloğun Bilinmeyen Karanlık Yönleri mi Var?"

"Kayıp Kadınlar Davasında Oklar Ezgi Demircioğlu'na Döndü!"

Görsellerde Ezgi'nin yanında, bulanık halde başka bir kadının görselinin üzerinde, koca bir soru işareti bulunmaktaydı. Ayla şaşkındı, yayını izlemeye başladı.

* * *

Ezgi odasına girer girmez bez torbadaki silahı çantasına koydu. Tülin Hoca meraklı saf gözlerle etrafa bakmaktaydı.

"Hani nerde göstereceğin şey?"

Ezgi dönüp, Tülin Hoca'ya gülümsedikten sonra, yerde cam kenarına bırakılmış, orta boy, üstü açık bir karton koli gösterdi.

"İşte, orada hocam."

Tülin Hoca koliye doğru yürüdü. İçine baktı, gözleri büyüdü. Kolinin içinde küçücük, inanılmaz tatlı, tir tir titreyen yavru bir kedi vardı. Bu Meryem'in görünce çok sevdiği, üç renkli, calico cinsi bir kedi yavrusuydu.

"Ay! Bu ne Ezgi?"

Tülin Hoca da çok sevmişti, hemen kucağına aldı, sevmeye başladı.

"Meryem'e aldım bu sabah! Doğum günü için! Çok sevinecek! Ne zamandır bekliyordu. Ama eve götürmek istemedim. Meryem tam bir kedi delisi. Kesin kokusunu alıp, bozardı sürprizi. Bu gece burada kalacak o yüzden. Bir arkadaşım sanki kargocuymuş gibi tam doğum günü kutlama saatinde getirip, Meryem Hanım'a kargo var diyecek. Meryem çok seviyor öyle büyük insan muamelesi görmeyi. Sonra açınca bayılacak bu yavruya!"

"Ay! Ezgi sen harikasın! Ben de mutlaka görmek istiyorum bu sürpriz anını! Meryem'in halini!"

"Tabii ki hocam, davetlisiniz zaten! Onur konuğumsunuz."

Gülümsedi Tülin Hoca. Kucağındaki yavruyu sevmeye devam ediyordu.

"Ay harika bir yaratık! Ben de Burak'a mı alsam?"

Şefkatle gülümsedi Ezgi. İçinde silah olan çantayı koluna astı.

"Ben çıkacağım hocam! Malum şu silahı annemin evine bırakayım! Meryem'in doğum gününde böyle şeyler benden ne kadar uzak olursa o kadar iyi!"

***

Zarife'nin evinin kapısı acı acı çalındığında, Behiye kahvaltı sofrasını hazırlıyordu. O sırada televizyonda, "Ne Hayatlar Var" programının bugünkü bölümünü izlemek için Harman TV'yi açan Nuran heyecanla kapıya koşarken, Behiye'ye seslendi.

"Kız Zarife olmasın?"

"Bismillah!" deyip açtı kapıyı.

Karşısında Volkan vardı.

"Teyze!"

"Oy kuzum! Volkan'ım!"

Yeğeninin boynuna ağlamaklı bir şekilde sarıldı Nuran. Volkan içeri girdi. Çantasını bıraktı. Bir köşeye oturdu. Nuran hemen anlatmaya başladı.

"Buraya geldik birlikte, güvenlikli çocukla içeri girdik, ev tertemiz ve kapatılmış, belli ki annen bir yere gitmek için hazırlık yapmış. Evini toparlamış ve çekip gitmiş, ama nereye gitmiş? Ezgi'yi aradım geldi, yanında polis getirdi. Polis ifadelerimizi aldı. Sonra gitti. Hâlâ da haber alamadık ablamdan, teyzesi kurban."

Behiye biraz daha sakindi. Nuran'ı susturdu.

"Dur, dur. Bunaltma çocuğu, bunları telefonda da anlattın zaten ona. Hadi kahvaltıya geçelim, çocuk açtır şimdi, o kadar yoldan gelmiş."

Volkan, Nuran'ın tiradını kestiği için Behiye'ye minnetle baktı. Birlikte sofraya oturdular. Nuran sofrada da boş durmadı. Tekrar tekrar baştan sona anlattı. Volkan da artık emindi, annesi kaybolmuştu. Nuran, evin halinden Zarife'nin bir yere gittiğinden şüphelendiğini söyledi. "Şahsi bir meselesini çözmek için bir yere gitmiş ve kimseye haber vermemiş, bana öyle geliyor" dedi.

"Peki poliste gittiniz mi, kayıp başvurusunda bulundunuz mu?"

"Ezgi polisi buraya getirdi yavrum... Aldı yanına baş komiseri buraya getirdi..."

"Ezgi de ilgileniyor yani annemle? Hayret!"

"İlgilenmez mi yavrum, ilgilenmez mi? Şimdi kızının doğum günü için koşturuyor, bir yandan da kayıp kadınlar programına da o çıkıyor..."

Volkan anlamadı dediğini.

"Kayıp kadınlar mı? Başka kadınlar da mı kayıp?"

Nuran yine ağlayarak Volkan'a sarıldı.

"Yavrum. Kadınları götürüp kesen, yok eden bir katil var, bir sürü kadın kayıp..."

Volkan tedirgin olmuş, ama teyzesini teselli etme derdine düşmüştü.

"Tamam teyze, tamam. Ağlama..."

Nuran susunca Behiye başladı bu sefer.

"Zarife kaybolmadı, koca kadın, niye kaybolsun? Hazırlık yapıp gitmiş, evin halinden belli. Belli ki bir işi var Zarife'nin. Kesinlikle dönecek, siz hiç üzmeyin kendinizi."

"Annem kayıp, Ezgi'nin umurunda bile değil. Amerika'dayken kaç kez aradım, bir kez bile dönmedi. Şimdi kızının doğum gününün derdine düşmüş, yıllarca kızını sakladı bizden. Kim bilir şimdi de neler saklıyor."

Derin bir nefes aldı Volkan. O esnada açık olan televizyonda, "Ne Hayatlar Var" programı başlamak üzereydi. Programdan gelen sesler ilgisini çekti. Ekranda kardeşinin ismi geçiyordu:

> *"Kayıp Kadınlar Dosyası'nda Şok Detay. Sadece Ezgi Demircioğlu'nun Olduğu Programları Arayan Tanık!"*
>
> *"Ezgi Demircioğlu'nun Annesi Programa Çıktığı Gün mü Kayboldu?"*
>
> *"Ünlü Psikoloğun Sırlarla Dolu Hayat Hikâyesi!"*

***

Serap Sirenay alkış kıyamet eşliğinde stüdyoya girdi. Konuklar yine tüm kadro yerlerinde oturuyorlardı. Kayıp gündelikçi Ayfer Dürüst'ün kızı Ecem, emekli ve şekil kravatlı şişman başsavcı, yeni kayıp yakınları stüdyodaydı. Serap Sirenay açılış konuşmasına başladı.

"Ekranları başında bizi izleyenler, stüdyomuzdaki seyircilerimiz ve birbirinden değerli konuklarımız hepiniz hoş geldiniz! Bugün çok ama çok başka bir program olacak! Gerçekten sarsıcı konularımız var. Kayıp kadınlar dosyamızla ilgili çarpıcı gelişmeler var. Ve ders niteliğinde bir yeni olayı işleyeceğiz. Duyduğunuzda gerçekten, bu ülkede kadın olmanın güçlüğünü her sınıftan, statüsü toplumdaki yeri ne olursa olsun her kadının yaşadığını göreceksiniz. Evet! Daha dün programımızda konuk ettiğimiz ve seyircilerimizin de çok sevdiği, güzelliğiyle, görgüsü ve derin bilgisiyle hepimizin hayran olduğu, ülkemizin yetiştirdiği en başarılı psikologlardan Ezgi Demircioğlu'nun değerli annesi Zarife Demircioğlu'nun da, aldığımız bilgilere göre yaklaşık üç gündür kayıp olduğu ve emniyet güçlerimizin, bu vakayı da kayıp kadınlar dosyası içinde değerlendirdiği haberini vermek istiyoruz!"

Stüdyoda çok güçlü bir uğultu oluştu. Herkes şaşkındı. Herkes şok olmuştu. Programın telefonları daha açılış konuşmasında kilitlendi. Serap Sirenay konuşmasına devam etti.

"Dün aslında Ezgi Demircioğlu programımıza, polisin isteği üzerine çağrılmıştı. Kayıp kadınlar dosyasıyla ilgili bir ipucu Ezgi Demircioğlu'nu işaret ediyordu!"

Yine bir uğultu koptu stüdyoda, her bilgi herkesi şok ediyordu. Seyirciler afallamıştı.

"Bu ipucu, kayıp kadınlar dosyamızı işlediğimiz programlar boyunca bizi arayan ismini vermek istemeyen bir seyirciyle ilgiliydi, değerli polislerimizin gözünden bu şahsın sadece Ezgi Demircioğlu'nun katıldığı programları aradığı kaçmamıştı ve dün gerçekten de Ezgi'yi konuk alınca, yayına bağlanmış ve hepinizin bildiği gibi Ecem'in kayıp annesi Ayfer Dürüst hakkında ithamlarda bulunmuş ve hepimizin canını sıkmıştı. Polis bu şahsın kayıp kadınların birçoğuyla bağlantısı olduğunu düşünüyor! Fakat Ezgi'yle olan bağlantısını çözemiyordu! Bunların üstüne Ezgi Demircioğlu'nun da annesinin kayıplara karışması, dikkatleri Ezgi'ye çevirdi!

Bugün, tüm bu bağlantıların kökeninde ne var; bu gizemli şahsın ünlü psikoloğumuzla ilişkisi nedir; Zarife Demircioğlu'nun kaybolmasının Ezgi Demircioğlu ile bir ilişkisi var mı sorularının cevaplarını arayacağız.

Evet sevgili seyircilerimiz, stüdyodaki seyircilerimizde büyük bir şaşkınlık görüyorum, ben de bunca yıllık profesyonel sunuculuk hayatımda ilk kez en az seyirciler kadar şaşkınım. Eminim ekran başında bizi izleyen siz değerli seyircilerimiz de çok şaşkındır. Ama bizim işimiz gerçekleri anlatmak, iddiaları gündeme getirmek ve doğru sonuca ulaşmak. Kimseyi itham etmek, kimseyi zan altında bırakmak istemiyoruz. Ama iddialar ciddi olduğu için onları da görmezden gelemeyiz. Bu kişi kim olursa olsun. İster Ezgi Demircioğlu olsun ister başka bir tanıdığımız olsun, bu iddiaları kamuoyu ile paylaşmak zorundayız.

Evet, telefonlarımız kilitlenmiş durumda. Tüm ülkenin gündemine bomba gibi düştü haberimiz. Devamını öğrendiğinizde daha da etkileneceksiniz. İnsan çok değişik bir varlık. Kariyer, güzellik, eğitim, para, tanınmış olmak, şan, şöhret bazı şeyleri gizlemeye, saklamaya yetmiyor. İçinizde bir şey varsa, bu ortaya çıkıyor, karşınıza çıkıyor. İşte bunları işleyeceğiz! Gerçekten dosyamız, bizi çok farklı bir noktaya götürecek gibi...

Evet... Çok kısa bir reklama gideceğiz... Ardından 'Ne Hayatlar Var' yeni bölümüyle gümbür gümbür geliyor!"

* * *

Zarife'nin evinde Nuran, Behiye ve Volkan ağızları açık kalmış şaşkın bir halde televizyona bakıyorlardı. Zarife'nin ve Ezgi'nin televizyonda bir sabah programında böylesine garip bir şekilde konu olmasına şaşırmışlardı. Onların ailesi böyle programlara sadece konuk olabilecek insanlardı. Volkan'ın şaşkınlığı hepsinden fazlaydı. Ailesinin böyle ucuz bir şekilde, vasat bulduğu bir sabah kuşağı programında dile düşmesi onu yıkmıştı.

"Oh no! Oh no!"

Volkan utancından ne yapacağını bilmiyordu. Nuran bir yandan yeğenini sakinleştirmeye çalışıyor, bir yandan da az önce çalan kapıyı açmaya gidiyordu.

Gelenler Baş Komiser Baran Oğuz, Tuna ve Senem'di. Volkan'ın Amerika'dan döndüğü bilgisini alır almaz, onunla da görüşmek ve aslında bu sevgi bağları pek güçlü olmayan, değişik aileyi biraz daha incelemek için, dağ evlerindeki gecekondudan ayrıldıkları gibi Zarife Hanım'ın evine gelmişlerdi.

Nuran ve Behiye'nin ikram ettiği çay ve Volkan'ın Amerika'dan getirdiği atıştırmalık kurabiyeler eşliğinde sohbet ederlerken, Serap Sirenay'ın program anonsu hepsini şok etmişti. Polislerden Baran Oğuz çok şaşırmış gözükmüyordu, deneyimli baş komiser hem çayını içiyor hem de televizyonda daha demin Serap Sirenay'ın yaptığı konuşma sonrası ailenin aldığı hali izliyordu. Nuran biraz da dikkatleri dağıtmak için Baran Oğuz'a güvenlik kameralarından bir şey çıkıp çıkmadığını sordu. Baran Oğuz konuyu geçiştirip pek bir netice alamadıklarını, Zarife Hanım varsaydıkları birinin sadece bir gece göründüğünü ve o gecenin de sağanak yağmurlu olması sebebiyle görüntünün çok net olmadığını, sağlıklı bir veri elde edemediklerini söyledi. Baran Oğuz'un asıl konuşmak istediği kişi Volkan'dı.

Volkan'a annesi hakkında sorular sormuş, ancak pek de istediği cevapları alamamıştı. Serap Sirenay'ın anonsundan sonra baş komiserin gözlerini kendisine diktiğini fark eden Volkan, ondan destek ister gibi söze girdi.

"Annemle aram çok iyiydi baş komiserim. O beni aramadan uyumaz, sesimi duymadan güne başlamazdı. Yaşadığı her ilginç şeyi mutlaka bana anlatırdı, gizli saklı bir planının olması imkânsız. Belki de başına bir şeyler geldi gerçekten..."

Baran Oğuz, Volkan'ı dinledi. Konuşması bitince silahı sordu. "Zarife Hanım'ın bir silahı var mıydı?"

Nuran ve Behiye şaşırmışlardı, birbirlerine baktılar. Bu soru onlara sert gelmişti. Ne demekti bu? Yoksa bir intihar iması mıydı? Polisler bir şeyler biliyorlar da onlara söylemiyorlar mıydı? Bu soru iki kadını ve Volkan'ı tedirgin etmişti. Nuran temkinli bir şekilde lafa girdi.

"Komiserim, ablamın niye silahı olsun? Nerden çıktı şimdi bu soru yani? Yaşını başını almış, munis bir kadın benim ablam! Ne yapsın silahı? Yani bu soruyu sormaktaki gayeniz başkaysa onu bilemem! Ablam hakkında bir şey mi biliyorsunuz? Bizden bir şey mi saklıyorsunuz?"

Baş komiser Nuran'ı sakinleştirdi, gülümseyerek konuştu onunla.

"Bir şey bilsek niye soralım Nuran Hanım? Mesleğimizin yapısına ters! Polisiz biz, aklımıza gelen her soruyu soruyoruz! Ne olur ne olmaz değil mi? Şimdi Zarife Hanım'ın bir silahı varsa ve evden o silahı da yanına alıp çıktıysa bu bambaşka bir duruma işaret eder ve biz ona göre hareket ederiz. Ama yoksa amenna!"

Nuran yine gözlerini yumup, kendinden emin bir şekilde konuştu.

"Yok yok, silahı yok ablamın, olsa ben bilmez miyim? Yok tabii, Allah korusun!"

Volkan bu muhabbetin başından beri koruduğu sessizliğini birdenbire bozdu.

"Annemin bir silahı var!"

Nuran'ın kendinden emin olduğu için yumduğu gözleri süratle ve dehşetle açılmıştı ve Volkan'a hayretle bakıyordu.

"Teyzem olur mu öyle şey ne silahı? Ay başımıza gelenler! Ay fena oluyorum!"

Behiye Nuran'ı teselli etmek için yerinden kalktı. Baş komiser Nuran'la çok ilgilenmemiş, gözlerini Volkan'dan yana çevirmişti. Evet, anlat der gibi bakıyordu.

"Annemin rahmetli babamdan kalma bir beylik tabancası var. Bir defasında sohbet ederken, anneciğim yalnız yaşıyorsun, yanına ne olur ne olmaz bir göz yaşartıcı sprey al demem üzerine, annem yatak odasındaki eski bir sandığı açıp, bir silah gösterdi bana ve şaka yollu, bununla kendimi korurum alimallah dedi."

Nuran ve Behiye artık bir şey diyemeyecek derecede şaşkındılar. Baran Oğuz Nuran'a döndü.

"Gerçekten var mı böyle bir sandık yatak odasında?"

"Zarife ablamın çeyiz sandığı var, tabii oysa eğer?"

Önde Baran Oğuz, arkasında evdeki herkes yatak odasına girdiler. Sandık yatağın hemen başında duruyordu. Oldukça eski bir sandıktı. Volkan oğlu olarak, sandığı açma hakkının kendisinde olduğunu söyledi ve öne atladı. Çömelip sandığın kapağını açtı. Herkes iyice yaklaştı. Sandığın içinde silah yoktu ama çok şaşırtıcı eşyalar vardı. Bir kız bebeğe ait olduğu belli olan elbiseler, patikler, oyuncak bebekler, Ezgi'nin ilkokulda yaptığı resimler, çocukluk ve gençlik fotoğrafları, tarak, ayna gibi gençlik eşyaları doluydu sandık. Sanki Zarife kızına ait her şeyi yatağının ucuna koyduğu bu sandıkta saklamıştı.

Zarife Hanım'ın evinin bütün duvarlarına, sadece oğlu Volkan'ın fotoğraflarını astığını daha önceki gelişinde fark eden Baş

Komiser Baran Oğuz, kızına karşı pek bir sevgi beslemediğini düşündüğü kadının, aslında kızının tüm hatıralarını özenle sakladığını fark etti. Ama şimdi soru işareti daha da büyüktü. Bu kadın neden kızıyla ilgili her nesneyi, her detayı, her anıyı böyle özenle ve içinde bir de silah sakladığı bir sandığa koymuştu? Bunu neden yapma gereği duymuştu?

Baran Oğuz'un zihnini kurcalayan sorular, odadaki herkesin aklını karıştırmıştı. Herkes Zarife'nin bu davranışını garipsemişti. Odadakilere bir sessizlik hâkimdi. Kimseden çıt çıkmıyordu. Tam bu esnada kapı çaldı. Nuran yine heyecanla hopladı yerinden.

"Geldi! Zarife! Ablam geldi!"

Koşarak kapıyı açmaya gitti. Diğerleri de arkasından salona döndüler. Nuran kapıyı açtığında karşısında Ezgi duruyordu. Nuran daha demin sandığın içinde gördüğü şeylerin ve silah mevzuunun etkisiyle oldukça duygusaldı. Üstüne Ezgi'yi görünce iyice allak bullak oldu. Nuran'ın yüzündeki endişeli, tedirgin ifade Ezgi'nin dikkatinden kaçmadı.

"Teyze! Ne oldu? Bir şey mi oldu? Annemden bir haber mi geldi?"

"Bir şey yok canım benim! Her kapı çaldığında Zarife geldi diye koşuyorum kapıya! Artık psikolojim bozuldu galiba!"

Ezgi sarıldı teyzesine. İçeri geçtiler. Ezgi içeride onca insanı görünce afalladı. O annesinin evinde en fazla teyzesi Nuran'ı ve Behiye'yi görmeyi bekliyordu. Ama karşısında ağabeyi Volkan, Baş Komiser Baran Oğuz ve ekibindeki polisler vardı. Çantasında silah olduğu için telaşlandı Ezgi! Sesi titriyordu.

"Ah herkes burada! Şaşırdım!"

Şaşkınlığını atıp, ağabeyi Volkan'a sarıldı.

"Hoş geldin ağabey! İyi ki geldin!"

Volkan da annesinin kaybolmasının etkisi altındaydı, sandıktaki eşyaları da görünce etkilenmişti. O da sevgiyle sarıldı Ezgi'ye. Ağlaştılar. Baran Oğuz ve ekibi, Ezgi'nin hal ve tavırlarını büyük bir dikkatle izliyordu. Ezgi de hissetmişti bunu! Volkan'ı teselli ettikten sonra oturdu. Baş komisere döndü.

"Açıkçası sizi burada görmeyi beklemiyordum! Bir gelişme mi var annemle ilgili?"

"Maalesef. Henüz dişe dokunur bir gelişme yok. Ama büyük bir gayretle soruşturmayı sürdürüyoruz. Zarife Hanım'ın oğlunun Amerika'dan döndüğünü duyunca, onunla da tanışmaya, varsa bildiği bir şey, ondan dinlemeye geldik. Ona birkaç soru yönelttik. Bu vesileyle evi de biraz inceledik. Sağ olsunlar Nuran ve Behiye Hanımlar da bizleri çok iyi ağırladılar. Çay ve kurabiye ikram ettiler, karakol çayına alışmış bünyeler için ev çayı müthiş bir şey tabii..."

Baran Oğuz son dediklerine şaşırdı. Ezgi'yi kuşkulandırmamak için uzun bir cümle kurmuş ama sonunu pek bağlayamamıştı. Ezgi baş komiserin kendisinden bir şeyler gizlediğinden iyice şüphelenmiş, karmakarışık olan kafasında yeni şüpheler belirmişti. Bir taraftan da Volkan için gelmiş olabileceklerini düşündü. Polisler kalkmak için izin istedi. Nuran çaya ve ikrama yapılan övgüden çok memnun olmuştu. Hemen müdahale etti.

"Lütfen oturun bir çay daha ikram edeyim sizlere!"

Baran Oğuz devreye girdi.

"Geç oldu! Biz gidelim. Daha çok işimiz var!"

"Hayatta bırakmam, hiç karakol çayı, ev çayı gibi olur mu? Mis gibi ev çayı içireceğim size."

Nuran baskın çıktı. Baş komiser ve polisler oturdular. Nuran mutfağa gitti. Salonda yeteri kadar koltuk olmadığı için, üçlü koltuğa Baran Oğuz, Ezgi ve Volkan oturdular. Diğer üç koltuğun birine Behiye, diğer ikisine de Tuna ve Senem oturdular. Ezgi çantasını yanından ayırmak istememiş, baş komiserle arasına koymuştu. Çantada silah vardı, Ezgi o silahı saklamak, baş komiser ise bulmak istiyordu ve silah şimdi tam ikisinin ortasındaydı. Bu düşüncelerle doluydu Ezgi'nin kafası. Baş komisere baktı, Baran Oğuz da ona baktı, birbirlerine gülümsediler.

"Siz de ağabeyiniz için geldiniz galiba!"

"Ah... Ağabeyimin geleceğini biliyordum! Ama bugün geleceğini bilmiyordum. Teyzemleri görmeye geldim aslında! Zor zamanlar, teyzem ve Behiye Abla ne durumda, ne yapabilirim onlar için diye geldim. Burada tek başlarına kalmışlar."

Baran Oğuz ve ekibi güvenlik kayıtlarındaki kadının Ezgi Demircioğlu olduğunu biliyorlardı. Baş komiser bu bahsi açmanın erken olduğunu düşünüyordu. Biraz daha veriye ihtiyacı vardı. Şu an ne yeri ne de zamanıydı. Yine de Ezgi'yi hafiften yoklama niyetindeydi. Sanki o an aklıma gelmiş de sohbet ediyor gibi davrandı.

"Anneniz Zarife Hanım'ı en son ne zaman görmüştünüz?"

Ezgi yanı başında oturan ve aralarında bir silahın durduğu baş komisere dönüp, koca mavi gözleriyle baktı. Annesini en son gördüğü geceden bahsetmekten çekiniyordu. İçinde hipnoz sırasında gördüğü şeylere bir güvensizlik vardı. Belki de zihni ona yaşananları çarpıtarak gösteriyordu. O yüzden Ezgi de henüz bu bahsi açmaktan çekiniyordu. Biraz düşündü. Baş komisere döndü yeniden.

"Bir türlü en son ne zaman gördüğümü hatırlayamıyorum. Yaşadığım bazı psikolojik durumlar yüzünden, yakın geçmiş çok bulanık benim için, emin olamadığım bilgiler verip soruşturmanızı etkilemek istemiyorum. Ama emin olduğum an sizi arayıp bilgi vereceğim mutlaka."

Bu açıklama hem Baran Oğuz'a hem diğer polis memurlarına garip gelmişti. Birbirlerine bakıyorlardı. Ama kimse ses etmedi. Komiserin gözleri "Susun!" diyordu. Kısa bir sessizlik ardından Nuran elinde tepsi dolusu çayla mutfaktan geldi ve herkese çay ikram etmeye başladı! Tam baş komisere çayı verecekken ayağı sehpaya takıldı, yalpaladığı gibi çayı baş komiserin pantolonuna boca etti. Baran Oğuz sessiz ama derin bir çığlık atmıştı. Ezgi'nin arabasında üzerine çay dökülünce torpido gözüne mendil için uzandığı sırada Ezgi'nin çığlık atarak "Orada mendil yok! Çantamdan vereyim!" dediğini hatırladı. Çanta hemen yanı başında olduğu için can havliyle içinde silah saklı olan çantaya uzandı! Ezgi bunu görünce, yine bastı çığlığı.

"Hayır!"

Komiser yine donup kaldı. Ezgi fazla tepki verdiğini anladı, toparlamak istedi.

"Ah! Bugün çantama ıslak mendil koymadım! Teyze bir havlu falan yok mu?"

Behiye çoktan bir bez bulmuş, diz çökmüş, baş komiserin pantolonunu siliyordu. Nuran ise ellerini birleştirmiş, özür üstüne özür diliyordu.

Baran Oğuz ayağa kalktı.

"Tamam, tamam. Önemli bir şey yok. Ben bir banyoyu kullanayım."

Baran Oğuz banyodan döndükten sonra polisler ayağa kalktı.

"Bizim gitme vaktimiz geldi!"

Müsaade isteyip veda ettiler ve oradan ayrıldılar.

Nuran kendine kızıp duruyordu.

"Ah koskoca baş komiseri haşladım! Lanet olsun bana!"

Behiye onu teselli ediyordu.

***

Bu sırada Zarife'nin evinde hoşbeş devam etmekteydi. Ezgi bir fırsat bulup yanındaki silahı annesinin yatak odasına saklamak istiyordu. Ama ortam pek müsait değildi. Volkan bir hayli üzgündü. Onunla konuşuyordu Ezgi.

"Bu yaşıma geldim. Beni hiç ihmal etmedi Ezgi. Kimsenin telefonlarını açmasa bile benimkileri mutlaka açardı. Ya ona bir şey olmuşsa?"

"Anneme bir şey olmaz merak etme. Eminim çıkıp gelecektir. Hatta bize kızacak, bu kadar ortalığı niye velveleye verdiniz diye. Gerçi sana kızamaz. Sen onun biricik oğlusun. Yine hıncını benden çıkarır."

Volkan gururla karışık gülümsedi.

"Öyle değil be kızım. Seni de seviyor da... İşte, sevgi görmemiş anneler sevgisini göstermeyi bilemez derler."

Volkan ve Ezgi'nin birbirlerini teselli eden konuşmaları Nuran'ın çok hoşuna gitmişti. Belki de iki kardeş, güçlendirmekte geç kaldıkları bağlarını bundan sonra onaracak, çok daha kuvvetli hale getirecekti. Ablasının kaybı belki de buna vesile olacaktı, boşuna demezler, her şerde bir hayır vardır diye.

Nuran bu düşünceler içindeyken Behiye'nin aklı "Ne Hayatlar Var" programındaydı. Herkesin kendi halinde olduğunu görünce kumandayı aldı ve televizyonun sesini açtı. Serap Sirenay konuşuyordu.

"İşte, bu ekranda gördüğünüz kadın, Zarife Demircioğlu. Ünlü psikolog Ezgi Demircioğlu'nun annesi. Şöhretin ve zenginliğin olduğu bir aile. Ama şöhret ve zenginlik pek çok sorunu çözememiş. Bir süredir kendisinden haber alınamıyor efendim. Polis kayıp kadınlar dosyasının bir parçası olduğunu düşünüyor. İşin ilginç tarafı, bütün Türkiye'nin şok olduğu durum, dikkatlerin ünlü psikolog Ezgi Demircioğlu'na yönelmesi. Kayıp kadınlarla ilgili yayınlarımızda, bizleri zaman zaman arayan ve ismini vermeyen gizemli kişinin, sadece Ezgi Demircioğlu'nun katıldığı bölümlerde aramasıyla başlayan şüpheler artıyor. Ezgi Demircioğlu'nun, annesi Zarife Demircioğlu'nun kaybolmasıyla bağlantısı ne? İşte bu soruya cevap arıyoruz."

Ezgi'yle birlikte evdeki herkes donup kalmıştı, özellikle Ezgi televizyonda duyduklarına inanamadı. Serap Sirenay'ın böyle bir anons geçmesi, programda ondan habersiz onu işlemesi Ezgi'yi allak bullak etmişti. Öyle sarsıldı ki neredeyse atak geçirecek duruma geldi. Süt lekesi olan koluna elini attı, ovmaya başladı. Nuran, Ezgi'nin kötü olduğunu fark etti, kapattı televizyonu.

"Aman kızım! İşte ünlüsün, şöhretlisin diye yapıyorlar! Daha çok izleneceklerini biliyorlar! Laf ola beri gele! Hiç bozma moralini!"

Volkan da hemen söze girdi.

"Bunlar kafayı sıyırmış. Ezgi'nin nasıl bir ilgisi olabilir annesinin kaybolmasıyla? Neyse boş ver canım. Polisler de tuhaftı zaten. Annenin silahının olup olmadığını sordular, ne alakaysa?"

Volkan'ın teselli etmek ve konuyu değiştirmek için söylediği sözler, Ezgi'yi daha da tedirgin etmişti. Demek polisler silahın peşine düşmüştü şimdi! Volkan'ı görme bahanesiyle aslında silah aramaya gelmişlerdi. Onda bir silah olduğunu nasıl öğrenmiş olabileceklerini düşündü! Demek sitenin güvenlik kameralarından o gece olanların kaydını bulmuşlardı. Böyle bir bilgileri varsa, neden Ezgi'ye hiçbir şey sormamışlardı? Sonra Ezgi baş komiserin çaydan yanmadan önceki, annesini en son ne zaman gördüğüyle ilgili sorusunu hatırladı. Bu sorunun bir yoklama olduğunu, ne yaptığını, bizden ne sakladığını biliyoruz anlamında bir ima olduğunu hissetti. Ürperdi. Etrafının bir çemberle çevrildiği ve çemberin anbean daraldığı duygusuna kapıldı! Volkan'a döndü.

"Siz ne dediniz?"

"Ben babandan kalma bir silah olduğunu ve onu sandıkta sakladığını söyledim. Gidip hep birlikte sandığa baktık, silah yoktu ama sandıktan çok ilginç şeyler çıktı. Seni ilgilendiren şeyler. Görünce var ya... çok şaşıracaksın."

Ezgi anlamsızca baktı.

"Bana ait şeyler mi?"

"Evet, hadi gel göstereyim."

Ezgi kendisini ilgilendiren şeyin ne olduğunu merak edip Volkan'ın peşinden Zarife'nin yatak odasına gitti.

Volkan sandığı açtı. Ezgi sandığın içindeki, kendi çocukluğuna, gençliğine ait onlarca hatırayı görünce şaşırıp kaldı. Hiç görmediği, hatırlamadığı, Zarife'yle birlikte çektirdiği ne çok fotoğrafı vardı. Üstelik fotoğraflarda oldukça mutluydu Ezgi. Annesinin, bebeklik patiğini, emziğini, saçını taradığı tarağı bile sakladığını görünce hüngür hüngür ağlamaya başlamıştı. Bir türlü susmuyordu, bir çocuk gibi avazı çıktığı kadar bağırarak ağlıyordu. Volkan kardeşini küçüklüklerinden beri belki de ilk kez teselli etmeye çalışıyor, ama onu susturamıyordu.

"Beni seviyormuş ağabey, gerçekten seviyormuş... Bak, her şeyimi saklamış. Bana olan tüm sevgisini alıp bir sandığa saklamış. Ben onun bana sevgisizliğini kolumda süt lekesi olarak taşırken o bana olan sevgisini sandık lekesi olarak taşımış yüreğinde."

Ezgi hıçkırıklara boğulmuştu. Onun feryatlarını duyan Nuran koşarak gelmiş, yeğenine sarılmıştı ama yine de teselli edememişti. Ezgi bu sefer teyzesine soruyordu.

"Neden teyze, neden? Madem bu kadar çok seviyordu, neden gömdü her şeyi bu sandığa, neden göstermedi sevgisini hiç?"

Ezgi bir süre hiçbir şey demeden ağladı, sonra da onlara yalnız kalmak istediğini söyledi. Sandıktaki hatıralarla baş başa kalmıştı. Uzun bir süre hatıralar arasında gezindi durdu Ezgi. Birçok fotoğrafa uzun uzun baktı, geçmişe döndü. Nuran ve Volkan birkaç sefer kapıyı çalarak, iyi olup olmadığını sordu, iyiyim, biraz daha kalmak istiyorum deyince onlar da rahatlayıp, genç kadını yalnız bıraktı.

Sandığın en altında bir fotoğraf fark etti Ezgi, bu kendisine ait bir fotoğraf değildi. Eski bir aile fotoğrafıydı. Ezgi fotoğrafı aldı, iyice inceledi. Annesi Zarife'nin gençlik halini tanıdı. Şu küçük çocuk Nuran teyzesiydi. Zarife'nin ailesinin Sivas'taki evlerinde çekilmiş bir fotoğraf olduğu belliydi. Bel hizasından çekilmişti. Detaylar, ayrıntılar belirgindi. Zarife'nin babası Cevat Bey, annesi Fatma Hanım ve ağabeyi Bekir arkada, Zarife ve kız kardeşleri öndeydi. Zarife'nin solundaki küçük kızın Nuran olduğu anlaşılıyordu, fakat sağındaki sarı saçlı, solgun yüzlü, hafifçe toplu, güzel kızın kim olduğunu anlayamadı Ezgi. Zaten ne Zarife, ne Nuran aile bahsi açıldığında asla konuşmuyorlar, sadece dayısı Bekir'den söz ediyorlardı ara sıra. O da çok eskiden, Nuran'a ve Zarife'ye köyden salça, bulgur, tarhana, çökelek geldiği zamanlar.

Ezgi tanıyamadığı bu kıza yakından baktı, boynunda, şu an kendi boynunda olan ve annesinin o gece elinden düşürdüğü kehribar kolye vardı. Gençlik yıllarında, annesinin odasına girip taktığı ve bu yüzden tokat yediği o meşhur kehribar kolye! Kolyenin aslında Zarife'nin olmadığını, ona bu kızdan kaldığını anladı. Peki ama kimdi bu kız? Neden Zarife ya da Nuran hiç bahsetmemişlerdi böyle birinden?

Fotoğrafı yanına aldı Ezgi, çantasını açtığında, oradaki silahı gördü. Çantadan çıkardığı silahı sandığın en altına sakladı. Sandıktaki eşyaları tekrar özenle yerine koydu. En son annesinin aile fotoğrafı vardı. Teyzesine sormak için fotoğrafı alıp salona geçti.

üçüncü kısım:

Kararı Ben Veririm!

-14-

Zarife'nin kaybolduğu haberi çabuk yayılmış olsa da henüz Sivas'a, baba evine ulaşmamıştı. Babası Cevat Ağa yer sofrasına oturmuş, yemeğini yemekteydi. Genişçe salonun iki tarafında divanlar kuruluydu. Salonun beyaz duvarlarında eski bir aile fotoğrafı asılıydı. Bu, Cevat Ağa ve ailesinin bir arada olduğu çok az fotoğraf karesinden biriydi. Bu evde çekilmişti. Zarife'nin babası Cevat Bey, annesi Fatma Hanım ve ağabeyi Bekir arkada, Zarife ve kız kardeşleri öndeydi. Cevat Ağa'nın evi büyükçe bir evdi, üç katlıydı, geniş bir avlusu, avlu içinde kiler ve tandır evi vardı. Bahçenin en dip köşesinde, önünde iri, yaşlı bir Kangal köpeğinin bağlı olduğu, içine odun kömür yığılı, tek katlı bir köy evini andıran bir de müştemilat vardı.

Evin salonundaki divanda Cevat Bey oturmuş televizyon izlemekteydi. Yerde kurulmuş sofra sinisinde öğlen yemeği vardı. Bekir sininin önüne çömelmiş yemeğini yiyordu. Salona bir kadın girdi. Bu kadın Bekir'in karısı Züleyha'ydı. Züleyha ile Bekir severek evlenmişlerdi. Fakat bu evlilikten çocukları olmamıştı. Yine de birbirlerini çok sevmiş ve bunu dert etmemişlerdi.

Züleyha sininin üzerinden Cevat Ağa'nın yemek yediği tabağı çanağı mutfağa götürmek için topladı. Cevat Ağa oğluna bir çocuk vermemesini bahane ediyor, hiç sevmiyordu Züleyha'yı. Onu her gördüğünde pis pis bakıyor, mutlaka bir arıza çıkarıyordu. Yine böyle pis pis baktı.

"Çabuk ol bir çay getir kız! Zaten yemeğinin de tadı tuzu yok! Bari ağzımızın pası gitsin!"

Züleyha da kayınpederinden tiksiniyordu. Cevat Ağa'ya ondan iğrendiğini belli eden bir bakış attı. Cevat Ağa çıldırdı.

"Ne bakıyorsun kız öyle karga gibi suratıma! Kısır karı! Git çay getir bana! Bir işe yara! Ye iç yat! Oh ne güzel hayat! Benim oğlum adam değil ki! Gitti kısır karıyı başımıza bela etti! Hadi yürü çay getir!"

Züleyha Bekir'e, babana bir şey de artık der gibi çaresizce baktı. Bekir bıkmıştı artık babasından, onunla tartışmayı bırak, konuşmak bile istemiyordu. Ne dersem diyeyim, bu adam artık değişmeyecek diyordu. Bir de kekemeydi Bekir, heyecanlanınca veya sinirlenince iyiden iyiye konuşamıyordu. İçtiği çorbadan başını kaldırdı, Züleyha'ya acıklı acıklı baktı. Züleyha da iç geçirdi, Cevat Ağa'nın tabak çanağını yüklenip mutfağa çay getirmeye gitti. Cevat Ağa televizyonda kanal değiştirince bir anda şaşırdı, sesini açtı televizyonun. Ekranda Zarife'nin fotoğrafı vardı, altında, "Kayıp Zarife Demircioğlu, her yerde aranıyor" yazısı kayıyordu. Televizyondan kızının kayıp olduğu bilgisini alan Cevat Ağa, yerinde bir doğruldu! Bekir de televizyondaki habere bakıyordu. Garip bir şekilde kayıtsızdı! Ses etmedi hiç. Cevat Ağa iyice kulak kabartıp mevzuu derli toplu öğrenince, başladı bağıra çağıra konuşmaya.

"Hah! Al işte! Kaybolmuş orospu! Bak bak, orospu kardeşine bak! Televizyonlara düşmüş, benim şerefimi iki paralık etmeye devam ediyor orospu! Sen babana karşı gelip evini terk edersen işte böyle cehennemin dibine gidersin! Vay orospu vay! Bak ne diyor! Kızı da ayrı orospu olmuş diyor! Cibiliyetini siktiklerime bak hele! Ana kız televizyona düşmüş orospular!"

Bekir babasının laflarını kaldırmakta güçlük çekmeye başladı. Çorba kaşığını bıraktı. Ağzını sildi. Başını öne eğdi! Cevat Ağa sert sözlerine devam etti, bu sefer Bekir'e de yüklenmeye başladı.

"Sen de adam değilsin ki, erkek değilsin erkek, daha bunlar bana el kaldırıp bu evden kaçtıkları gün, silahı alıp düşecektin peşlerine, bu Zarife kaltağını, o beyinsiz Nuran'ı vuracaktın! Ama sende nerde o cesaret! Bak fahişelere bak, şebeke olmuşlar! İstanbul orospuları!"

Bekir eğdiği kafasını babasına çevirdi ve kekeleyerek konuşmaya çalıştı.

"Ba... ba... baba! Za... Za... Za. Zarife! Ka... ka... kaybolmuş! Se... sen ne di... diyorsun!"

"Kes lan kaybolur tabii! Su testisi su yolunda kırılır! Kim bilir ne orospuluk yaptı da başına ne geldi!"

Bu esnada Züleyha çayla girdi içeriye, siniri tepesine çıkmış Cevat Ağa kendisine uzatılan çayı alıp fırlattı yerdeki sofranın üzerine.

"Senin getireceğin çayı sikeyim! Kısır karı! Çekil ulan televizyonun önünden!"

Bekir buna dayanamadı artık, ayağa kalktı, heybetli, güçlü de bir adamdı aslında.

Gölgesi Cevat Ağa'nın üstüne düştü, kapladı onu.

"O... ona... bö... böyle ba... ba... bağıramazsın!"

Sesini yükseltmişti Bekir. Cevat Ağa korkmadı, geri adım atmadı, oğluna evcil hayvanı gibi davranıyordu.

"Hoşt lan köpek! Üstüme mi yürüyeceksin lan it! Sen bana yapacağın erkekliği önce bu orospu kardeşlerine gösterecektin! Çekip vuracaktın onları! Sen ne yaptın! Yıllardır, öteberi gönderip duruyorsun iki kaltağa! Rızkımızı orospu kardeşlerine yediriyorsun! Onların sana bir güne bir gün bir faydası olmuş mu ulan it! He? Ne yararı dokunmuş sana bu fahişelerin! Hiç! Sen onlar için, zavallı, kekeme bir köylüsün! Kalkmış bir de bana artistlik yapıyor enik! Salçasını, bulgurunu, yağını gönderdiğin karılar, kısır yapıp yiyor! Sen de burada kısır karıyla yatıyorsun! Pezevenk seni! Yıkıl ulan! Yıkıl karşımdan!"

Bekir sinire kesmişti, eli ayağı titriyordu, yumruğunu sıktı! Bunu gören Züleyha hemen kolunu tuttu Bekir'in, uyardı sessizce.

"Yapma! Babandır!"

Bekir birden döndü, hızla çıktı odadan. Kendi odasına gitti. Odadaki eski bir sandığı açtı. İçinden çiçek işlemeli beyaz bir tülbende sarılı bir silah çıkardı ve salona geri döndü. Bekir silahla salonun kapısında belirdi. Sinirle bakıyordu babasına. Cevat oğlunu silahla kendini tehdit ediyormuş gibi görünce, önce bir duruldu. Sustu, sonra ayağa kalktı. Yavaşça Bekir'e doğru yürüdü. Bekir'in ağzının üstüne bir tokat salladı!

"Ulan sen beni tehdit mi ediyorsun orospunun çocuğu seni! Çek vur ulan! Çek vur! Cevat Ağa'yım ulan ben!"

Sonra bir tokat daha çaktı oğluna. Züleyha araya girdi.

"Baba yapma! Baba!"

Cevat Ağa Bekir'i tokatlamaya devam ediyordu!

"Vur ulan vur! Erkeksen vur!"

Bekir silahı doğrultmadı bile. Babasına da el kaldırmadı. Ağzından akan kana aldırış etmeden, çıktı gitti evden. Cevat Ağa Bekir'in arkasından bağırıyordu.

"Biraz aklın varsa kendini vurursun!"

Evin hemen ilerisindeki müştemilatın önündeki Kangal Bekir'in kendisine doğru yaklaştığını görünce, homurdanıp ayaklandı, sonra silkelendi! Bekir elindeki silahla müştemilata girdi. Müştemilatın tozlu gri penceresinden Bekir'in gölgesi göründü. Bekir silahı kaldırdı, birine uzattı. Pencereye ikinci bir gölge düştü. Bir kadın gölgesine benziyordu. Bu gölge Bekir'in elinden silahı aldı.

* * *

Nuran mutfaktan döndü. Evdeki malzemelerle çarçabuk yaptığı kısırı tabaklara koyup, salona getirmişti, salonun ortasındaki masayı kurdu. Behiye'yi ve Volkan'ı çağırdı. İçeriye, yatak odasına doğru da Ezgi'ye seslendi.

"Hadi gelin bir şeyler yiyin. Acıkmışsınızdır..."

Behiye ve Volkan gelip sofraya oturdular. Volkan kısırı görünce çok sevindi. Çünkü İstanbul'da geçen yılları boyunca annesi ona çok defa yapmıştı, uzun süredir yemediği için özlemişti.

"Ah teyze! Çok sağ ol ya! Annem çok güzel yapar bunu! Bayılırım gerçekten!"

Behiye, Nuran'ın da çok güzel yaptığını söyledi. Nuran da bir hünerinin olmadığını, malzemenin güzel olduğunu, Bekir ağabeyinden gelen malzemelerin ayrı bir lezzetli olduğunu anlattı.

"Malzeme güzel! Bekir ağabeyim sağ olsun! O gönderiyor her şeyini! Sivas'tan gelen taptaze ürünler."

Behiye kısırdan bir çatal aldı. Bekir lafını duyunca aklına gelmişti, döndü Nuran'a.

"Zarife'nin kayıp olayını Bekir biliyor mu Nuran? Eğer bilgisi yoksa, şimdi televizyondan falan öğrenirse doğru olmaz. Bence bir ara söyle."

"Evet, evet. Dün gece aradım Bekir'le konuştum, her şeyi anlattım."

Volkan dayısının bir şey bilip bilmediğini merak ediyordu.

"Ah dayım ya, ne dedi teyze! Annemle hiç görüşmüş mü? Bir bilgisi var mıymış? Sordun mu?"

"Sordum canım, sordum! Hiç görüşmemiş! Çok konuşamadı zaten! Sessiz sessiz beni dinledi! Bekir ağabeyim öyledir! Kekeme olduğu için, heyecanlanınca, üzülünce, telaşa kapılınca konuşamaz, dilsiz olur sanki! Öyle dinledi beni! Sonra kapattı!"

Bu esnada Ezgi yatak odasından, elinde eski aile fotoğrafıyla gelip masaya oturdu. Fotoğrafı da tam masanın ortasına koydu. Nuran fotoğrafı görünce, ağzındaki kısırı zor yuttu. İstanbul'a gelirlerken Zarife'nin yanında getirdiği tek şey bu fotoğraftı ve Nuran yıllardır görmemişti bu aile fotoğrafını. Şimdi birdenbire görünce şok olmuştu. Behiye ve Volkan da bu fotoğrafın neden Nuran'ı bu kadar heyecanlandıracak kadar önemli olduğunu merak ettiler. Ezgi parmağını fotoğraftaki kim olduğunu bilmediği kızın üstüne koydu ve Nuran'a döndü.

"Bu kız kim teyze?"

Nuran fotoğrafı aldı, baktı, üzgün bir hal aldı yüzü, yıkılmıştı adeta.

"Bu Emine ablam! Rahmetli Emine ablam. Genç yaşta kaybettik biz onu!"

"Nasıl öldü peki? Hastalık mı?"

Nuran boynunu büktü, yalvarırcasına Ezgi'nin gözlerinin içine baktı, konuşmak istemiyorum diyordu.

"Çok yıllar geçti üstünden Ezgi'm. Çok acıydı bizim için! Büyük acıydı! Zarife de ben de Emine'den kimseye bahsetmedik! Bahsedemedik... Bizim için kapanmaz bir yara o. İçimizde sönmeyen bir ateş o. Sürekli yanıyor ve sürekli yakıyor. Ne olur boş ver, sorma başka bir şey, daha fazla yakma beni teyzem."

"Teyze! Bu çok önemli bir şey! Sizin bir kardeşinizin olduğunu ve daha çocuk yaşta vefat ettiğini öğreniyorum! Bunu benden neden sakladınız? Neden öldü bu kız! Lütfen söyle teyze çok önemli!"

Nuran iç çekti, yutkundu, gözlerinden sicim gibi yaş akmaya başladı.

"Çünkü..."

Yutkunuyor, konuşamıyordu.

"Çünkü... İntihar etti benim Emine ablam! Zarife buldu onu! Evin hemen yanındaki kömürlük olarak da kullandığımız müştemilatta asmıştı kendini, Zarife indirdi ipten! Sonra Zarife bir daha kendine gelemedi! Emine ablam onun çocuğu gibiydi, canından çok severdi. Astı kendini canım ablam!"

Ezgi çok etkilenmişti bu bilgiden, o da ağlamaklı olmuştu.

"Peki neden intihar etti! Bir bunalım mı geçirdi? Psikolojik sorunları mı vardı? Başına kaldıramayacağı bir olay mı geldi?"

Ezgi olayı tüm detaylarıyla öğrenmek istiyordu. Nuran'ın daha fazla anlatacak gücü yoktu. Ama kendini zorlayarak, acısını bastırarak, her şeyi en ince detayına kadar anlatmaya karar verdi. Behiye ona su getirmişti. Suyu içti, gözyaşlarını sildi. Derin bir nefes aldıktan sonra da başladı anlatmaya.

-15-

Emine o zaman on bir yaşlarındaydı; hassas, duygusal bir kızdı. Kiloluydu ve tombul yanakları vardı; Zarife'nin ise ona karşı çok büyük zaafı ve sevgisi... Her gün onun en sevdiği kekleri, börekleri yapar, ona okuduğu kitapları saatlerce anlatırdı. Babaları alkolden başını kaldırmaz, çoğu kez de arkadaşlarını eve çağırır, sabahlara kadar içerlerdi. Onların attığı naralar, bağıra bağıra söyledikleri türküler yüzünden evdekiler kâbusu yaşardı. Zavallı annesinin elinden bir şey gelmezdi, yıllarca yediği dayak ve gördüğü aşağılanmadan zaten yarı ölü gibi bir şeydi...

Zarife, babasının suyuna gidecek bir kız değildi. Haksızlık onun tahammül edemediği bir şeydi. Hele ki annesi gibi mazbut bir kadına şiddet uygulandı mı sessiz kalamıyordu. Babasını oracıkta boğası geliyordu. Babasının kabalığından, hoşgörüsüzlüğünden, kadirbilmezliğinden bunalmıştı. Hele ki akşamları arkadaşlarını eve toplayıp kızlarına içki servisi yaptırması yok muydu, işte o zaman Zarife zıvanadan çıkacak olurdu da, onu annesi ve kardeşleri zor sakinleştirirlerdi.

Cevat Bey yine bir gece iki arkadaşıyla birlikte eve geldi. Onlara kapıyı Zarife açtı. Babası ve arkadaşlarını görünce Zarife'nin yüzü düşmüştü. Kasım ve Mesut, Cevat Bey'e tahammül eden nadir insanlardı.

Cevat Bey masanın kurulmasını istedi. Her şeyleri eksiksiz olmalıydı. Rakısı, buzları, mezeleri... Radyonun frekansını ayarlamak Zarife'nin işiydi. Annesi mezeleri hazırlardı. Masayı kurmak ise Emine'ye kalırdı.

Zarife, Mesut'un Emine'ye bakışlarını fark etti, bu durum hiç hoşuna gitmedi. Hızla istenen frekansı bulup Emine'ye seslendi: "Ablacığım, sen odaya geç. Ben yaparım."

Mesut, sigaradan sararmış bıyıklarını okşadı. Leş gibi kokan ağzının kenarından içki fışkırmıştı: "Ne güzel ilgileniyor bizimle. Neden karışıyorsun ki?"

"Sen karışma. Emine, sen de geç odaya."

Cevat Bey, Zarife'ye bağırdı. "Kes kız sesini! Misafirle de doğru konuş. Çık şu odadan. Yine asabımı bozacaksın benim."

Zarife, Emine'yi de alarak odadan çıktı. Vakit gece yarısını çoktan geçmişti. Evdeki herkes, adamların çıkardığı gürültüye rağmen uykuya dalabilmişlerdi. Belki de artık kulakları onların hemen her gece yaptıkları bu tantanaya alışmıştı. O sırada Cevat Bey, Zarife'ye seslendi. Zarife uyanamadan Emine uyandı. Koşarak babasının yanına gitti.

"Ablan nerede?"

"O uyuyor baba. Buyur."

"Sobanın odunu bitti. Odun getir biraz."

"Baba ama bu saatte..."

"Çabuk ol, sallanma!"

Odunluk evin altındaydı. Emine dışarı çıkmaya korktu. Mesut hemen atladı: "Cevat Ağabey, ben de Emine'ye yardım edeyim. Korkmasın kız."

"İyi git bakalım."

Mesut, Emine'nin peşine takılıp evden çıktı. Emine odunluğa indiğinde sepeti almadığını fark etti. Mesut'a döndü. "Ağabey, ben sepeti unutmuşum da. Alıp geleyim, sen bekle olur mu?"

Mesut cevap vermedi. Emine'ye bir tuhaf bakıyordu. Emine yanından geçmek istediği sırada ona yol vermedi. Kız tedirgin olmuştu, yönünü değiştirip diğer taraftan dolanmak istedi, Mesut yine izin vermedi.

"Mesut Ağabey, sepeti almam gerek."

"Alırım sepeti. Sen gel hele bir şöyle." Mesut, Emine'yi kavradı, ağzını kapattı. Emine korkudan tir tir titriyordu. Mesut onu odunluğa doğru sürükledi. Emine adamdan kurtulmaya çalıştı ama başaramadı. Tekmeler, yumruklar savurarak karşı çıkmaya çalıştı, beceremedi. Mesut ağzını sıkı sıkı kapatıp emeline ulaştı. Emine daha çocuk yaştaydı. Ağlıyordu.

Mesut kulağına eğildi. "Eğer kimseye bir şey dersen, beni senin ayarttığını babana söylerim. Bununla da kalmam, anneni ve o çok sevdiğin ablan Zarife'yi senin gözünün önünde önce bir güzel döver sonra sana yaptığımın aynısını yaparım. O yüzden çeneni sıkı tut. Anlaşıldı mı?"

Emine korkudan titriyordu. Mesut'un dedikleri korkusunu katlamıştı. Seri bir şekilde başını salladı. Mesut odunlarla döndü, ardından Emine bir gölge gibi gidip yatağına ulaştı. O gece sabaha kadar ağladı. Yorganı kafasına çekip, sesi duyulmasın diye ağzını açmadan ağladı.

Zarife onun iniltilerine uyandı. Kardeşinin başucuna oturdu.

"Emine, neyin var?"

"Yok bir şey ablacığım. Biraz başım ağrıyor."

"Ne yani, başın ağrıdığı için mi ağlıyorsun?"

"Çok ağrıyor ama..."

"Tabii ağrır. Baksana, yorganı kafana kadar çekmişsin. Nefessiz kalacaksın. Aç bakayım şunu."

Emine yorganı sıkıca kavramıştı. Zarife iyice kuşkulanmıştı. Bir tuhaflık vardı. Ayağa kalktı ve hınçla yorganı çekti.

"Bu baş ağrısı falan değil. Söyle bak... A! O da ne?"

Zarife, Emine'nin geceliğindeki kanı gördü. "Emine?"

Emine başını kaldırıp önce ablasına sonra geceliğine baktı. Korkudan hâlâ tir tir titriyor, gözyaşları sel gibi akıyordu. Emine çok korkmuştu. Ne diyeceğini, nasıl açıklayacağını bilmiyordu. Ağzında belli belirsiz bir şeyler geveledi. Tam da o sırada Zarife gülmeye başladı. Ablası gülünce Emine şaşırdı. Neden bunu yaptığını anlamadı. Zarife kardeşinin yanına oturdu.

"Şimdi anladım, sen bunun için mi ağlıyorsun?"

"Abla, şey... Bak..."

"Tamam tamam bir şey söyleme. Bak kardeşim, her genç kız bunu yaşar."

"Abla sen ne diyorsun?"

"Bu senin büyüdüğünü gösterir. Ben de oldum. Nuran da olacak. Her kız âdet olur. Artık her ay bunu olacaksın. Ben de ilk olduğumda senin gibi korkmuştum. Beni neden uyandırmadın ki? Burada gizli gizli ağlıyorsun. Kıyamam ben sana!"

Zarife kardeşinin regl olduğunu zannetmişti. Zarife hiç üşenmedi ve kalkıp su ısıttı. Kardeşini banyoya götürdü ve güzelce yıkadı. Emine durmadan ağlıyordu. Zarife ise bunu yine iyiye yoruyordu. Kardeşinin ipek gibi saçlarını kendi elleriyle yıkadı. Onu defalarca öptü. Emine'nin ise ablası her dokunduğunda içi yandı. Yandıkça daha da sel oldu gözyaşları.

Ertesi gün babasının hırdavat dükkânında bütün gün çalıştı Zarife. Eve dönerken de kardeşinin morali yerine gelsin diye, çarşıdan ona sarı çiçekli bir elbise aldı. Eve geldiğinde merdivenleri heyecanla çıktı. Kapıya vurdu. Biraz bekledi ama açan olmadı. Bir kez daha vurdu ama yine açılmadı. Bir an annesinin ve Nuran'ın pazardan dönmemiş olabileceklerini düşündü. Ağabeyi de işteydi. Emine evde olmalıydı ama uyuyakalmış olabilirdi. Elindeki paketleri yere koyup çantasından anahtarını çıkardı. İçeri girdi. Elindeki paketlerle birlikte dosdoğru odasına girdi. Emine'nin başucuna koyacaktı aldıklarını. Elleri dolu olduğundan kapıyı dirseğiyle açıp ayağıyla itekledi. Gördüğü manzara karşısında donup kaldı. Emine, odanın tavanından aşağıya asılı bir vaziyette duruyordu. Zarife avazı çıktığı kadar çığlık attı.

Elindeki paketleri yere fırlattığı gibi mutfağa koşup bir bıçak aldı. Gerisingeri odaya girdi ve devrilen sandalyeyi yerden kaldırıp üzerine çıktığı gibi bir eliyle onu kucakladı, diğer eliyle ipi kesti. Kardeşini ipten indirdiği sırada kapıda annesi ve kardeşi Nuran belirdi.

"Kızım! Emine!"

Zarife, annesinin çığlığını duyunca ona bakarak "Anne, Emine ölmüş anne!" diye haykırdı. Evdekilerin çığlığını duyan komşular kısa sürede eve akın etmişlerdi. Olup biteni görenler neye uğradığını şaşırmışlardı. Cevat Bey ise bir köşeye sinmiş boş gözlerle etrafa bakıyordu.

Emine'nin cansız bedeni morga götürülmek üzere taşınacaktı. Zarife koşup kardeşine sarıldı. Sarsıla sarsıla ağlıyordu. Onu görenlerin yüreği ağırlaşıyordu. Zarife duygularına hâkim olamıyordu. Kendini oracıkta bırakmak, bir daha da Emine olmadan ayağa dahi kalkmamak istiyordu. Canı, ciğeri, nefesi gitmişti Zarife'nin.

Emine götürüldükten bir süre sonra komşulardan biri Zarife'ye bir zarf getirdi. "Kızım, bunu sizin odada buldum. Şey... Galiba Emine yazmış."

Zarife zarfı hızla kadının elinden aldı. Etrafı kalabalıktı. Onu orada okumak istemiyordu. Doğruca odasına koştu. Fakat Emine'nin yatağı gözüne çarpınca içi sızladı. Başı dönmeye başladı. Elleri titriyordu. Dışarı çıkıp aşağıya odunluğa indi. Orada onu kimse rahatsız etmezdi.

Emine, mektupta o gece başına gelenleri tüm detaylarıyla anlatmıştı. Zarife mektubu bitirdiğinde adeta felç olmuş kıpırdayamıyordu. Birkaç dakika sonra kendine gelmeye başladı. Sağına soluna bakındı. Bulunduğu yer, tam da Emine'nin ölümüne sebep olan şeylerin cereyan ettiği yerdi.

Zarife'nin midesi bulanıyor, başı dönüyordu. Gözü kararmaya başlamıştı. Yer, ayaklarının altından bir nehir gibi akıp gidiyordu. Kulaklarında müthiş bir uğuldama hissetti. Daha fazla dayanamadı. Şiddetli bir öğürtüyle kusmaya başladı. Kustukça midesinin bulantısı geçmiyor, aksine daha da bulanıyordu. Midesi yerinden çıkacak gibiydi.

Biraz olsun kendine geldiğinde derin derin nefes aldı. Ardından çığlıklar atarak merdiveni çıktı. Herkes pür dikkat Zarife'yi izliyor, annesi ve ağabeyi peşinde dolanıyorlardı. Zarife mutfaktaki dolaptan gazyağı bidonunu aldı.

Bekir, Zarife'yi omuzlarından tuttu. "Zarife, ne yapıyorsun?"

"Çekil şuradan! Çekil, yoksa fena olacak!"

Bekir, Zarife'yi daha evvel böylesine öfkeli görmemişti. Gözlerindeki kin Bekir'i ürkütmüştü. Bir refleksle geri çekildi. Zarife koşarak merdivenleri indi. Odunluğa girdi ve tüm gazyağını sağa sola döküp cebinden çıkardığı kibriti çaktı.

O sırada neye uğradıklarını şaşıranlar, Zarife'nin yanına koştu.
"Zarife dur, yapma!"

Zarife, odunluğu ateşe vermişti bile. Alevler büyüdükçe Zarife'nin çığlıkları da büyüyordu.

Babası bile korkmuştu. Hiçbir şey diyemeden kuyruğunu kenara kıstırmış kızıyla göz göze gelmemeye çalışmıştı.

Ertesi gün, gün doğar doğmaz, Zarife kardeşi Nuran'ı ve annesini de yanına alarak İstanbul'daki akrabalarının yanına taşındı. Ağabeyleri Bekir, ata toprağına sahip çıkmak için Cevat'ın yanında kaldı fakat o günden sonra kekemeliği başladı.

Zarife İstanbul'a taşındıktan sonra aşırı korumacı, lanet bir insana dönüştü, anneleri de kızının tecavüze uğrayıp kendini asmasının verdiği acının etkisiyle kansere yakalandı. Yani dert, dert üstüne gelmeye devam etti. Ta ki Ezgi'nin babasıyla tanışıncaya kadar.

***

Nuran'ın ağlayarak verdiği her detayda, ona sarılmış olan Behiye de ağlıyor, Volkan ise kendini zor tutuyordu. Ezgi bütün detayları öğrenmekte kararlıydı, soruları bitmemişti.

"Peki ya tecavüz eden adam! Yakalandı mı? Çekti mi cezasını?"

"Zarife o işle de çok uğraştı, mektubu delil saydırmayı başardı sonunda. Adama şimdi hatırlamadığım bir ceza verdiler. Sonra ne oldu, ne bitti, inan bilgim yok Ezgi'm."

"Adamın adı neydi?"

Nuran derin bir iç çekti! Kızgın gözlerle baktı Ezgi'ye.

"İşte, her şeyi unuturum da o deyyusun, o namussuzun ismini unutmam! Mesut'tu adı... Mesut Turna! Bu Turnalar meşhurdu zaten bizim köyde! Hep gayrimeşru işlerle bilinirlerdi. Babam olacak şerefsiz de hep bunlarla takılır yer içerdi. Mesut Turna! Unutmam ben o ismi! Hiç unutmam!"

Masada büyük bir sessizlik hâkimdi, herkes duydukları bunca üzücü şeyin etkisindeydi. Behiye Nuran'a sarılmış, "Başın sağ olsun Nuran'ım, Allah rahmet eylesin..." diyerek onu teselli ediyor, gözyaşlarını siliyordu.

Ezgi öğrendiklerini zihnindeki süzgeçten geçiriyor, yaşadığı sanrılar ile birleştirmeye çalışıyordu. Sonra yine o geceyi, annesinin valizindeki silahı, elindeki kolyenin düşüşünü ve annesinin giderken, "İki elim kanda da olsa Meryem'in doğum gününe geleceğim" deyişini hatırladı. Bir şeyleri anlıyor gibiydi, ama netleştiremiyor, doğru bağlantıları kuramıyordu.

* * *

Aylin, kirasını Mehmet'in ödediği Cihangir'deki dairesinde, son resminin başında, şövale karşısında bir taburede oturuyordu. Tuvalde bir kadının kucağında bir kız çocuğu vardı ve gri soğuk tonlarla boyanmıştı, sanki ölü gibiydi. Annenin bedeni de topraklaşmış, çatlamış gibi görünüyordu. Etrafta böyle anne ve kız ilişkilerine yoğunlaşmış birçok tablo daha vardı.

Aylin elinde tuttuğu cep telefonuna eğilmiş, annesinden gelen "Seni seviyorum" mesajına bakıyordu. Birkaç defa okumuş, cevap yazmak istemiş, ama içinden gelmemişti. Kendi kendine söyleniyordu.

"Ezgi Hanım'dan annemi ikna etmesini rica ettik, o gidip terapi yapmış. Senin sevgine ihtiyacım yok, parana ihtiyacım var, parana... Sen o sevgiyi, küçücük bir çocukken beni evden uzaklaştırmadan önce verecektin. Seviyormuş... Baksan, herkes herkesi seviyor maşallah. Mehmet de beni sevgisinden dövüyor... Annem sevgisinden yok sayıyor... Sevmeyin beni kardeşim, sevmeyin! Siz sevdikçe ben ölüyorum..."

Aylin'in öfkesinin yerini yine içinden çıkamayacağı bir hüzün aldı. Mehmet onu yarın İstanbul dışına birkaç günlük tatile götüreceğini söylemişti. Genç kadın istemediğini söyleyince "Nankör kaltak!" diyerek yumruğu indirmiş, hemen sonra özürler dileyip kadını tatile ikna etmişti.

Bugün Aylin'in son umuduydu. Ya annesinden o parayı alıp Mehmet'ten çok uzakta mutlu olacağı, tıpkı babasına söz verdiği gibi sanatla geçen bir yaşam kuracaktı; ya da artık kendini tamamen o adama bırakacaktı. Vazgeçecekti sanattan sepetten, evinin kadını olacaktı...

Son bir umutla yazdı, ama annesine değil Ezgi'ye. Onun, annesine kendisinden çok daha fazla etki edebileceğini biliyordu. Ne acı diye düşündü, elin kızı annemin gözünde benden daha değerli, daha sözü dinlenir...

***

Ezgi, annesinin evinden çıkmadan yarınki doğum günü kutlamasına teyzesini, ağabeyini ve Behiye'yi çağırmayı ihmal etmedi. Hepsi çok sevindi ve muhakkak geleceklerini söyledi.

Arabasıyla kliniğe doğru gidiyordu. Eve gitmeden önce hediye aldığı kedi yavrusuna bakmak ve yeni haberinin olduğu teyzesiyle ilgili duyduklarını, Mesut Turna denilen adamın akıbetinin ne olduğunu araştırmak için klinikteki odasında yalnız kalmak istiyordu. O sırada telefonuna bir mesaj geldi. Gönderen Aylin'di.

Çantasından cep telefonunu çıkardı, gelen mesaj bildirimine tıkladı.

"Ezgi, lütfen annemle konuş, o parayı bana versin. Ben ondan geç kalınmış sevgi sözcükleri istemiyorum, beni yaşatmasını istiyorum. Ölüyorum ve bunu kimse görmüyor. Bir psikiyatrın kızının dramı... Neyse, haber bekliyorum cnm."

Ezgi mesajı okur okumaz içinde büyüyen öfkeye hâkim olmakta zorlandı. Kasap et, koyun can derdindeydi resmen. "Şımarık velet!" diye geçirdi içinden. "Şu an senin parasal durumlarınla uğraşamam Aylin!" yazmak istedi ama bir psikolog olarak ölüyorum diyen birine öyle diyemeyeceğini fark etti.

"Aylinciğim ortalık biraz karışık şu an. Biraz sabret lütfen."

Gönder tuşuna bastığında kliniğe varmıştı.

Kliniğe girer girmez, ortamın gerilim dolu olduğunu hissetti. Ayla telaşla Ezgi'nin yanına koştu.

"Ezgi Hanım, Ezgi Hanım, danışanlar arıyor sürekli! Bugün susmadı buranın telefonları! Millete dil dökmekten dermanım kalmadı!"

Ezgi konuyu anlamamıştı. İmdadına arkadan gelen Tülin Hoca yetişti.

"Sorun şu televizyon programı Ezgiciğim."

Tülin Hoca, Ezgi'nin programda psikolojik sorunları olan, annesiyle ve ailesiyle berbat ilişkileri olan hasta ruhlu bir manyak gibi tanıtıldığını ve bunun kliniğin hastalarında endişe yarattığını, hastaların da arayıp bu duyduklarımız gerçek mi diye sorduğunu, Ezgi'nin ve kliniğin sosyal medya hesaplarındaki postların altına, hakaret ve aşağılama dolu linç mesajlarının yazıldığını, büyük takipçi kaybı yaşadıklarını söyledi. Bütün bunları o naif, bilgi dolu ses tonuyla aktardı Tülin Hoca. Sesinin tonunda, "Ne yapalım yani buraya kadarmış, bunları dert edip kendimizi mi üzelim! Her güzel şeyin bir sonu vardır..." duygusu vardı.

Ezgi biraz durdu. Serap Sirenay'a çok sinirlenmişti, "Bunun hesabını soracağım sana!" dedi içinden. Sonra Tülin Hoca'ya döndü.

"Hocam, siz canınızı sıkmayın. Her şey düzelecek, inanın bana annemi bulacağım! Biliyorum bunu! Ve artık beni sevdiğini de biliyorum! Ben onu bulamasam da o gelecek! Ve her şey düzelecek! Bizim böyle ipe sapa gelmez laflara inananlarla işimiz yok! Geçici bir şey bu. O yayınları yapanlarla da mahkemelerde hesaplaşacağız. Kliniğimiz de büyüyecek, hastalarımız da mutlu olacak, siz bana güvenin ve hiç merak etmeyin."

Ayla mutlu olmuştu.

"Yani arayanlara ne diyeyim?"

"Bu iddiaların gerçekle alakası yok, bunları söyleyenlere dava açtık, bir iki gün içinde gerçekler ortaya çıkacak, hiç merak etmeyin de!"

Ezgi odasına girer girmez yavru kediyi kucağına aldı. Öptü kafasından. Kedi ince ince miyavladı.

"Ah canım..." dedi Ezgi. "Bir gece kaldı, son bir gece daha, sonra kavuşacaksın yeni yuvana, anneni bulacaksın!" Sonra kediyi yine koliye koydu ve çalışma masasına oturdu. Bilgisayarını açtı, arama motoruna, "Mesut Turna, Sivas, Tecavüz" yazdı, enter tuşuna bastı.

Sivas'ın yerel gazetelerinin birinde üç sene önce yayımlanmıştı bu haber. Başlığı şöyleydi: "Tacizle suçlanan üfürükçü hoca daha önce de tecavüzden hüküm giymiş!"

Haberin detaylarında Mesut Turna isimli bir sahte hocanın yıllar önce bir tecavüz olayına karışarak hüküm giydiği, çıktıktan sonra ise şifacı, hacı, hoca adı altında insanları çevresinde topladığı, küçük bir grup oluşturduğu, kendisine gelen insanlardan kimilerinin tacize uğradıklarını ve suç duyurusunda bulunduklarını yazıyordu. Ezgi bu adamın aradığı kişi olduğuna emin olmuştu. Haberi cep telefonuna yönlendirip, bilgisayarını kapattı ve masadan kalktı.

Güneş batmış, akşam olmuştu. Odaya da karanlık çökmüştü. Ezgi bir kez daha kediyi kontrol etti, yavru kedi uyumaktaydı. Gülümsedi Ezgi. Sonra toparlanıp odadan çıktı, koridoru geçip, kliniğin kapısına geldi.

"Ayla yarın akşam beşte! Unutma tamam mı? Kediyi şöyle süslü bir pakete koy. Hediye paketi gibi olsun! Bir de üstünde 'Meryem Demircioğlu' yazan şöyle havalı bir kart koy! Sever benim kız öyle şeyleri!"

"Siz merak etmeyin Ezgi Hanım! Çok güzel bir hediye paketi hazırlarım! Süsü püsü şatafatı en güzelinden yaparım emin olabilirsiniz."

Ezgi minnettar bir yüzle gülümseyip, kliniğin otoparkına yöneldi ve arabasına binip evinin yolunu tuttu.

***

Akşam saatlerinde emniyetteki hazırlıklarını tamamlayan Baş Komiser Baran Oğuz ve gözde polisleri Tuna ile Senem çıkışa doğru yürüyorlardı. Onları tanıyan polisler, çılgın ekibin bir operasyona gittiğinin farkındaydı. Baran Oğuz yönettiği operasyonlarda pek bilgi paylaşmayı sevmezdi. Son dakikaya kadar kafasındakileri paylaşmaz, kararları kendi verir, ekibindeki herkesin sadece bu kararlara uymasını isterdi. Bu durum çoğu zaman sorun teşkil ederdi. İşte bu yüzden Baran Oğuz ekibini daraltmış, sadece ona ayak uyduran Tuna ile Senem'i yanında tutuyordu. Tuna biraz bilgi almak istiyordu.

"Amirim! Bu deli bakışlı kâğıt toplayıcısına sadece silah araması için mi gidiyoruz?"

"Silah az şey mi Tuna?"

"Yok! Elbette silah mühim de... Sanki aklınızda başka şeyler de var gibi? Yani bilelim de! Adama ona göre müdahale edelim!"

"Bir ihtimal, bu adamın birçok kayıp parçayı birleştirecek kişi olduğunu düşünüyorum! İsmini vermek istemeyen şahıstan tut, kayıp kadınlara, hatta Zarife Hanım'ın kaybına kadar! O yüzden, madem nasıl müdahale etmemiz gerektiğini soruyorsun şu kadarını söyleyeyim kâğıtçı bana sorgulayacağım şekilde lazım! Zaten akli dengesi pek yerinde değilmiş gibi duruyor! Ekstra şiddete maruz kalıp tüm melekelerini yitirmesin! Sorgulamak için bir ay komadan çıkmasını beklemek istemiyorum kimsenin – ki olmamış iş de değil!"

Üç polis gecekondu eve doğru ilerledi. Diğer polisler pusudaydı. Evin etrafını çevirmişlerdi. Baran Oğuz kapıyı çaldı. Bir süre sonra yıkık dökük kapıyı Arif açtı! Sabah evin önünde gülümsediği insanları kapısında görünce şaşırdı. Üzerinde Ezgi'nin getirdiği temiz, ütülü gömlek vardı. Kapı çalınınca telaşla bu gömleği giymişti. Kalan birkaç düğmesini iliklemekteydi.

"Buyurun beyim? Kime baktınız?"

"Arif Bey'e baktık! Sen kâğıtçı Arif değil misin?"

"He beyim! Doğrudur benim! Ne oldu ki?"

Baran Oğuz kimliğini gösterdi. "Ben Baş Komiser Baran Oğuz, seninle biraz konuşalım kâğıtçı Arif! Bizi içeri davet etmeyecek misin?"

Arif kapıdakilerin polis olduğunu duyunca korkmuştu. Mazlum ve naif bir insan olduğu için, devlet karşısında boynu kıldan inceydi, boynunu büküp içeri davet etti polisleri. Arif yeni çay demlemişti. Evin içine kurduğu sobada kaynamaktaydı çaydanlık. Polislere çay ikram etmek istedi.

"Sıcak, taze çayım var. Çay doldurayım mı?"

Baran Oğuz ve iki arkadaşı oturmuşlardı. Tuna ve Senem, Arif'in çay ikramına cevap vermesi için Baran Oğuz'a baktı.

"Olur, bir çayını içelim Arif Bey..."

Baran Oğuz etrafı inceliyordu gözucuyla. Üçü kırık banka oturmuş, hemen önlerine Arif oturmuştu. Arif üçüne de çay doldurmuş, kendisi de bir bardak almıştı. Arif'in yüzü pencereye dönüktü. Pencerede sadece pervaz vardı, camlar poşetle tutturulmuştu. Birkaç küçük cam parçası ve poşetle kaplı bir pencereydi. Tuna, Baran Oğuz'un tetikte olduğunu fark edince ne olur ne olmaz diyerek, çayla ayağa kalktı, çayını sobanın etrafında içmek istiyor gibi davranıyor, tetikte bekliyordu.

Biraz havadan sudan, kâğıtçılıktan, bu gecekondu evinden falan konuştular. Arif rahatladı. Ama hemen arkasından Baran Oğuz asıl soruyu sordu.

"Ezgi Demircioğlu seni hep ziyaret eder mi?"

Arif, Ezgi adını duyunca öyle bir irkildi ki polisler bile korktu. Arif kekelemeye başladı.

"Ben öyle birini tanımıyorum!"

Tuna bir hışımla hamle yaptı.

"Nasıl tanımıyorsun lan! Senin evine girerken gördük kadını!"

Arif o an kapana sıkışmış bir hayvan gibi hissetti. Birden yerinden fırladı. Baran Oğuz ve Senem'in oturduğu koltuktan bir ayağıyla güç alıp, kendini çemberden geçen sirk aslanı gibi polislerin arkasındaki camları kırık poşetli pencereye fırlattı ve şangır diye kalan camları da parçalayıp dışarıya atladı.

Bu beklenmedik ani aksiyon üzerine Baran Oğuz yerinden sıçradı ve elindeki çayı yine üstüne döktü. Yine haşlanmıştı, çığlık attı.

"Lan!... Sakin ya biraz, hay delisine de çayına da başlayacağım ya!"

Tuna Arif'in akrobatik bir maymuncuk gibi camdan geçmesinden çok etkilendi ve teşkilatın bastırmasını tembihlediği tüm psikopatça hareketleri tetiklendi. Tuna elindeki çayı fırlattı, çay bardağı tam karşısında üstüne daha demin dökülmüş çayı temizlemeye çalışan Baran Oğuz'un üstüne döküldü. Baran Oğuz, tam Tuna'ya tepki gösterecekken, Tuna kâğıtçı Arif gibi Baran Oğuz ve Senem'in şaşkın bakışları arasında pencereden atladı ve koruluğa doğru koştuğunu gördüğü Arif'in peşinden koşmaya başladı.

"Lan bunların hepsi deli ya, dört tarafı açık, kapısı kırık gecekondudan, pencereden atlayıp çıkıyorlar!"

Senem bir taraftan eline geçirdiği bezle Baran Oğuz'a yardım etmeye çalışırken, bir taraftan da onları bekleyen tehlikeye dikkat çekmek istedi.

"Amirim bence şu an kâğıtçının yerine Tuna'yı yakalamamız gerekiyor. Çok pis kontrolden çıktı."

Tuna korulukta Arif'i yakaladı ve altına aldı, yumruklamaya başladı. Arif o an Tuna için, yaşlı bir kâğıtçıdan ziyade bir suçluydu, onlarca kayıp kadının katilini yakaladığına inanıyordu ve var gücüyle Arif'i yumruklamaya devam ediyordu. Arif'in beyaz gömleği yine kan içinde kalmıştı, her yumrukta gömleğe, öbek öbek kan dökülüyordu.

Arkadan koşan polisler yetişti. Tuna'nın bir canavar gibi Arif'i parçaladığını görünce korktular. Baran Oğuz onları tam da bunun için getirmişti. Bir olay olması durumunda, Tuna'yı sakinleştirmeleri için. Eğer Tuna'ya müdahale etmezlerse, şüpheli bir ölüye dönüşecekti. Koşarak kollarına sarıldılar. Dördü birden Tuna'yı Arif'in üzerinden almaya çalışıyordu. Tuna direniyor, yumruklarını patlatmaya devam ediyordu.

"Amirim yapma! Kurban olayım!"

"Adam öldü, öldü!"

"Baş komiser adamı bu halde görürse anamızı siker!"

"Amirim bizi sürer, ne olur kendine gel!"

Tuna polislerin seslerini duymuyor ve durmuyordu. Birden gürültüyü bastıran bir kükreme seli geldi. Baran Oğuz'un güçlü sesi, koruluğun yapraklarını titretti.

"Yeter ulan! Kendine gel!"

Tuna bu kükreyişi duyunca sakinleşti, kalktı Arif'in üzerinden, yana yattı. Onda da derman kalmamıştı. Senem koştu, cep telefonu ışığını Arif'in yüzüne tuttu! Şok oldu, irkildi. Daha demin onlara tüm naifliğiyle çay veren fukaranın o samimi yüzü, demlik metaline yansıyan insan yüzlerinin deforme oluşları gibi bambaşka bir şekle girmişti. Tuna, resmen Arif'in suratını sündürmüştü. Ama hâlâ kendindeydi Arif, sürüne sürüne olay mahallinden kaçmaya çalışıyordu. Baran Oğuz yanına oturdu.

"Arif! Korkma! Geçti! Kimse sana zarar vermeyecek. Niye kaçtın söyle? Ezgi'nin adını duyunca niye kaçtın? Ha Arif! Silah mı verdi sana saklaman için? Yavrum söyle bak! Bir şey yapmayacağız..."

Arif öyle darbeler almıştı ki hayalle gerçek karışmış, bambaşka bir dünyadaydı. İnliyor sızlıyor, bir yandan da Baran Oğuz'un o şefkatli babacan sesini dinliyordu! Bu ses onu rahatlatıyor, yalvar yakar bir şeyler söylemeye çalışıyordu baş komisere.

"Ben bir şey yapmadım! Göm dedi gömdüm! O öldü dedi! Göm dedi! İyi olacak dedi... Gömdüm sadece, o ölmüştü!"

Baran Oğuz bu sözleri duyunca kanı çekildi. Senem ve Tuna da dikkat kesilmişti. Kayıp kadınlar dosyasındaki maktullerin, caninin biri tarafından gömüldüğünü biliyorlardı. Baran Oğuz'un aklında birçok soru vardı.

"Bu gömme işi neydi? Yoksa davayı çözdük mü? Aradığımız, kadın katili cani bu mu? Ezgi'yi arayan ve ismini vermeyen şahıs şu an yerde kanlar içinde kıvranan Arif mi? Ezgi'yle bu caninin ne işi var?"

Baran Oğuz Arif'e döndü.

"Nereye gömdün onu? Bize göster, nereye gömdün?"

"Söyleyemem! Kimse bilmesin dedi! Kimse bilmesin dedi! Bilirlerse onu bulurlarsa iyileşemezsin dedi!"

"Kim dedi bunu sana?"

"Ezgi! Ezgi kızım! O gömdürdü bana! O öldü, dedi. Göm onu! Gömdüğün yeri kimseye söyleme, dedi!"

Arif'in dedikleri polisleri şoktan şoka sokuyordu. Sanki olayları çözüyor, sonuna doğru gidiyorlardı. Korulukta büyük sessizlik oluştu. Herkes birbirine bakıyor, üç dedektif dosyanın detaylarını hatırlamaya çalışıyor, Arif'in dediklerinden bir sonuca varmayı hedefliyorlardı. Baran Oğuz eğildi, kâğıtçı Arif'in kanlı yüzüne şefkatle baktı. Gülümsedi ona. Arif o kadar çaresiz durumdaydı ki bu kendisine bir baba şefkatiyle bakan polise sarılmak üzereydi. Baran Oğuz da ona şefkatle bakmaya devam etti.

Arif ona acıyan bir insan görmüştü nihayet. İçi ısınmıştı. Demek herkes Tuna kadar vahşi değildi. Onu anlayan birileri de vardı. "Bir şey yapmadım..." diye düşünüyordu. "Kimseye bir zarar vermedim, kimsenin bir şeyini çalmadım, bunlar ne istiyor benden? Ezgi kızımın dediklerini yaptım sadece, bana iyi gelecekti, iyileşecektim, Ezgi kızım iyi biri, o tavsiye etti, ben de yaptım, ama bu polisler ne arıyor, neden bunu yapmama karşılar, beni neden dövdüler?"

"Bana nereye gömdüğünü göstereceksin. Ben de seni ve Ezgi kızını rahat bırakacağım, anlaştık mı?"

Arif dimdik ayaktaydı. İnlemesi geçmişti. Sanki o kadar dayağı yiyen o değil gibiydi. Arif baş komisere baktı ve onun "Hadi!" hareketiyle koruluğun içinde yürümeye başladı. Polisler peşindeydi. Sonra bir noktaya geldi. Durdu birden. Dizlerinin üstüne çöktü. Toprağın üstünü elleriyle okşadı, sevdi, öptü. Sonra baş komisere döndü.

"Buraya. Buraya gömdüm. Annemizdi o bizim. Annemizi gömdüm buraya. Ne olur incitmeyin onu. Seviyordum ben onu. Zarar vermeyin ona."

Baran Oğuz cesetlerin gömüldüğü yeri bulduğunu düşünüyordu. Hemen emirler vermeye başladı.

"Tuna merkezi ara. Ekip yollasınlar, adli tıptan acil ekip, ambulans ve başsavcıya haber verin. Kazı yapacağız."

Diğer polislere döndü.

"Siz ikiniz bir kazma kürek bulun, sen etrafa çember çek. Vakit yok, hemen kazalım, belki yeni birini de gömmüşlerdir."

Tuna anonsları geçti. İki polis ise koşturarak Arif'in evine gittiler. Kısa süre sonra kazma ve kürekle geri geldiler. Etrafa olay yeri çemberi çekildi ve iki polis kazmaya başladı. Arif,

Tuna tarafından bir ağaç dibine kelepçelenmişti, sessizce ağlıyordu! Tuna yanına çöktü, sigara paketini çıkardı, bir sigara yaktı, bir sigara da Arif'in ağzına tutuşturdu. Arif derin derin içine çekti dumanı. Tuna baktı, acıdı.

"Psikolojik sorunlarım var! Hafif deliyim yani, senin gibi! O yüzden yani fazla dövdüysem özür dilerim!"

Arif sigarasını iyice içine çekti, bir yandan da başıyla Tuna'yı anlayışla karşıladığını belli eden hareketler yaptı.

Kazı ekibi bir şeye ulaştığını bildirdi. Bu katılaşmış bir kadın eliydi. İnce bir kadın eli, donuk, kıpırtısız, soğuk, ölü bir kadın eli.

"Amirim el bu! Kadın eli..."

Tuna ve Senem de duydu bunu! Korkuyla yaklaştılar kazı bölgesine. Karanlığın içinde fenerlerle aydınlanan kazı alanının tam ortasında bir el gökyüzüne bakar şekilde durmaktaydı. Sanki tutup çıkarın beni der gibiydi! Baran Oğuz'un gözleri büyüdü. Ayağa kalktı! Kazı ekibine baktı!

"Çıkarın kadını!"

***

Aylin, Ezgi'den gelen mesajı okumuş, geçiştirildiğini düşünüp daha da sinirlenmişti.

"Ulan kadına ölüyorum diyorum kadın sabret diyor, bunların psikoloji bilgisine tüküreyim ben!" deyip telefonu duvarda parçaladı. Ardından pişman oldu... Mehmet Can'a ne diyecekti şimdi? Yine yalan söyleyecekti, yine yakalanacak ve *yine* dayak yiyecekti.

Telefonun parçalarını yerden toplarken ağlıyordu Aylin. Ekranın kırıldığını görünce birden yere çöktü. Sinirlerinin artık gerilecek yeri kalmamıştı. Gözyaşlarını silerken bir anda gülmeye başladı. Kahkahalar atıyordu salonun ortasında.

"Tamam, tamam... Siz kazandınız."

Yerden kalkmaya çalışırken konuşmaya devam ediyordu.

"O zaman hadi bakalım başlasın sonun başlangıcı."

İçki dolabına doğru gitti, bir müddet elimizde neler varmış bakalım der gibi inceledi.

Bir sürü yarım kalmış şişenin içinden açılmamış votka şişesini aldı, televizyonun büyük ekranına babasının resmini yansıttı. Sonra ekranın karşısına geçip şişeyi babasına kaldırdı:

"Şerefinize efendim!" dedi. Ve böylece içmeye başladı Aylin.

İçtikçe ağladı, ağladıkça içti. Bir zaman sonra sızdı. Sonra ağlayarak uyandı, yine içti, yine sızdı. Bu döngü böyle devam etti. Sabaha kadar...

-16-

Karanlık bir ormanda nemli, üzeri çürümüş yapraklarla örtülü bir toprak parçası çatladı, oynadı yerinden. Islak kurtçuklar, debelenen bakır renkli parlak solucanlar döküldü her yana. Lif, lif, ak damarlı bitki kökleri çıktı ortaya. Sonra bu hareketli kara toprağın içinden kırık, bakımsız tırnaklarıyla bir el çıktı. Sanki bir mezara canlı canlı gömülmüş, oradan kurtulmak isteyen birinin eliymiş gibi tırnaklarını geçirdi toprağa ve kendini dışarıya çıkarmaya çalıştı. Ardından topraktan ıslak kara saçlarıyla bir baş çıktı. Sonra çamur içinde kapkara bir yüz. Ve birden gözlerini açtı, okyanus mavisi gözleriyle Ezgi'ydi bu. Ezgi kendini topraktan zar zor, sanki doğa onu doğuruyormuş gibi çıkardı. Yığıldı yere. Sonra dermansız, yorgun kollarından güç alıp ayaklandı. Çırılçıplaktı Ezgi. Anadan üryandı. Vücudundaki çamuru, kiri pası eliyle sildi. Temizlenmek istedi. Temizlendi fakat bu sefer de boynundan aşağısının, elleri ve ayakları hariç neredeyse tüm bedeninin yanık içinde olduğunu fark etti. Tıpkı kolundaki süt lekesi gibiydi her yeri... Ne göğüsleri göğüstü, ne kalçaları kalça. Her yeri garip yer şekilleri gibi girintilerle çıkıntılarla doluydu. Ne yapacağını bilemedi. Şoktaydı. Karanlık ormanın içine doğru yürüdü. Bir çıkış aradı. Sık ağaçların arasından geçip, servilerle çevrili bir açık alana geldi. Orada biraz ilerde kapkara örtülerle kaplı birinin olduğunu gördü. Ona doğru yürüdü. İyice yaklaştı. Tanıdık bir duyguydu ona yaklaşmak. Kara kumaşlara sarılı kişi döndü. Yüzünü açtı. Bu Ezgi'nin annesi Zarife'ydi.

"Anne! Anne halime bak! Suat yaptı anne, Suat Yılmaz!"

Zarife Ezgi'ye doğru yaklaştı. Kızını baştan aşağı süzdü. Donuktu ifadesi, hissiz duygusuzdu annesi. Ezgi Zarife'nin elinde bir silah tuttuğunu ve boynunda kehribar kalp kolyesi olduğunu gördü. İyice ürperdi. Zarife ona elini salladı.

"Beni affet! Halletmem gereken bir iş var! Gitmem gerek! Seni sevemediğim için beni affet! Sen Meryem'i çok sev! Hiç kızma ona! Hiç üzme!"

"Anne hayır! Gitme! Ben yapma dedim, o yaptı ama anne. Suat yaptı."

Ezgi'nin tüm vücudu yanık içinde ve sızlıyordu. Ama annesi yine de arkasını dönmüş gidiyordu.

"Beni affet kızım..."

"Anne, ne olur beni böyle bırakma! Ben bu halde ne yaparım! Suat çocuğumu öldürdü anne, zorla aldılar onu benden! Yalvarırım gitme!"

Ağlamaya başladı Ezgi. Zarife sanki kızının feryadını duymuyor gibiydi. Sedirlerin arkasında üzeri sisle kaplı göle doğru yürüdü ve bu göle girdi. Suları bembeyaz parlayan gölün içinde kara bir güneş gibi uzaklaşarak ağır ağır batmaya başladı. Ezgi arkasından koşup, "Anne! Anne!" diye bağırdı, gölün kenarına geldi ama ona yetişemedi. Burnuna kaynayan süt kokusu geldi. Dibi tutmuş, kaynayıp taşmış bir süt kokusu. Annesinin iyiden iyiye kaybolmakta olduğu bu devasa, üzeri sis kaplı gölün, fokurdadığını gördü. Kıyıda ayaklarının dibinde köpük köpük balonlar kabarmakta, patlamaktaydı. O an bu gölün, kaynayan bir sütten ibaret olduğunu anladı. Korkup geri çekildi. Uzakta gölün ortasında annesinin batıp gittiğini, yok olduğunu gördü.

Çığlık attı.

"Anne!"

***

"Anne!" diye bağırarak uyandı Ezgi. Gözlerini açtığında evinde, yatağındaydı! Kan ter içindeydi. Bunun bir kâbus olduğunu anladı. Sabah olmuştu. Doğruldu yataktan. Vücuduna baktı! Sadece kolunda süt lekesi vardı. Rüya görmüştü. Korkunç bir rüyaydı sadece...

Rüyadan uyanmıştı ama annesinin kaybolduğu o kaynar süt gölünün kokusunu hâlâ alıyor gibiydi! O yanık dibi tutmak üzere olan gölden gelen koku. "Bu lanet kâbusun içinde miyim hâlâ?" diye düşündü bir an. Sonra kalktı yatağından. Yatak odasının kapısını açıp koridora çıktı. Süt kokusu daha yoğun geldi burnuna! Endişelendi, korkuya kapıldı.

Yine allak bullak bir haldeydi. Koridoru geçip merdivenlerden indi yavaşça, mutfağa doğru ilerledi. Koku artık inanılmaz yoğunluktaydı. Telaşla mutfağa girdi. Meryem'i ayak parmaklarının üzerinde yükselmiş, bir tencere kaynar sütü elinde tahta bir kaşıkla karıştırırken gördü. Meryem annesini mutfakta korkulu gözlerle ona bakarken görünce, sıcacık bir gülümsemeyle karşıladı onu. Fakat Ezgi dehşete kapılmıştı!

"Hayır!"

Çığlık atarak Meryem'e koştu. Meryem'i tuttuğu gibi tencerenin başından aldı ve mutfağın başka bir köşesine fırlattı. Küçük kız ne olduğuna anlam veremeden yere düştü ve ağlamaya başladı. Daha demin rüyasında annesi ona Meryem'e zarar verme, onu sakın üzme dedikten hemen sonra resmen kızına şiddet uygulamıştı. Meryem annesinin davranışlarından korkmuş ve küçük, narin bedeni yere düşünce acımış, ağlıyordu. Ezgi Meryem'i o halde görünce, yıkıldı, ona sarılmak üzere, ağlamaklı bir şekilde yürüyordu. Meryem tedirgin olmuştu. Annesinin kendisini döveceğini düşündü.

"Gelme! Bana vurma! Bana vurma!"

"Hayır, hayır kızım, vurmayacağım. Vurur muyum ben sana hiç, hayır."

"Vurdun demin, Aslı anne, Aslı anneyi istiyorum."

Ezgi yıkılmıştı, kafasını çevirdi ki Maya mutfakta ayakta şok olmuş bir halde onlara bakıyordu! Dili tutulmuş gibiydi. Ezgi'yi hiç böyle görmemişti, ne olduğunu anlayamamıştı, Ezgi onun gözleri önünde Meryem'i almış fırlatmıştı, donup kalmıştı. Ezgi çömeldiği yerden kalktı, bu sefer Maya'nın üzerine yürüdü ve bir tokat salladı hizmetçiye! Maya şaşkındı, bir taraftan da Meryem'i düşünüyordu.

Meryem bunu görünce daha da ağlamaya başladı. Koşarak Maya'nın bacaklarına sarıldı.

"Hayır, ona da vurma, ne olur vurma bize!"

Bu arada ocaktaki süt iyice kabarıp taştı! Fokur fokur yere döküldü. Bunu gören Ezgi çığlığı bastı. Maya Meryem'i kucaklayıp, salona koştu. Ezgi delirmiş gibi hareketlerle gidip ocağın altını söndürdü. Sonra salona geldi. Meryem ve Maya, birbirlerine sığınmış, çıldırmış gibi uyanmış Ezgi'den kendilerini korumaya çalışıyorlardı. Ezgi yaklaştı. Sonra önlerine çöktü, ağlamaya başladı.

"Ben korktum! Kızım korktum! Bak koluma bak! Bu iz! Kaynar süt yüzünden oldu! Sana da olacak sandım! Kızım beni affet!

Seni korumak istedim! Canım! Aşkım benim, beni affet! Ben hiç sana kıyar mıyım, hiç sana vurur muyum, ne olur beni affet. Sütle kendini yakacaksın sandım."

Ezgi titreyerek ağlıyordu. Annesinin bu halini gören Meryem ikna olmuştu, yaşına göre fazla olgun tabiatlı bir çocuktu. Annesinin haline üzüldü. Maya'nın kucağından inip annesine doğru gitti ve ona sarıldı.

"Ağlama anne! Tamam ağlama! Ben bana vuracaksın sandım! Özür dilerim anne! Lütfen ağlama."

Ezgi, kızının doğum gününde ona büyük bir travma hediye etmişti. Bu yüzden kendini affedemiyordu. Kızına sarıldı. Öptü, kokladı, bir türlü gözyaşları dinmiyordu. Sürekli özür diliyordu. Sonra Maya'ya baktı, Maya da ağlıyordu.

"Maya, çok özür dilerim affet beni! Kaybettim kendimi! Süt... Neden süt kaynatıyordunuz? Meryem'i orada görmek! Korkunçtu! Ne olur anla beni! Affet yalvarırım!"

Maya da ağlıyordu.

"Meryem, doğum günü için kendi elleriyle tatlı yapmak istedi. Kaç gündür söylüyordu! Ben de ona Rusya'dan bir sütlü tatlı tarifi öğretmek istedim! İnanın bu hassasiyetinizi, kolunuzdaki yara izinin sebebini bilmiyordum! Sadece kısacık bir an telefonumu almak için gittim! Bir dakika bile değildi yanından ayrılmam! Sütü karıştırmak isteyeceği aklımın ucundan geçmedi! Çok özür dilerim. Siz de affedin."

Bir yandan Ezgi, bir yandan Maya, bir yandan da Meryem ağlıyordu. Bir süre ağladıktan sonra sarıldılar ve birbirlerini teselli ederek sustular.

* * *

Bu sırada emniyette, gözaltı odasında, Baran Oğuz ve kâğıtçı Arif bir masada karşılıklı oturmaktaydı. Masanın üstünde çıplak bir vitrin mankeni boylu boyunca uzandırılmıştı. Arif'in Tuna tarafından darmadağın edilmiş yüzünü pansumanla bir miktar düzeltmeye çalışmışlardı. Ama hâlâ ciddi anlamda kayık durumdaydı. Baran Oğuz, masadaki vitrin mankenine bakıp iç geçirdi. Deli kâğıtçıyı bir hiç uğruna dövmüş olma ihtimalleri de vardı. Baş komiser bu düşünceyi kafasından attı ve Arif'e döndü.

"Oğlum bu ne lan! Niye gömdün bunu koruluğa?"

Arif şişmiş dudaklarını güçlükle açıyordu.

"İyileşeyim diye gömdüm! Ezgi kızım göm dedi. Gömdüm!"

Baran Oğuz hâlâ hiçbir şeyi anlamıyordu, kafasında dün geceye kadar birbirine rahatça bağlanan olaylar örgüsünü bir arada tutamıyordu artık, baştan beri saçma çıkarımlar yaptığı endişesine kapılmıştı!

"Kim oğlum bu! Gömülünce niye iyileşiyorsun sen? Kara büyü mü? Muska falan mı?"

"Fidan!"

"Fidan kim?"

"Fidan! Karım! Çocuğumun anası! Annemiz!"

"Hah, iyice delir!"

Bu arada Tuna ve Senem, gözaltı odasındaki aynanın arkasından içeriyi izliyordu. Tuna, Arif'in deliliğine çok sık vurgu yapıyordu.

"Al işte! Büyük deli abi! Çok büyük bir ruh hastası!"

"Tamam anladık."

"Yahu neyi anladınız, adam deli diyorum."

Senem bir şey demedi. Tuna'ya acıyarak bakıyordu! Gözaltı odasının içindeki Baran Oğuz ayağa kalktı, ellerini beline dayadı. Sonra Arif'in tepesinde dikildi. Bir elini Arif'in omzuna attı.

"Ezgi kızın senden başka birilerini de gömmeni istedi mi?"

"Yok! İstemedi! İlaç getirdi bana! Gömleğimi yıkadı! Ona dokunmayın! Ezgi kızım kurtardı beni! Adamlara ateş etmese ben ölmüştüm! O kurtardı beni ellerinden!"

Baran Oğuz, Ezgi'nin birilerine ateş ettiğine dair bilgiyi duyunca, zihnindeki kopmuş olay örgüleri, yine birleşmeye, çeşitli kurgular oluşturmaya başladı. Artık Ezgi'yi gözaltına almanın zamanı gelmişti. Kâğıtçı Arif de Ezgi'nin silahlı olduğunu ve birilerine ateş ettiğini itiraf etmişti! Annesine silah doğrulttuğu kamera görüntüleri de eldeydi. Bu Ezgi'yi sorgulamak için yeterli bir delildi! Baran Oğuz işine yarayacak küçük bir şey bulabildiği için keyifle gözaltı odasının kapısına doğru yürüdü. Arif arkasından seslendi.

"Amirim Fidan burada böyle yatmasın! Yazıktır ona!"

Baran Oğuz Arif'e dönüp baktı.

"Şimdi memur arkadaşları gönderiyorum! Onu yine aynı yere gömmelerini söylerim! Sen endişe etme!"

Baran Oğuz gözaltı odasından çıktı. Diğer odada ayna arkasında kahvaltılarını yapmakta olan Tuna ve Senem'in yanına geldi. Tuna atıldı.

"Amirim çay?"

Baran Oğuz çok pis baktı Tuna'ya, sanki çay ikram etmeyi teklif etmemişti de, ona küfür etmişti.

"İşlemleri başlatın! Ekip hazırlayın! Bu akşam Ezgi Demircioğlu'nu gözaltına alıyoruz!"

"Emredersiniz amirim! Ama hangi suç kapsamında?"

"Silahlı cürüm işleme! Ve zihinsel engelli vatandaşı suça teşvik."

Tuna ve Senem şaşkındı ama emir büyük yerden olduğu için ses edemediler! İkisi de son lokmalarını yiyip odadan hızla çıktılar. Baran Oğuz aynadan gözaltı odasındaki Arif'e baktı. Arif masada yatan vitrin mankeninin başını okşuyor ve ağlıyordu.

"Geçti, geçti Fidan'ım! Götürecekler seni evimizin oraya, yine yakınıma gömecekler! Fidan'ım canım Fidan'ım!"

-17-

Öğle saatlerinde, Ezgi'nin İstinye sırtlarındaki muhteşem villasında, doğum günü için tüm hazırlıklar yapılmış ve misafirler gelmeye başlamıştı. Etrafta üzerinde "Meryem" yazan balonlar, çeşit çeşit tatlılar, kurabiyeler, hediye paketleri vardı, Tülin Hoca, Ayla, Behiye, Nuran, Volkan ve Meryem'in okuldan arkadaşları, onların ebeveynleri içerideydi. Şen şakrak kahkahalı bir doğum günü partisi vardı.

Ezgi çok hoş bir kıyafet giymişti, süt lekesini göstermeyen bir elbiseydi bu. Meryem peri kızı gibiydi, elinde bir sihir asası bile vardı. Maya da Mehmet gelecek diye düşündüğü için her zamankinden daha özenli giyinmişti. Nuran ve Behiye bir köşede olan biteni izliyordu. Nuran'ın aklı Zarife'deydi.

"Ezgi'ye söz vermiş Zarife, bakarsın pat diye çıkar gelir, değil mi Behiye?"

"Ay inşallah canım, mutlaka gelecektir o, sen hiç merak etme."

"Ah gelse de görse torununu, gelse de görse tek torununu. İnsanın böyle güzel bir torunu, böyle harika bir kızı olur da, hiç doğum günlerine katılmaz mı? Gelecek, ben öyle hissediyorum."

Meryem ve etrafta koşuşan arkadaşları salonun ortasında oyun oynuyorlardı. Doğum günü partisi devam ederken kapı çaldı. Kapıya koştur koştur Meryem gitti. Bugün onun günüydü ve kapıyı her çaldığında kendisi açmak istiyordu.

Gelen Aylin'di. Genç kadın ayakta durmakta güçlük çekiyor, her zerresinden buram buram alkol ve öfke yayılıyordu.

"Ooo! Bu küçük de kim?"

Dengesini bulmakta zorlanıyordu. Avucunun içiyle kapının eşiğine dayanmaya çalıştı ama o kadar alkollüydü ki başaramadı. Tam çocuğun üzerine doğru kapaklanacağı anda Ezgi koşup tuttu Aylin'i.

"Tamam, tuttum, sorun yok. Sen içeri geç anneciğim hadi!" dedi Meryem'e.

"Anneciğim mi?" dedi Aylin, hıçkırdıktan sonra. "Aaa! Sevgisiz büyüyecek bir kız çocuğu daha desene... Şışşş küçük, sana abla tavsiyesi, erkeklerden uzak dur..."

Aylin bir yandan Ezgi'nin elinden kurtulmaya çalışıyor, bir yandan da etrafta kim var kim yok anlamaya çalışıyordu. Tam gözüne kestirdiği bir sandalyeye çökmeye karar vermişti ki o sırada mutfaktan çıkan annesiyle göz göze geldi.

"Vay! Tülin Hocamız da buradaymış, tabii..." Üst üste gelen hıçkırık nöbeti sonrası devam etti: "Kambersiz düğün olmaz..."

Tülin Hoca kızının haline inanamadı. Evet alkollüydü, ama peki ya yüzündeki morluklar, dudağındaki yara?...

Ezgi, genç kadına bir bardak su içirmeye çalıştı ama Aylin oralı olmadı. Elinin tersiyle itti Ezgi'nin bardak tutan elini.

"Ölüyorum dedim lan size, ölüyorum!..."

Yerinden kalktı, annesine doğru yürüdü. Ezgi tam tutacakken Tülin Hoca'nın bırak gelsin işaretiyle yerinden kıpırdamadı.

Tülin Hoca, "Aylinciğim, bak misafirlerimiz var, bugün küçük Meryem'in doğum günü, gel istersen biz mutfakta konuşalım" deyip kızının koluna girmeye çalıştı ama Aylin müsaade etmedi. Onun da elini itti.

"Demedim mi anne? Yardım et, desteğine ihtiyacım var demedim mi?" Sonra Ezgi'ye döndü. "İkinize de dedim ulan... Çığlık attım beni görün diye!"

Aylin bu sefer sendeleyerek Ezgi'ye doğru yürüdü. Parmak sallayarak gülmeye başladı.

"Sen var ya sen... Ulan... Kendi annen seni sevmedi diye benimkini çalmak nedir ya? Tüm gençliğim seni taklit etmekle geçti, belki annem biraz olsun benimle de ilgilenir diye. Senin gibi giyindim, saçımı senin gibi kestirdim. Biriniz fark etmediniz, biriniz dönüp de bu kız ne yapıyor demediniz."

Tülin Hoca bu duydukları karşısında oldukça şaşkındı çünkü gerçekten de kızının Ezgi'ye benzeme çabasını hiç fark etmemişti. Evet, bir dönem benzer stillerde giyinmişlerdi ama bunu gençlik özentisi olarak görmüş, üstüne düşmemişti. Yıllardır yüzleşmekten kaçtığı soru şimdi gün gibi herkesin ortasında duruyordu işte...

"Ben gerçekten de kötü bir anne miyim?" diye fısıldadı Tülin Hoca kendine.

Tüm salonda sessizlik hâkimdi. Tüm çocuklar annelerinin eteğine yapışmış, korkuyla bu garip tiyatroyu izliyordu.

Ezgi ise bir Maya'nın bacağına yapışmış Meryem'e, bir ortada yılların acısını kusan Aylin'e bakıyordu. Kızını doğru sevmeyi beceremezse ileride aynı sahneyle karşılaşacaktı. Hesap soracaktı kızı ondan, beni neden görmedin diye. Ona iyi ve güvenlikli bir hayat sunabilsin, kimse onlara dokunamasın diye kızından ayrı geçireceği onca zamanın hesabı, yıllar sonra böyle mi ödenecekti? "Demek ki önemli olan dokunulmaz bir hayat inşa etmek değil" diye düşündü Ezgi. Başına ne gelirse gelsin daima onu görecek, önemseyecek, önceliği yapacak bir anne gibi sevmek önemli olan...

Ezgi bu farkındalıkları yaşarken Aylin'in bağırtısı onu kendine getirdi. Gözyaşları da eşlik ediyordu artık öfkesine.

"Annenden bu kadar nefret ederken, annenin aynısı başka bir kadına bu hayranlık niye? Görmüyor musun onun sevgisizliğinin bana yaptıklarını?"

Ağlaması şiddetlenmişti, artık hıçkırıkları ağlamaktandı.

"Benim tek suçum senin gibi tecavüze uğramamış olmam mı Ezgi, o yüzden mi ben haklı olamıyorum bir türlü travmalarımda? Annem beni de en az seninki kadar sevmedi, benim de başım okşanmadı hiç, farkında değil misin? Bu nasıl bir ikiyüzlülüktür ya, kendi annenden nefret et, benimkine tap!"

Bir dakika boyunca hiçbir şey demeden ağladı. Kimsenin yanına gitmeye cesareti yoktu. Sonra derin bir iç çekti. Bağırmadan, normal bir sesle konuştu.

"Sen de büyük hayal kırıklığı çıktın Ezgi Demircioğlu."

Aylin annesine döndü son kez. Utanç vardı annesinin suratında, belli ki rezil oldu diye üzülüyordu. Herkes onu "kötü anne" olarak bilecek diye dertleniyordu. Hâlâ kızının çığlığını duymuyor, gereksiz bir hezeyan olarak görüyordu. Aylin, sarhoş olmasına rağmen anladı annesinin hislerini, konuşmanın nafile olduğunu...

Şöyle bir baktı salona.

"Size bir şey diyeyim mi? Allah hepinizin belasını versin!"

***

Mehmet, kendisine son günlerde sık sık yalan söyleyen Aylin'i takip etmiş, arabasını Ezgi'nin evinin giriş kapısını görecek şekilde park etmişti. Arabada bekliyor, kapıdan giren misafirlere bakıyordu.

Aylin'in, ona sunduğu imkânlara rağmen hâlâ başka insanlarla iç içe olacağı sanat okulu fikrinden vazgeçmemesini kendine yediremiyordu. Yalan söylemesi zaten affedilir bir şey değildi. Ezgi'nin tanıdığı olmasa şimdiye çoktan...

Aylin'in onu dışlayıp annesiyle ve Ezgi'yle bağ kurmaya çalışmasını da gururuna yediremiyordu, onu hiçbir zaman, hiçbir şekilde, hiçbir kadın dışlamamalıydı. Kadınların kendisine mecbur olduğuna inanıyordu. Onu dışlayan kadın olamazdı, istediği her kadını, öyle veya böyle elde etmişti, elde edemediğini de cezalandırmıştı.

Bu düşüncelerle, arabanın kapısını açtı, tam inecekken bir tuhaflık sezdi. Ayağını içeri soktu, kapıyı yavaşça kapattı ve kafasını öne eğdi. Yolun sağ ve soluna bazı araçlar yanaştı. İçinden polis oldukları her halinden belli birkaç sivil indi.

Mehmet, "İyi ki inmedim" diye geçirdi içinden.

* * *

Aylin kapıyı çarpıp çıkınca Nuran hemen müziğin sesini açıp çocukları neşelendirmeye çalıştı. Çocuklar da dünden razıydı zaten. Az önce izledikleri sanki bir tiyatroymuş gibi hemen unutup normale döndüler. Ama Tülin Hoca ve Ezgi bir süre dönemedi.

Herkes biraz daha keyiflenince, Maya, üç katlı, muhteşem pastayı getirdi. Üstünde Meryem, Aslı ve Ezgi'nin birbirine sarıldığı bir resmin olduğu bembeyaz pasta, çocukların alkışları ve çığlıkları eşliğinde salonda yerini aldı. Mumları henüz yakılmamıştı. Meryem ve çocuklar pastanın etrafına toplandılar.

***

Dışarıda hareketlilik devam ederken Aylin ağlayarak evden çıkıp yalpalaya yalpalaya sitenin çıkışına yürüyordu. Farlarını yakıp söndüren arabayı görünce Mehmet'in kendisini takip ettiğini anladı. Sürekli araba değiştirdiğinden hangi arabayla gezdiğini bilmiyordu. Hakkında açılan yolsuzluk davaları yüzünden ülkeye bir süre kaçıp saklandığı Azerbaycan'dan kaçak girmişti ve sürekli kiralık arabalar kullanıyordu.

Aylin arabaya yaklaştıkça Mehmet'in pis pis güldüğünü gördü ve sırf o yüzündeki pis sırıtmayı silmek için adamın sinirlerini hoplatmaya karar verdi. Arabaya biner binmez bombayı patlattı:

"Hadi geçmiş olsun hayatım, Ezgi'ye her şeyi anlattım. Birlikte olduğumuzu artık biliyor."

Gerçekten de Mehmet'in gülümsemesi yüzünde donup kaldı. Önce kaşları havaya kalktı sonra da ağzı yavaş yavaş normale döndü. Dişlerini gıcırdattığı, çene kemiklerinin oynamasından belli oluyordu. Sağ yumruğunu sıktı Mehmet. İçinden kontrol edemeyeceği bir öfke nöbetinin geldiğini biliyordu. Tam yumruğunu Aylin'in suratına indirmek için kaldırdığı esnada, dikiz aynasından bir polis arabasının yaklaştığını gördü. Hemen arabayı çalıştırdı ve hareket etti, fakat tam siteden çıkmak üzereyken polis arabasının yanından geçmek zorunda kaldı.

Arabadaki kadının halini fark eden Baran Oğuz, Mehmet'le göz göze geldiğinde bir ürperti hissetti.

"Tuna şu olayı halledelim de bana şu adamı hatırlat olur mu, içimde kötü bir his var bu adamla ilgili."

"Tabii amirim, ben çocuklara haber verdim zaten, bir iki güne rapor gelir adamla ilgili."

Kapıya hızlı park eden araçtan, Baran Oğuz, Tuna ve Senem indi. Arkalarından diğer araçlarda bekleyen polisler de indi.

***

"Meryemciğim gel, bakalım kim gelmiş, birlikte açalım kapıyı." Ezgi, kızının elinden tutup kapıya yöneldi. Ezgi Meryem'in hediyesi için anlaştığı kargocuyu bekliyordu. Fakat kapıyı açmasıyla şok olmaları bir oldu. Kapıda Baş Komiser Baran Oğuz ve polisler bekliyordu.

Ezgi şaşkındı. "Komiserim, hayırdır, annemle ilgili bir gelişme mi oldu?"

"Ezgi Hanım, bizimle emniyete kadar gelmeniz gerekiyor."

İçeride bir uğultu başladı. Herkes kapıya yönelmişti. Meryem ağlamaya başladı.

"Anneciğim bunlar polisler mi, seni mi götürecekler?"

"Ağlama kızım, sakin ol, canım benim..."

Volkan polislere çıkıştı.

"Neden götürüyorsunuz, görmüyor musunuz kızının doğum günü var, zaten annemiz de kayıp, kardeşimi götüremezsiniz."

Baran Oğuz sakindi.

"Şimdi sakin olun arkadaşlar. Siz lütfen partinize devam edip, bu güzel prensesi de üzmeyin, biz Ezgi Hanım'la merkeze gidip, ondan biraz bilgi alıp geri geleceğiz, tamam mı?"

Ezgi gözaltına alındığının farkındaydı. Meryem daha fazla üzülmesin diye konuyu uzatmak istemedi.

"Tamam, gidip gelelim o halde hemen, anneciğim sen arkadaşlarınla eğlen, bak burada dayın var, Maya var, siz birlikte eğlenin, ben geleceğim, tamam mı yavrum?"

Ezgi polislerle evden çıkarken Maya'yı tembihlemeyi ihmal etmedi, akşama dönemeyebilirdi.

Ezgi ve polisler evden çıkalı beş dakika olmuştu, bu yüzden tekrar kapı çaldığında Meryem annesi sanıp kapıya koştu. Kapıyı açınca aslında çok da yanılmadığını anladı. Gelen annesiydi, Aslı annesi!

"Aslı anne!"

Meryem ile Aslı sarmaş dolaş oldular.

"Doğum gününü kaçıracağımı düşünmedin herhalde tatlı cadı, annene de sürpriz olsun diye söylemedim."

Nuran, Behiye ve Volkan da hemen koşarak kapıya geldi. Volkan, Ezgi'den tanıyordu Aslı'yı, çocukluk arkadaşıydı. Hemen içeri davet ettiler Aslı'yı, elinden küçük valizini alıp salona buyur ettiler. Bir müddet Aslı ve Meryem'in hasret gidermelerine müsaade edip araya girmedi kimse, ama küçük kız hemen anlattı olanları.

Annesini polislerin götürdüğünü anlatırken tekrar ağlamaya başlamış, koşarak odasına çıkmış ve kapısını kapatmıştı. Kimseyle görüşmek ve konuşmak istemiyordu. Diğer çocuklar ve davetliler üzgündü. Maya duruma el koymaya karar verdi, kimse misafirlerle ilgilenecek durumda değildi. Misafirlere döndü.

"Sevgili misafirlerimiz çok çok özür dileriz, lütfen şimdi sizler de gidin, ben Meryem ile ilgileneyim, çocuk ağlıyor, yarın partiye devam edeceğiz, ama lütfen tekrar gelin tamam mı?"

Misafirler anlayışla karşıladı ve Meryem'in okuldan arkadaşları ve ebeveynleri yavaş yavaş evden ayrıldılar.

Ezgi evden çıkalı yarım saat olmamıştı henüz, ama Aslı çoktan odasına çıkmış, üstüne rahat bir pantolon ve gömlek giymiş, emniyetin yolunu tutmaya hazırdı. Londralarda boşuna hukuk okumamıştı, arkadaşının sonuna kadar yanında olacaktı.

***

İki polis, Baran Oğuz'un emriyle gözaltı odasındaki Arif'in masasından kaldırdıkları vitrin mankenini almış, dışarıya götürüyorlardı. Ezgi, Baran Oğuz ve diğer polisler karakola varmıştı, Ezgi vitrin mankenini görünce çok şaşırdı. Ezgi mankeni tanıyordu, polisler bunu fark etti.

Volkan ve Aslı da çok geçmeden gelmişlerdi. Tuna gelen kalabalığı karşıladı.

"Siz burada kalın, biz sorgumuzu yapacağız, ihtiyaç duyarsak size bilgi veririz."

Aslı atıldı.

"Ben avukatıyım, sorguda yanında durmak istiyorum."

"Avukatlık bir şey yok, talep olunca gelirsiniz."

Koridorda arkadaşının sesini duyan Ezgi başını dışarı çıkarınca yanılmadığını gördü.

"Aslı!"

"Buradayım Ezgi, hiç korkma, merak etme, tamam mı, seni kızına götüreceğim."

Ezgi ilginçtir ki sakindi.

"Polis ne derse onu yapın, bir yanlış anlaşılma var, ben rahat bir şekilde çıkacağım, kızımın muhteşem doğum gününü kutlayacağız, hiç merak etmeyin."

Elleri mahkûm dışarıda beklemeye başladılar. Ezgi gözaltı odasına götürüldü. Kısa süre sonra da Baran Oğuz yanına geldi ve Ezgi'yi sorgulamaya başladı.

"Ezgi Hanım, birkaç gündür sizi takip ediyoruz, annenizin kaybolduğu gece güvenlik kameralarından annenize silah doğrulttuğunuzu gösteren görüntüler gördük, akabinde anneniz kayboldu ve ortada yok, gerçekleri anlatın, silah nerde, annenizi ne zaman gördüğünüzü hatırlamadığınızı, çok eskiden gördüğünüzü söylediniz, bizden sakladığınız bir şey var, her şeyi anlatın lütfen."

"Arif'i görmek istiyorum, ona ne yaptınız, zavallı bir adama zarar mı verdiniz? Eğer böyle bir şey yaptıysanız gerçekten iki elim yakanızda olur, o adam hasta, hiçbir şeyle ilgisi yok, zavallı bir insan, acısı var, kederi var, annemi tanımaz, onu görmeden konuşmam, lütfen görmek istiyorum."

Baran Oğuz, Tuna'ya baktı, getirin dedi kafasıyla. Tuna Arif'i getirdi, yaralarına pansuman yapılmış, biraz toparlanmış ama yüzü dağılmıştı. Ezgi, Arif'in halini görünce, yerinden kalktı, çığlık attı ve koşarak Arif'e sarıldı.

"Bunu nasıl yaparsınız, gariban, hasta bir adam o! Dünya iyisi, kimseye zararı dokunmaz."

Baran Oğuz kafa salladı.

"O zaman açıklayın Ezgi Hanım. Kendisiyle yaptığımız sorguda, bize silah taşıdığınızı ve birilerine ateş ettiğinizi söyledi."

"Ah, nasıl bana sormadan bunları yaptınız, çok pişman olacaksınız!"

"Lütfen laf kalabalığı yapmayın Ezgi Hanım, olayları anlatın tüm çıplaklığıyla..."

Ezgi derin nefes aldı. Etrafa baktı, Arif'e baktı. Olayların bu noktaya gelmesi karşısında çok şaşkın ve üzgündü. Sustu, Tuna, Arif'i götürdü odadan. Ezgi, Baran Oğuz'la baş başa kalmıştı.

"Keşke en başta gelip bana sorsaydınız komiser bey..."

"Şimdi soruyorum işte Ezgi Hanım. Sizi dinliyorum."

"Ben Arif Ağabey'i lise yıllarımdan tanırım. Sağ olsun, o zamanlar bana yardımı dokunmuştu. Sonra geçenlerde bir gün evinin yakınlarından geçerken üç adamın Arif Ağabey'i dövdüklerini gördüm, arabayı durdurdum, annemden aldığım silahı çıkardım, onlara durmalarını, adamı rahat bırakmalarını söyledim. Adamlardan biri ne diyorsunuz ablacığım hırsız bu hırsız, döveceğiz tabii, dövmeyip ne yapacağız dedi. Diğer adam da elinde bir elbise salladı, kadın elbisesiydi. Karımızın, kızımızın balkonuna giriyor, yeni yıkanmış çamaşırları çalıyor bu adam, benim karımın elbisesini çalmış dedi. Hayır bırakın dövmeyin, bırakacaksınız o adamı dedim, sen kimsin ablacığım dediler ve dövmeye devam ettiler. Silahı havaya kaldırıp, üç el ateş etmek zorunda kaldım. Adamlar korktu, kaçtı. Üzerindeki bembeyaz gömleği kan içinde kalan Arif Ağabey'in yanına geldim, onu evine götürdüm, evinde bir cansız manken olduğunu fark ettim, bir vitrin mankeni, bunun kim olduğunu sordum ona, eşi olduğunu söyledi. Onunla konuşuyordu, oysa ben onun eşini tanıyordum, yaşadığım o vahim hadisenin ardından bana şefkatle sahip çıkan kadındı, başına bir şey gelmiş olmalıydı, o akşam Arif'le konuştum, eşinin hamile olduğu bir gün uyurlarken, içeride yanan sobadan sızan gazdan zehirlendiğini ve hem bebeğin hem de eşi Fidan'ın öldüğünü anlattı. Arif bunu kaldıramamıştı, psikolojisi bozulmuştu, çöpte bulduğu vitrin mankenini eşinin yerine eve getirmiş ve onu giydirmek için de komşuların evinden sağdan soldan kadın giysisi çalmıştı. Arif'e yardımcı olmak istedim. O bana yardım etmişti, ben de onu tedavi edecektim, kendi yaşam alanında tedavi edecektim.

Şöyle dedim ona, burada duran Fidan, aslında ölü, sen o ölüye her baktığında, kendini daha fazla üzecek ve hasta edeceksin, onu anmanın yolu bu değil, onun hatırasını yaşatmanın yolu bu değil, onu götür göm ve cenaze töreni yap, arada sırada birlikte onun mezarını ziyarete gidelim, evinin yakınına gömelim ama içeride olmasın. Gerçek eşini, Sarıyer Mezarlığı'na gömmüşlerdi ve mezarının yerini bile unutmuştu. Ona evinin yakınında, göreceği, öldüğünü anlayacağı, özlediği zaman gidip dua okuyacağı bir mezar lazımdı. Bu sahte mezara, Fidan'ın yerine koyduğu cansız mankeni gömmesini söyledim. Böylece karısının öldüğünü anlayacak, onu yavaş yavaş kabul edecekti. Karısı öldüğünden beri sobayı dışarı çıkarmış, kapıda yakıyordu. Dışarıda yanan sobayı içeriye aldırdım, ondan da korkuyordu, kış gelmek üzereydi ve sobayı dışarıda yakıyordu. Sizler gidip kayıp kadın cinayetlerini araştırmak yerine o cansız mankeni çıkarmışsınız ve o zavallı adamı dövmüşsünüz, lütfen onu bırakın, onun hiçbir suçu yok."

Baran Oğuz ve Tuna, Ezgi'yi dinlemiş ama çok da inanmamışlardı. Ezgi'nin ifadesi kayıt altına alınıyordu. Baran Oğuz sordu:

"Güzel anlattınız, iyi anlattınız da sadece sizin katıldığınız programları arayan kişi kim, neden bu kayıp kadınlar vakasında sadece sizin katıldığınız programları aradı ve her şey üst üste nasıl gelebilir? Bir yandan da sizin anneniz kayıp, sanki bizden sakladığınız bir şeyler var Ezgi Hanım. En iyisi siz bunları doğru düzgün anlatacak duruma geldiğinizde bir kez daha konuşalım. Avukatınızı görmek isterseniz, gönderebilirim."

"Anneme benim zarar verdiğimi mi düşünüyorsunuz?"

"Ezgi Hanım her şey olabilir, biz neler gördük!"

Ezgi ağlamaya başladı.

Polisler dışarı çıktı, Ezgi sorgu odasında yalnız kaldı. Gün battı ve akşam oldu. Ezgi'nin ailesi ve arkadaşları dışarıda merakla bekliyordu. Tuna onların yanına gitti. Aslı hemen atıldı.

"Ne yaptınız, ne oldu?"

"İşimiz uzun sürecek, avukatıyla görüşmek istemiyor, Ezgi Hanım bu gece burada bizimle kalacak, siz isterseniz gidin, o yarın gelir..."

Ezgi o geceyi emniyette geçirdi. Bütün gece düşündü. Başına bu gelenlerde onun payı var mıydı? En çok annesini düşündü. Eğer ona sevgi verseydi, eğer yeterince baba sevgisi alsaydı, belki dışarıya muhtaç bir çocuk olmazdı ve ta başından itibaren başka bir hayat sürebilirdi. Örneğin Suat'a sevgisizlikten sığındığını düşündü. Erol ile evliliği evden kaçmak içindi, bir sevgi bulmak içindi. Bütün güçlü, mafyatik, belalı adamlara babasızlıktan sığındığını düşündü. Bir güce ihtiyacı vardı, bir kız çocuğu için bu güç babaydı, baba sevgisiydi. Babadan sonra anneydi, anne sevgisiydi. İkisinden de mahrum büyümüştü Ezgi.

Sevgisiz büyüyen her çocuk için kaçınılmaz iki sarmal vardı. Ezgi de yetişkin bir kadın olduğunda farkında olmadan tüm kararlarını, takılı kaldığı bu sarmala uygun şekilde veriyor ve içindeki anlamlandıramadığı boşluk hissinin daha da içine çekiliyordu. Sevgisiz bırakılmakla istismar edilen çocukların kendilerini savunacakları bir düşmanları yoktur. Kendilerini fiziksel olarak savunacakları bir beden tarafından ateş hattına itilmemiştir, sevgisizlik her çocuğun yatağının altında yaşayan ama hiçbir zaman ortaya çıkaramadığı canavardır. Sevgisizlikle sınanmış her çocuğun büyüdüğünde bağ kurabilmeye devam edebilmesi için, görülmemişliğin öfkesini inkâr etmesi, sevgisizliğini kendi kusuruna bağlaması ve hayatında olan her kötü şeyin bizzat sebebinin kendisi olduğuna inanması gerekir. Kabul edilmemişliği anlamlandırmak ve mantıklı bir zemine oturtmanın yolu, "Ben sadece ben olduğum için sevilmeyi hak etmedim" demektir küçük bir çocuk için. Çocukların, yetişkinlerin büyük ve karmaşık duygularını anlamlandırma yetileri yoktur ve bu yüzden her türlü şiddetin, sevgisizliğin kaynağının kendileri olduğunu düşünürler. Bu sayede de bir yandan hayatta kalmaya çalışırlar, diğer yandan da kendi varlıklarının başlı başına bir değer olduğunu unutup, ruhlarını anne babalarına emanet etmek hatta bağımlı kılmak isterler.

Sabah olmuştu. Yapayalnızdı. Şimdi burada yalnız olduğu kadar, hayatı boyunca da hep yalnız olmuştu aslında. Şimdi yalnız bırakmaması gereken bir kızı vardı ama işte hayatının eksikleri peşini bırakmıyordu. Doğum gününde yalnız bırakmıştı o kızı. O da kendisi gibi mi olacaktı, o da mı yalnız büyüyecekti, o da mı sevgisiz büyüyecekti? Buna izin vermemeliydi, ikinci bir Ezgi olmamalıydı Meryem. Gece boyu hem düşünmüş hem ağlamıştı Ezgi. Ağladıkça iyileşmiş, rahatlamıştı.

Sabahın ilk ışıklarıyla Baran Oğuz odaya girdi.

"Günaydın Ezgi Hanım."

"Günaydın. Neden beni çıkarmıyorsunuz acaba?"

"Ezgi Hanım bize bilgi verin, elle tutulur bir bilgi verin, insanlar dışarıda annelerini arıyor, kayıp kadınlar var, tamam eğer bu kâğıtçı Arif Bey düşündüğümüz kişi değilse, sizinle öyle bir bağlantısı yoksa, o zaman başka birini tanıyorsunuz, başka biri var."

"Nasıl yani, siz bana nasıl inanmıyorsunuz, ben kadınları kaçıran bir çetenin başı mıyım, yani bunu mu diyorsunuz? Ben nereden bilebilirim kayıp kadınları?"

"Ezgi Hanım elimizdeki veriler bunu gösteriyor, yani anneniz şu kapıdan sağ girmediği sürece sizi bırakamam, lütfen şimdi düşünün ve bize gerçeği söyleyin..."

Baran Oğuz odadan çıktı. Ezgi çok üzgündü, başını ellerinin arasına aldı, biraz düşündü, boynundaki kehribar kolyeyi tuttu, sevdi.

"Lütfen anne, gel artık!"

-18-

Cevat Bey'in Sivas'taki konağının müştemilatından Züleyha çıktı. Elindeki tepside kahvaltılıklar vardı. Kangal köpeği kapıya bağlıydı. Kalan kahvaltılıkları ona attı. Tam gidecekken, elleri arkasında bağlı Cevat Bey geldi.

"Ne yapıyorsun kız sen, ne lan o elindeki? İçeride birini mi besliyorsun lan, söyleyeyim mi kocana? Kim var lan içeride orospu?"

"Baba vallahi kimse yok, ben burada yapayım dedim kahvaltımı."

"Sen kimi kandırıyorsun orospu seni? Milletle düşüp kalkıyorsun. Benim kekeme seni beceremedi tabii değil mi, çocuğu koyamadı karnına, şimdi başkalarından mı yapıyorsun, çekil lan karşımdan!"

"Yok baba kimse yok..."

"Çekil lan karşımdan."

Cevat, Züleyha'nın ağzının üstüne indirdi tokadı. Züleyha yere düştü.

"Baba ne olur yapma, gitme..."

Cevat Ağa içeri girdi. Müştemilatta bir anormallik yoktu. Ardiyede odunlar, eski püskü eşyalar, kimi makine parçaları vardı. Bağırdı Cevat.

"Amına koyduğum, çık lan, kimsin ulan sen?"

Sağına soluna baktı Cevat. Köşede bir orak vardı. Orağı aldı eline, bağırmaya devam etti.

"Kimsin lan, Cevat Bey'in gelinini beceriyorsunuz öyle mi, kimsiniz lan? Çıkın lan ortaya!"

Tam o esnada ensesinde bir soğukluk hissetti. Biri kafasına silah dayamıştı. Tir tir titredi. Ellerini havaya kaldırdı. Elindeki orağı yere attı. Yavaşça döndü. Arkasında kara çarşaflar içinde, yüzü peçeli bir kadın vardı ve silahı alnına dayadı.

"Sen kimsin lan, sen kimsin bana silah doğrultuyorsun?"

Peçeli kadın yavaşça yüzünü açtı. Zarife'ydi bu. Cevat, Zarife'yi görünce ürktü. Kanı dondu.

"Zarife! Zarife kızım, kızım delirdin mi, senin burada ne işin var? Millet seni kayıp diye arıyor, sen niye buraya geldin? Kızım indir o silahı, indir benim güzel kızım, he kızım?"

Zarife çok öfkeliydi. Gözlerinden ölüm akıyordu. Cevat gözlerini görünce korktu, Zarife öldürmeye gelmişti.

"Seni burada öldürürüm, arkama bile bakmam, bir gram pişman olmam, çünkü sen acı nedir bilmezsin, keder nedir bilmezsin, sevgi nedir bilmezsin, evlat nedir bilmezsin, bir insan değilsin, seni öldürsem birine zarar vermişim gibi düşünmem. Sen bir hayvandan bile aşağılıksın?"

"Zarife kızım yapma, babana silah çekme yavrum, ben ettim sen etme, kıyma bana..."

"Senin yüzüne bile tükürmem ama bir daha ağabeyime, gelinine küçük bir laf söylediğini, dışarıdaki köpeğe bile bir fiske vurduğunu, bir çiçeği ezdiğini duyarsam, ağzından bir küfür çıktığını duyarsam, seni vururum, yemin ederim vururum! Sen kızlarına, karına sahip çıkmayacak kadar alçak bir adamsın. Senin yaşaman bile yanlış."

Cevat tir tir titriyordu, Zarife'nin kararlılığını görmüştü, Zarife adam öldürmeye gelmişti ve ilk öldüreceği kendisiydi.

"Yapmam kızım, yemin ederim ki sana yapmam artık, kimseye dokunmam, kimseye küfretmem, sen de yapma kızım, affet beni yavrum..."

Zarife ağlamak üzere olan Cevat Ağa'nın yüzüne tükürdü. Döndü arkasını çıktı müştemilattan. Cevat Ağa ağlayarak yere yığıldı. Zarife, Züleyha'yı kaldırdı yerden, üstünü başını temizledi. Züleyha sessizce ağlıyordu.

"Korkma, hiçbir şey yapamaz artık sana, sana laf ettiğinde gücünü göster, üstüne yürü... En önemlisi de bana haber ver."

Züleyha ile sarıldılar. Çarşafının peçesini tekrar taktı, silahını sakladı ve ayrıldı evden.

* * *

Sivas'ta, bir binanın en son katı, "Turna Şifa" olarak restore edilmiş, görkemli ve ilgi çekici bir hale getirilmişti. Dairenin camları, dini ve tasavvufi öğelerle giydirilmişti. Zarife kapıdan girdiğinde onu sekreter karşıladı. Nuran adına randevu almıştı. Sekreter onu bekleme salonuna buyur etti, Mesut Turna Hoca'nın birazdan kendisini kabul edeceğini söyledi. Kısa süre sonra Zarife, tüm hayatının değişeceği o kapının önünde durdu ve tereddüt dahi etmeden çaldı kapıyı.

Mesut Turna, devasa boyutlarda bir masaya oturmuş, üzerinde içine sığmadığı bir spor elbisesi, masasında çayı ile Zarife'yi karşıladı.

"Buyurun lütfen, buyurun."

Zarife emin adımlarla ilerledi ve adamın tam önündeki koltuğa oturdu.

"Selamünaleyküm kızım. Sana nasıl yardımcı olabilirim?"

"Ben kendim için gelmedim aslında, kız kardeşim... Nasıl desem hocam, korkuyoruz, son zamanlarda kötü hareketler yapıyor, saygısız davranışlar yapıyor, stresten mi bilemedik. Acaba ikna etsek, buraya gelse, ona yardımcı olur musunuz? Bir okusanız falan, iyi gelir diye düşündüm."

"Tabii, tabii. Kesinlikle iyi gelir. Gerekirse özel okumalarım var, onlardan da yaparız. Kim bilir ne sıkıntısı var garibin. Nasıl varlıklar musallat oldu acaba? Bir aşk mı yaşadı, size söylemediği bir ilişki mi yaşadı? Bizi düşünmekle iyi ettiniz, onu getirin, derslerimize katılsın, kesinlikle iyi gelecektir. Genelde gönül işi oluyor. Siz kadınlar gönül işlerinde çok zayıfsınız." Bir kahkaha attı adam. "Öyle değil mi? Siz de gelmek istemez misiniz seanslarımıza?"

Zarife, Mesut Turna'nın konuşmasını çok itici bulmuştu, bir an önce silahı çekip, alnının ortasından vurmak istiyordu. Bir an tuttu kendini.

"Benim kardeşim daha küçük. Gönül işi değil. Belki biri rahatsız etmiş olabilir onu."

"Ah, evet öyle şeyler de var. Nasıl bir rahatsızlık?"

Zarife elini çantasına attı, silahı çıkardı ve Mesut Turna'nın alnına dayadı.

"Benim kardeşime şerefsiz bir orospu çocuğu tecavüz etti!"

Mesut Turna'nın suratı değişti, içinden Cevat Ağa çıktı.

"Yapma kızım. Ne yapıyorsun, kim senin kardeşin?"

"İşin fenası, kardeşimi öldüren şerefsiz tecavüzcü canavar, o içkici alkolik müptezel şimdi de hacı hoca, şifacı numaralarıyla hâlâ kadınları taciz ediyor, tecavüz ediyor."

Mesut Turna artık emindi. Bu Zarife'ydi. Öleceği an gelmişti.

"Yapma, affet... Ben cezamı çektim, kurban olayım."

Zarife, parmağını tetiğe koydu, çekecekti tetiği, buradan dönüş yoktu. Zarife gözünü yumdu ve var gücüyle tetiğe asıldı.

***

Kenan Baskıcı plazasında haberleri izliyordu.

"Ezgi Demircioğlu gözaltında... Ünlü psikolog kayıp kadınlar davasının baş şüphelisi olarak gözaltına alındı. Sorgusu devam eden Ezgi Demircioğlu'nun, annesi Zarife Demircioğlu'nun kaybolmasıyla bir ilgisinin olup olmadığı ise araştırılıyor."

Kenan Baskıcı gerildi, koltuğuna yaslandı.

"İşte böyledir canım benim, ağını öreceksin ve bırakacaksın, sinek debelenir, debelenir ve kendisi ölür, önemli olan ağı sağlam örmektir. Anladın mı?"

Kenan Baskıcı'nın yanında Serap oturmaktaydı.

"Peki, buna değdi mi gerçekten? Şimdi artık her şeyini kaybetmiş bir kadınla olsanız, ne olur, olmasanız, ne olur?"

"Benim derdim artık onunla birlikte olmak değil, ben sadece, beni reddeden, beni yok sayan birine, eğer senin için ben yoksam, sen de yoksun, hem de herkes için demek istedim."

***

Tetik yerinden oynamamıştı. "Tam da tutukluk yapacak zamanı buldu!" diye söylenip, bir daha tetiğe basmak istedi Zarife. İşte o sırada, "Yapma abla!" diye bir ses duydu, ölen kardeşi Emine'nin yumuşacık sesiydi bu, sanki o an oradaydı ve onu durdurmaya çalışıyordu.

Zaman durmuştu adeta. Zarife duyduğu sesin bilinçaltı olduğunu bilecek kadar çok kitap okumuştu ama yine de izin verdi zihninin bu oyununa. Ve konuştu vicdanı, kardeşi Emine'nin ses tonuyla.

"Neye yarar bu şerefsizi vurman ablacığım? Ya da planladığın gibi bundan sonra gidip o Suat itini vursan ne değişir? Beni geri getirebilir mi onların ölmesi, peki ya kızının ve senin mahvolan çocukluğunuzu? Hangi akan kan can vermiş ki birine, bu akıttığın versin? Geri getirebilir mi abla, söyle bana? Elinden gelen bir şey yok işte, kabul et, o zaman da yoktu... Başıma gelenler ne senin ne de benim suçumdu. Olay basit, kötüler ve mağdurları... Ne garip, iki tarafın da temelinde sevgisiz büyüyen başı okşanmamış çocuklar var. Ve sen abla... Kızını koruyacağım diye onu öyle sevgisiz bıraktın ki... Sence Ezgi kötülerden mi mağdurlardan mı abla? Ama hâlâ vaktin var, bu tetiği çekmezsen eğer, hâlâ bir şansın var abla. Sevgisizlikle beslenen kötülük zincirine bir halka daha ekleme. Anla artık, elinden ancak bu döngüyü kırmak gelir, kır bu döngüyü be abla... Benim için, kızın için, torunun için ama en çok da kendin için kır."

Zarife düşüncelerinden sıyrılıp kendine geldiğinde, Mesut Turna karşısında korkudan felç geçiriyordu. Ağzından çıkan hırıltı ve inleme şeklindeki garip sesler eşliğinde, adamın önce yüzü yamuldu, sonra ağzının sağ köşesi kulağına kadar uzadı. Ağlayarak, kekeleyerek koltuğuna yuvarlandı.

Zarife hemen silahını çantasına geri koydu ve koşarak yan odadaki sekreterine gidip ambulans çağırmasını söyledi. Ambulans neyse ki hemen gelmedi. Zarife adamın can çekişini dıştan belli olmayacak sakinlikte bir sevinçle izleyebildi.

Yarım saat sonra, Mesut Turna kaldırıldığı hastanede, pis bir sapık olarak, geçirdiği inme sonucu can verdi. Üstelik Zarife, elini kana bulamak zorunda dahi kalmamıştı. Bu ona hayatın adeta bir ikramiyesi olmuştu.

Hadi Zarife diyordu hayat ona, bu sayfa kapandı, şimdi git ve iyileş. Git ve kızını öyle bir sev ki, o da kızını nasıl seveceğini bilsin... Sevginin kızını zayıflatacağını zannettin. Yanıldın Zarife, kabul et. Kızını korumak için yaptığın her şey kızında daha da büyük yaralar açtı. Onu daha da zayıflattı... Okudun işte Zarife, okudun kızının günlüklerini... Zayıflatır diye esirgediğin sevgiyi kızın nerelerde aramış, gördün... Hadi Zarife, bu senin her şeyi değiştirebileceğin son şansın. Anla artık, sevgi zayıflık değil, bilakis insanı her kötülükten koruyan bir zırhtır. Sen kızının bu zırhını çaldın ondan, onu savunmasız, çırılçıplak bıraktın bu savaş alanında. Şimdi git ve teslim et ona doğuştan her çocuğun hakkı olanı. Yanında ol onun Zarife, yargılamadan, hırpalamadan... Karşılıksız sevginin ne olduğunu öğret ona, anne elinin şifasını göster. İlk defa yatır kızını dizine, okşa saçlarını. Ağlasın dizinde kızın, akıtsın içindeki irini, kiri, pası. Bu zamana kadar yapamadığın şeyi yap; okşa kolundaki süt lekesini, öp onu. "Benim güzel kızım" de. "Geçti" de. "Seninle gurur duyuyorum" de. Hadi Zarife...

* * *

Sabah herkes uyurken evden çıkıp emniyete gitmişti Nuran ve Behiye. Çay ocağından aldıkları çayla bahçede bekliyorlardı. Nuran bahçe kapısından giren güzel giyimli yaşlıca bir kadın fark etti. Onlara doğru yürüyordu.

"Zarife... Zarife geliyor!"

Nuran, yanında duran Behiye'nin kolunu öyle bir dürttü ki zavallı kadın yerinde çığlık atarak zıpladı.

"Ne oluyor kız, kopardın etimi!" demek için arkadaşına döndüğü sırada Nuran'ın çoktan ablasına doğru koşmaya başladığını gördü.

İki kardeş birbirine sarılmış ağlıyordu. Zarife, Nuran'ı iki yanağından öyle bir öptü ki kadın neye uğradığını şaşırdı. Ablasından çocukluğundan beri böyle sevgi görmemişti.

"Abla öldük hepimiz burada, neredesin sen Allah aşkına?"

"Sivas'taydım Nuran, sonra anlatırım her şeyi. Kayıp olarak aradığınızı duyar duymaz geldim. Ezgi nerede?"

"Sana bir şey yaptığını düşündü polisler. Gözaltında tutuyorlar" dedi Nuran bir çırpıda.

Zarife koşa koşa karakoldan içeri girdiğinde onu Baran Oğuz karşıladı. Kibarca odasına davet etti, kimliğini aldı ve kadınla bir süre sohbet etti. Zarife ifadesinde, telefonunu yanına almayı unutup Sivas'a köye gittiğini, orada da televizyon vs. çok olmadığı için hakkında çıkan haberleri duymadığını söyledi. Baran Oğuz'un aklına yatmayan yerler olsa da çok üstelemedi, kadın ölmemişti, bu ona yeterdi. Zaten kayıp kadınlar cinayetleri sürerken böyle saçma bir aile içi meseleyle fazlaca vakit kaybetmişti. Hep televizyondaki o program yüzündendi...

Baran Oğuz resmi işlemleri bitirince yanındaki memura Ezgi'yi getirmesini söyledi. Ezgi gözaltından çıkarılıp odaya getirildiğinde, Zarife, komiserin masasının önündeki kahverengi deri sandalyede ellerini kucağında birleştirmiş, yorgun bir halde oturuyordu.

Ezgi annesini karşısında gördüğüne bir süre inanamadı, yine hayal âleminde olduğunu düşündü, gerçekle hayal yine birbirine karışıyordu işte. Ancak Zarife yanına kadar gelip boynuna sarıldığında yaşadığının gerçek olduğuna inanabildi. Annesi gelmiş ve dahası ona daha önce hiç sarılmadığı gibi sarılmıştı. Öyle bir sarılmıştı ki... Sanki içindeki kapanmak bilmeyen yara bir an olsun kanamayı bırakmıştı. Bir an olsun hiç kolu yanmamış, ötelenmemiş, tecavüze uğramamış, kürtaja mecbur bırakılmamış, kendi kızından 11 yıl ayrı kalmamış gibi yarasız, yarımsız, boşluksuz, tam, hem de tastamam hissetti.

Öptü onu Zarife. Anne öpücüğünün iyileştirici gücünü bilir gibi, öptü kızını doya doya.

"Koruyamadım seni kızım, sevgisizliğimle korurum dedim ama daha beter ettim. Kızımın hayatını mahvettim ben..."

Ağlıyordu Zarife, ilk defa kızının önünde tüm zayıflığıyla ağlıyordu.

"Affet beni... Nasıl olur bilmiyorum ama lütfen, affet kızım..."

Baran Oğuz anne kızı yalnız bırakmak için odadan çıkarken, iki kadın birbirine sarılmış, bu zamana kadar canlarını acıtan her şeyi gözyaşlarından dışarı akıtırcasına ağlıyordu.

***

Ezgi serbest bırakıldıktan sonra, hep birlikte onun evine gittiler. Maya, Aslı ve Meryem karşıladı onları. Haberi alan Maya, hemen misafirleri arayıp doğum günü kutlaması için tekrar çağırmıştı.

Anne kız birbirini görünce öyle bir sarıldı ki onları evde bekleyen Tülin Hoca bile gözyaşlarını tutamadı. Aklına kendi kızı gelmişti. Dün yaşananları hatırladı. Kızını defalarca aramış ama ulaşamamıştı. "Belki de kızı haklıydı. Ezgi'ye kızından daha çok ilgi gösteriyordu. Keşke geçen gece benimle konuşmaya çalıştığında Ezgi aradı diye kalkıp gitmeseydim" diye geçirdi içinden. Zarife'ye, Ezgi'ye ve Meryem'e bakınca umutlandı sonra. Belki kendi ve kızı için de farklı olurdu bundan sonra her şey. Kurmak istediği kolektif için istediği parayı vermeliyim diye düşündü Tülin Hoca. Ölen kocamın eski evini geri almak onu geri getirmeyecek ama belki de o para kızıma iyi gelecek, hayatını değiştirecek diye düşündü. Daha fazla kaybedilecek zaman yoktu. Kızını yeterince görmezden gelmemiş miydi? Hemen telefonunu çıkarıp Aylin'i aradı.

***

Toprak kazılmış, büyük bir çukur açılmıştı. Toprağın üzerinde bir kadın çantası duruyordu, içinde ısrarla çalan bir telefon vardı. Bir erkek ayağı, tekmeleyip çantayı çukura attı. Çanta çukurda, parçalanmış bedeniyle cansız yatan kadının yüzüne düştü. Çantayı çukura fırlatan erkek, bir düğmeye bastı, bir çimento makinesi yavaş yavaş döndü ve kadının konulduğu çukurun içi çimentoyla dolmaya başladı.

***

Baran oğuz tüm dikkatini tekrar kayıp kadın cinayetlerine vermeye kararlıydı. Yeterince vakit kaybedilmişti. Katilin bulunmadığı her gün, üstlerinden daha çok baskı görüyor, şu Serap denen kadın da işin iyice suyunu çıkarıyordu. Elindeki dosyaları kurcalayıp nereden başlayacağını düşünürken içeri Tuna girdi.

"Amirim geçen gün Ezgi Hanım'ın evinin önünde gördüğümüz adamla ilgili rapor geldi, adamın hakkında yakalama kararı varmış zaten, Mehmet Can Kaymaz. Ama daha ilginci adamın Tuzla'da çimento fabrikası var amirim..."

"Aynı şeyi mi düşünüyoruz Tuna?"

"Vallahi bulduğumuz kadınların hepsinin üstüne çimento dökülmüştü amirim, programı arayan telefon da Tuzla civarlarında bulunmuştu..."

***

Misafirler toplanmış, Meryem yine arkadaşlarıyla koşturuyordu. Tülin Hoca bir köşede üst üste kızını arıyor; Volkan kendisi gibi ülke dışında yaşayan Aslı'yla yurtdışında yaşamak hakkında sohbet ediyor, Nuran ve Behiye de misafirlere servis yaparken Maya'ya yardım ediyordu.

Ezgi kızına aldığı hediyeyi heyecanla beklediği sırada kapı çalmıştı. Bu sefer kesin kedi yavrusu geldi diye düşündü Ezgi, kızıyla koşarak gitti kapıya.

"A! Kenan Amca gelmiş..."

"Doğum günün kutlu olsun prenses, al bakalım, bu senin."

Kenan tüm yüzsüzlüğüyle, Ezgi'nin günlerdir heyecanla vermeyi beklediği hediyeyi kendi hediyesi gibi vermişti. Beklenildiği üzere Meryem çığlıklar atmış, yavru kediyi öpücüklere boğmuştu.

"Çok teşekkürler Kenan Amca, hem de hep istediğimden... Anne, bak, Kenan Amca bana ne almış?"

"Evet, gerçekten de çok güzelmiş kızım, hadi git anne annene göster kedini."

Ezgi bir süre hiçbir şey demeden baktı Kenan'ın yüzüne. Adamın söze gireceği yoktu. Belli ki soğuk savaş istiyordu.

"Evet, ne var Kenan, o ucuz programına röportaj mı istiyorsun, ne oldu?"

Kenan Baskıcı tüm ürkütücülüğüyle kapıda duruyordu. Güneş gözlüklerini çıkarıp konuşmaya başladı.

"Ezgi Demircioğlu... Artık bittin, farkındasın değil mi, buradan geri dönüş yok. Yakında kızının babası da Meryem'in sağlıklı olduğunu öğrenir, velayet davası açar, kızını alır, sen de yapayalnız kalırsın... Sana söyledim Ezgi, beni aydınlatmayan ışığı karanlığa gömerim dedim."

"İstediğini yap Kenan Baskıcı, ne senin kanalın, ne gücün, ne de tehditlerin beni ilgilendiriyor. Baksana sen şöyle içeri..."

Ezgi biraz geri çekilip Kenan'ın içeriyi görmesini sağladı. Annesi, teyzesi, ağabeyi, arkadaşları... Neredeyse bir insanın ihtiyaç duyduğu tüm destek ekibi oradaydı.

"Ben yalnız falan değilim Kenan, biliyorum, sen öylesin diye benim de öyle olmamı istiyorsun ama değilim... Öyle olduğunu sanan küçük bir çocukmuşum sadece... Ama artık büyüdüm ve kocaman bir ailem var. Bundan sonrası çok da umurumda değil açıkçası, sadece mücadele edeceğim, her şey için mücadele edeceğim. Kızım için, kendim için, tüm sevdiklerim için pes etmeden sevgiyle mücadele edeceğim."

Kenan, bu Ezgi'yi ilk defa görüyordu. Bir sigara çıkardı, yaktı, el alışkanlığıyla bir tane de Ezgi'ye uzattı.

"İçmeyeceğim. Sadece korktuğum zamanlar içerim ve artık senden korkmuyorum" dedi ve kapıyı tek hamlede, ağzında yanmamış sigarasıyla duran Kenan'ın suratına kapattı.

Ezgi ilk defa böyle hissediyordu, gerçek anlamda güçlü ve ayakları yere basan... İnsanın annesi tarafından sevildiğini bilmesi bu kadar mı fark yaratır diye düşündü. O sırada Aslı geldi yanına. Ezgi sıkı sıkı sarıldı can dostuna.

"Sen olmasaydın, bunların hiçbiri olmazdı Aslı, biliyorsun değil mi?"

Aslı arkadaşının elini tutup gülümsedi.

"Sen olmasaydın da olmazdı... Tek göz diye dalga geçilen bu kız, Londra'nın en iyi avukatlarından olamazdı..."

İki kadın birbirlerine uzun uzun sarıldılar. Sonra Aslı girdi söze:

"Kızım aklım çıktı vallahi gözaltına alındığını duyunca... Aklıma ne geldi biliyorsun değil mi?"

"Biliyorum, biliyorum..."

Aslı sağına soluna bakıp kimsenin onları duyamayacağından emin olduğu bir ses tonuyla konuşmaya başladı.

"Kenan'ın haberi var mı o kayıp üç günden?"

Ezgi'nin bir anda nefes alıp verişi hızlandı. Hiç sırası değildi bu konuşmanın. Bir senedir konuşmamışlardı, şimdi de konuşmamalılardı.

"Asla! Senden başka kimseyle konuşmadım, Tülin Hoca'yla bile... Daha kendim bile tam bilmiyorum ki olanları..."

"Güzel, şimdilik öyle kalsın, emin olana kadar sakın Ezgi, bak bu sefer ben bile kurtaramam seni."

"Bunu şimdi konuşmayalım lütfen. Hatırlamıyorum zaten, kesik kesik görüntüler var..."

"Ama adam ortada yok hâlâ, değil mi?"

***

Zarife, kızıyla Aslı'nın gizli konuşmalarını uzaktan izliyordu. Ezgi'ye dair hiçbir şey bilmediğini, kızını aslında hiç tanımadığını anladı Zarife. Acaba sevgisizliği kızını neye dönüştürmüştü? Aklına yine aynı soru geldi: Ezgi acaba hangisiydi; kötü mü, mağdur mu? Yoksa her ikisi mi?

***

Maya mutfakta ikinci kez pastayı hazırlıyordu. İki gündür yaşananlar onu da çok germişti. Kendi annesi gelmişti aklına... Bahçeden topladığı portakallarla yaptığı kekleri hatırlamıştı. Son gece de aynı kekten pişirmişti annesi. Sonra evlerine düşen bomba yüzünden enkaz altında kalmış, çürük portakal ve ceset kokusu günlerce burnuna kazınmıştı. O günden sonra nefret etmişti portakal kokusundan Maya.

Genç kadın tabakları hazırlarken arkada da televizyon açıktı. Sabahların vazgeçilmezi "Ne Hayatlar Var" programı başlamıştı ve programın sunucu Serap Sirenay, büyük bir heyecanla son dakika gelişmesini aktarıyordu.

"Evet sayın seyirciler, az önce aldığımız bir bilgiye göre kayıp kadın cinayetlerinde şüpheli şahsın kimliği belirlenmiş. O konuya birazdan gireceğiz ama önce stüdyomuza oğullarını bulmak üzere gelen acılı bir anne var. Bandını birazdan size izleteceğim ama kısaca anlatmak gerekirse, efendim... Suat Yılmaz, bir sene önce İstanbul'da kayboluyor. Ailesi üç gün boyunca çocuklarıyla mesajlaşıyor ve sonra mesajlar da kesiliyor. Polisin elinde henüz bir ipucu yok. Evet, şimdi ekranlarda resmini görüyorsunuz, Suat Yılmaz. Bilen, duyan varsa hemen bizi arasın lütfen, gözü yaşlı annesi oğlundan gelecek bir haberi bekliyor.

Ama asıl bomba bu değil hanımlar, Suat Yılmaz kimin lise arkadaşı dersiniz? Ezgi Demircioğlu! Evet yine bir kayıp ve yine Ezgi Demircioğlu. Tesadüfün böylesi yani değil mi sayın seyirciler? Yoksa değil mi? Bugün her şeyi detaylıca konuşacağız.

Evet sevgili hanımlar, bugün gündemimiz yoğun. Hadi şimdi siz gidip bir kahve yapın, çünkü kısa bir aranın ardından 'Ne Hayatlar Var' başlıyor."

SON